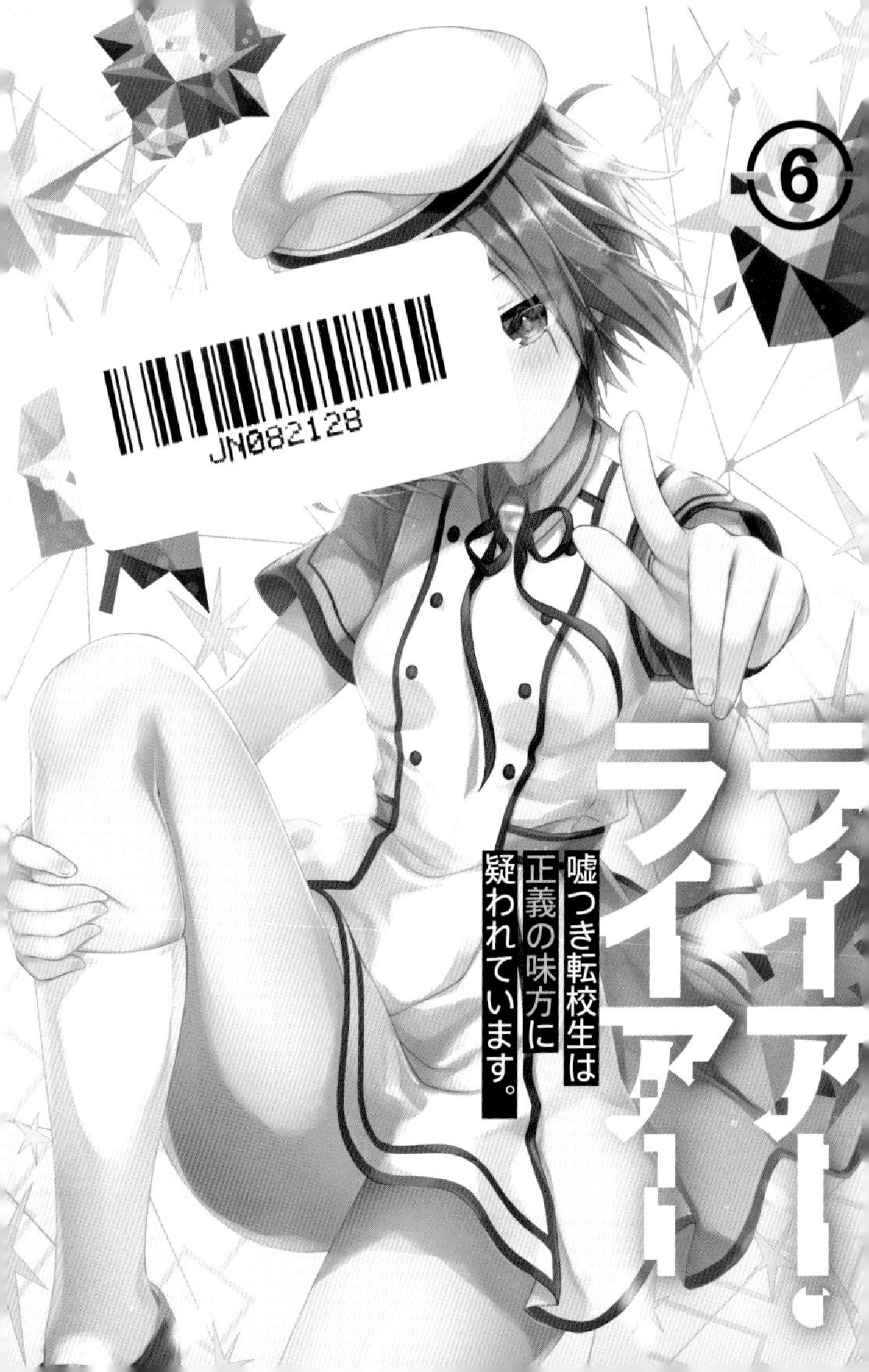
⑥
ライアー・ライアー
嘘つき転校生は
正義の味方に
疑われています。
JN082128

CONTENTS

It's said that the liar transfer student controls
Ikasamacheat and a game.

liar liar

6

ライアー・ライアー 6
嘘つき転校生は正義の味方に疑われています。

久追遥希

篠原緋呂斗（しのはら・ひろと）　**7ツ星**
学園島最強の7ツ星（偽）となった英明学園の転校生。目的のため嘘を承知で頂点に君臨。

姫路白雪（ひめじ・しらゆき）　**5ツ星**
完全無欠のイカサマチートメイド。カンパニーを率いて緋呂斗を補佐する。

彩園寺更紗（さいおんじ・さらさ）　**6ツ星**
最強の偽お嬢様。本名は朱羽莉奈。《女帝》の異名を持ち緋呂斗とは共犯関係。桜花学園所属。

秋月乃愛（あきづき・のあ）**6ツ星**
英明の《小悪魔》。あざと可愛い見た目に反し戦い方は悪辣。緋呂斗を慕う。

榎本進司（えのもと・しんじ）**6ツ星**
英明学園の生徒会長。《千里眼》と呼ばれる実力者。七瀬とは幼馴染み。

浅宮七瀬（あさみや・ななせ）**6ツ星**
英明6ツ星トリオの一人。運動神経抜群な美人ギャル。進司と張り合う。

風見鈴蘭（かざみ・すずらん）**3ツ星**
桜花学園所属のライブラの記者。よく《決闘》の実況を担当している。

久我崎晴嵐（くがさき・せいらん）**5ツ星**
《不死鳥》の異名を持つ実力者。更紗を崇拝している。音羽学園所属。

枢木千梨（くるるぎ・せんり）**5ツ星**
栗花落女子のリーダー格の《鬼神の巫女》。一撃で敵を倒す最強系女子。

霧谷凍夜（きりがや・とうや）**6ツ星**
勝利至上主義を掲げる森羅の《絶対君主》。えげつない手を使うことで有名。

佐伯薫（さえき・かおる）**6ツ星**
二番区・彗星学園所属。学園島公認組織《ヘキサグラム》を率いる。

椎名紬（しいな・つむぎ）
五月期交流戦をかき回した中二系JC。英明学園で保護されている。

皆実雫（みなみ・しずく）**5ツ星**
聖ロザリア女学園所属のマイペース少女。実力を隠す元最強。

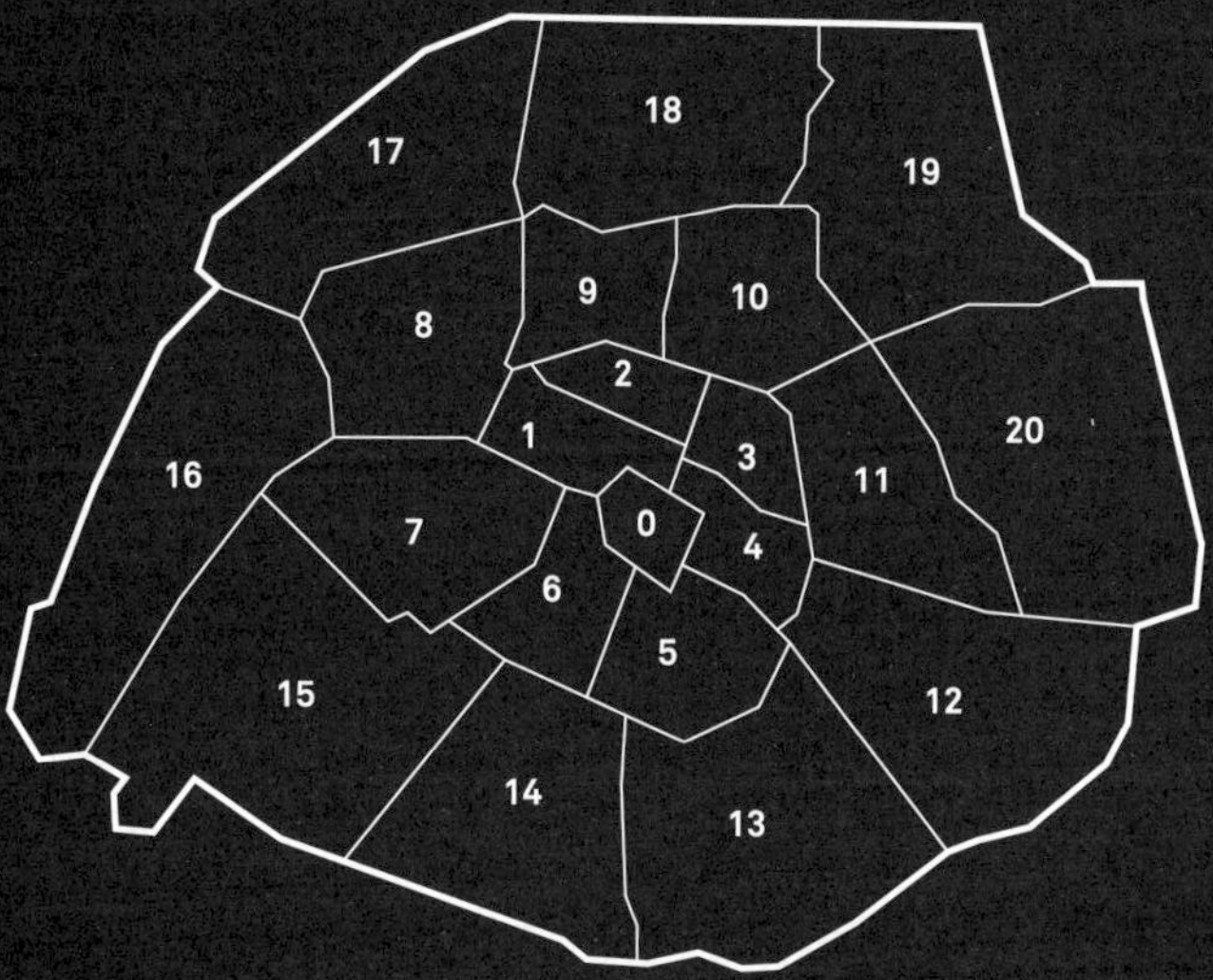

学園島

Academy

学園島……正式名称“四季島”。

東京湾から南南東へ数百キロ進んだ地点に作られた、人工の島。

全二十の地区で構成される一大都市で島の総人口は約百万人（そのうち半数近くが学生)。

“真のエリート育成”を掲げ、学生間の決闘を推奨した結果、優秀な卒業生を数えきれないほど輩出している。

●口絵・本文イラスト：konomi（きのこのみ）

プロローグ　終わりの始まり

liar liar

♭

――これは、私がまだ弱かった頃の話だ。

今から二年近く前、私には親友と呼んでもいいくらい仲の良い友達がいた。いつもあの子と一緒にいて、毎日が楽しくて、これ以上の幸せはないと信じ切っていた。

けれど、そんな思いはある日突然裏切られた――例えば〝徐々に距離を取られる〟だとか〝いつの間にか疎遠になる〟だとか、そんな緩やかな別れじゃない。面と向かって『もう口を利かないで』と、はっきり突き付けられてしまった。『あなたといるのが楽しかったことなんて一度もない』『友達がいないと寂しいから適当に合わせてただけ』『今は親友だっていっぱい出来たから、息苦しいあなたはもう要らない』。……本当はもっとたくさんのことを言われていた気がするけれど、多分自衛のシステムか何かが働いてそれ以上の記憶を閉ざしてしまったんだろう。とにかく、要約すれば〝真面目な私が鬱陶《うっとう》しい〟ということだ。それをずっと前から思っていて、我慢していて、ついに限界に達した。

別に、それ自体はよくある話だと思う。合う合わないは人それぞれだし、人間関係に移り変わりは付き物だ。けれど……そうと分かってはいても、込み上げてくる何かは止められなかった。だって、私の中学時代の思い出にはずっとあの子がいる。端末の写真フォルダも記憶の中も何もかも、全部あの子ばかりだ。いつも私と一緒に笑っていた。……もしその笑顔が〝嘘《うそ》〟なんだとしたら、私の思い出って何？　私が楽しいなって、幸せだなって感じていた瞬間は、あの子にとって苦痛だったの？

そう考えるだけで、胸が張り裂けそうだった。ずっと立ち直れなくて、心を閉ざして。

だけど——

『はい。僕らは《＊＊＊＊＊》——正義の味方、ですよ』

——彼らに救われた。

嘘を、不正を、悪いことを全て許さない正義の組織。彼らは、私にとってのヒーローだった。彼らが一つ悪を滅ぼす度に勇気づけられて、自分が認められているような気がして、眩《まばゆ》い光に救われて……私もああなれたら、と、そんな憧れに近い感情を抱くようになるのも時間の問題だった。

だから、私を救ってくれたのは間違いなく彼らだ。彼らがいなければ、私は今でも立ち直れていない。弱きを助け強きを挫《くじ》く、正真正銘の〝正義の味方〟。

そう——ずっと、そんな幻想に縋《すが》っていた。

第一章　真夏の祭典《ＳＦＩＡ》開幕

liar liar

＃

「こ、これは……その、なかなか芸術的な点数ですね」

七月上旬、とある日の放課後。

俺の隣で赤ペンを操っていた姫路白雪《ひめじしらゆき》が、白銀の髪をさらりと揺らしてそう呟《つぶや》いた。

そんな反応を聞きつけて、対面の席で退屈そうに頬杖《ほおづえ》を突いていた豪奢《ごうしゃ》な赤髪の偽お嬢様――彩園寺更紗《さいおんじさらさ》がパッと顔を持ち上げる。彼女はテーブルに両手を突くと、身を乗り出すようにして俺の手元を覗《のぞ》き込んできた。

「もう採点終わったの？　あたしにも見せて……って、うわ」

「や、そんな露骨に嫌そうな顔しなくても……」

「したくもなるわよ、こんな悲惨な点数取られたら。英語22点、数学19点、国語37点、理科と地歴も合わせて五教科総合で１１６点。これが本番だったら普通に落第よ？」

紅玉《ルビー》の瞳をじとっと細め、真正面から俺を覗き込むような格好《かっこう》で容赦ない口撃を浴びせてくる彩園寺。普段なら仁義なき煽《あお》り合いに発展するところだが、点数という誤魔化《ごまか》しようのない結果が目の前にある以上、今回ばかりは分が悪い。

「あんた、本当に勉強できないのね……何だかんだで《決闘《ゲーム》》はしっかり勝ってるわけだし、地頭は悪くないと思っていたのだけど」

「うっ……し、仕方ないだろ？　学園島《こっち》に移ってきてからは色んなことに巻き込まれすぎて勉強する暇なんか全然なかったんだ。単語も公式も身についてないんだよ」

「ふぅん？　まるで本土にいた頃は普段から勉強してた、みたいな言い草じゃない」

「……すみませんでした」

「素直でよろしい。……もう、しっかりしてよね？　あたしだって、好きで勉強会《こんなこと》してあげてるわけじゃないんだから」

　胸の下辺りで腕を組みつつ、嘆息交じりに赤髪を振る彩園寺《さいおんじ》。

　そう——どうして（少なくとも表面上は）俺の宿敵である《女帝》がここにいるのかと言えば、それは他でもなく俺に勉強を教えるためだった。《決闘《ゲーム》》強者の印象が強い彼女だが、学業面では桜花《おうか》の定例試験で〝常に満点トップ〟という意味不明な偉業を成し遂げ続けている天才でもある。家庭教師としてはこれ以上ない相手と言っていい。

「でも、やっぱり大変だよなあ……」

　椅子の背もたれに寄りかかりながら思わず天井を仰いでしまう俺。こうして勉強会を開いてくれること自体はもちろんありがたいのだが、そもそも勉強という行為そのものに若干の苦手意識がある俺にとっては手放しで喜べるような状況じゃない。

「お気持ちはお察しいたします。……ですが、残念ながらやらないわけにはいきません」

と、そんな俺の怠惰な内心を見透かしたかのように、隣の姫路《ひめじ》がそう言って小さく首を横に振った。いつも通りメイド服姿の彼女は澄んだ瞳で俺の顔を覗《のぞ》き込むと、涼しげな声音でこんなことを言ってくる――。

「二週間後に迫った一学期の期末試験……そこで一教科でも赤点を取った生徒は、夏休みに行われる大規模イベントへの参加権利を失ってしまうのですから」


――数日前。


「以上が夏の大規模イベント、名称《ＳＦＩＡ《スフィア》》の概要だ」

私立英明《えいめい》学園の学長室に呼び出された俺と姫路は、ふかふかのソファに腰掛けて優雅に足を組んだオフィススーツ姿の女性・一ノ瀬《いちのせ》棗《なつめ》からそんな説明を受けていた。

学園島《アカデミー》夏期大型イベント《ＳＦＩＡ》――それは、先月俺が巻き込まれた《ディアスクリプト》の中でも何度か話題に上がっていた大規模《決闘《ゲーム》》の名称だ。熾烈《しれつ》な争いとなった五月期交流戦《アストラル》よりもさらに規模が大きく、個人の等級《ランク》はもちろん学校ランキングにも多大な影響を与える超大型イベント。

その〝大型〟たる所以《ゆえん》は、イベントの形式《システム》そのものにある。

「やはり、注目すべきは全員参加という部分だろうね。各学区から参加者を選《よ》りすぐっていた《アストラル》と違って、《SFIA《スフィア》》は二十五万からなる学園島の高校生全員に参加資格が与えられる。イベント全体が五つの段階《ステージ》に分かれていてね、徐々に人数が絞られていく〝勝ち残り形式〟というやつだ」

「はい。それと、ご主人様。女狐《めぎつね》様からのご説明に畏れ多くも補足させていただきたいのですが、夏のイベントはその性質上、新入生が頭角を現す場としても有名です。現在活躍している高ランカーも大半はこのタイミングでデビューを飾っていますね」

「くくっ……君は相変わらず私に棘《とげ》があるね、白雪《しらゆき》。それじゃあ、私も対抗してさらなる補足をしてあげよう。今言ったように夏期イベントは複数の段階《ステージ》によって構成されるんだけど、かつて最終決戦《ファイナル》を待たずして残留メンバーが一つの学園だけになり、イベントが切り上げられた年が三度ほどある。その年の勝者は、全て私たち英明学園だ」

「……な、なるほど」

獰猛《どうもう》な笑みと共に放たれる学長の言い分に圧倒される俺。……英明学園が〝悪魔〟と呼ばれる7ツ星プレイヤーを擁し、三年連続で学校ランキング一位に君臨していた黄金の世代。話には聞いているが、やはり桁違いの戦力を有していたようだ。

（そういえば、確か柚姉《ゆずねえ》も〝英明が強くなりすぎて夏のイベントがあっさり終わっちゃった〟とか〝だから《ディアスクリプト》を通して色んな学区の高ランカーたちを覚醒させようとした〟とか、そんなこと言ってたような気がするけど……）

不意に頭を過《よぎ》った連想にそっと身体《からだ》の前で腕を組む俺。

柚姉――篠原柚葉《しのはらゆずは》は、例の《決闘《ディアスクリプト》》の管理者だった人物だ。俺の幼馴染《おさななじ》みを装う形で仕掛けられていた一連の《決闘《ゲーム》》だが、蓋を開けてみれば正体は姉。最後に特大の爆弾を投げ入れていってはくれたものの、とにかく幼馴染みというのは嘘《うそ》だった。というか……この分だと、本当に柚姉こそが〝英明の悪魔〟だったのかもしれない。

「くくっ。まあ、彼女の才能は少し次元が違っていたからね。あの時代に君や《女帝》がいれば少しは面白かったのかもしれないけど……まあいい。ともかく、そんなイベントが今年も始まるというわけだ」

短いスカートを穿《は》いているにも関《かか》わらず遠慮なく足を組み直し、学長は口元を緩めてみせた。そうして、眼鏡の奥の瞳をすっと細めながら改めて俺の目を覗《のぞ》き込んでくる。

「ねえ、篠原。正直、このイベントは君にとって相当に大変なものになると思うよ。何しろ、《ディアスクリプト》――その中で定義されていた色付き星争奪戦《ユニークスター》で《女帝》に勝利した君は、現在【赤】【藍】【翠《みどり》】【紫】と四つの色付き星を持っている。四色所持《クアドラカラー》の７ツ星なんて島の歴史を全て遡っても記録がない上、悪いことに《ＳＦＩＡ》の最高報酬は色付き星だ。このイベントに君が勝利すればその時点で〝五色目〟が手に入る……私が他学区の学長なら、どんな手を使ってでも阻止するよ」

「……まあ、ですよね」

7ツ星というだけでも、また色付き星所持者というだけでも明確に狙われる理由になるんだから、その両方を満たしつつ全方位を煽《あお》りまくっている俺は完全に数え役満だ。放置しておく理由が一つもない。

「だからこそ、私としては全力で君を支援する用意がある。……ただ、一つだけ大きな問題があるんだ。いいかい、篠原《しのはら》？　《SFIA《スフィア》》は学園島《アカデミー》理事会の直下にあるイベント運営委員会により実施される。開催期間は夏休みが始まってすぐだ」

「はあ。……って、それがどうかしたんですか？」

「どうかしたから言っているんだ。夏休みに入ってすぐということは、つまり一学期の期末試験が終わってすぐということだろう？　そしてこの学園島《アカデミー》において、夏休みの初週というのは期末試験でろくな点数を取らなかった連中を救済するための補習期間として扱われる。……ストレートに言おう、篠原。今回の試験で一つでも赤点を取ってしまうと、その時点で夏期イベントへの参加資格は失われることになっているんだ。通称第0段階《エントリーステージ》。篠原の学力を踏まえれば、おそらく……いいや、確実に落ちるだろうね。何せ、英明《えいめい》の期末は君がグダグダな点数を獲得した編入試験よりずっと難しい」

「なっ……!?」

嘆息交じりに紡がれた学長の言葉に思わず腰を浮かす俺。……試験で赤点を取らないことがイベント参加の絶対条件？　そんな漫画みたいなことが本当にあるっていうのか!?

「ちょ……ちょっと待ってください、学長。それって絶対どうにもならないものなんですか？　こう、学長パワー的なアレで……」

「くくっ、正面切って裏取引の打診とはなかなか豪胆だね篠原。さすが、あの柚葉《ゆずは》をもってして〝悪知恵だけは昔から働く〟と言わしめるだけのことはある。……もちろん、出来ないことはないよ？　実際、編入試験の時だって少し色を付けたわけだし」

「じゃ、じゃあ！」

「だけど、今回ばかりは特殊でね。知っての通り、学園島《アカデミー》の試験は全てＣＢＴ――端末による解答及び自動採点のシステムで行われるんだけど、その際に赤点か否か、つまりイベントに参加できる点数か否かというのを判定するための得点リストがイベント運営委員会に自動送信されてしまうんだ。要するに、点数だけなら改竄《かいざん》できても赤点は隠しようがない。そこだけは、どうにか君の力で乗り越えてもらう必要がある」

「――――」

思いがけず降ってきたある意味最大級の困難に無言でがっくりと項垂《うなだ》れる俺。普段から大口を叩《たた》きまくっている７ツ星（偽）が赤点で大規模《決闘《ゲーム》》に出られなかった、なんてことになったら恥晒《はじさら》しもいいところだ。それをきっかけに怪しまれてこれまでの嘘《うそ》が全て明るみに出る、という最悪のシナリオすら想定される。

と――

「……大丈夫ですよ、ご主人様」

そんな俺に優しい声を掛けてきてくれたのは、すぐ隣で控えていた姫路《ひめじ》だった。彼女は身体《からだ》の前で上品に両手を揃《そろ》えつつ、さらりと白銀の髪を揺らしてみせる。

「ご安心ください。専属メイドの名に懸けて、ご主人様に赤点を取らせるなどという失態は犯しません」

「た、頼もしすぎる……！　どんな秘策があるんだ？　バレないカンニング方法とか？」

「その通りです――と言いたいところですが、女狐《めぎつね》様が構築した英明《えいめい》のカンニング対策は非常に厳重です。その全貌を知っている《カンパニー》《わたしたち》でさえバレずに干渉するのは不可能に近いかと。……ですので、ここは正攻法でいきましょう。今日から試験が終わるまでの間、わたしがメイド兼家庭教師として手取り足取り丁寧に教えて差し上げますね？」

柔らかで献身的で迷いのない笑顔。

そんなものを正面から向けられた俺は、抵抗をやめてゆっくりと首を縦に振った――。

……と、貴重な放課後だというのにこうして勉強をしているのはまあそんな経緯だ。

再来週に控えた夏の大型イベント《ＳＦＩＡ《スフィア》》、それに参加するための権利獲得。勉強が苦手な俺にとってはなかなか厄介な関門だが、とはいえ何も高得点を取らなきゃいけないわけじゃなく〝赤点を回避しろ〟というだけだ。時間はあるし、教えてくれる二人も超優秀。ここまで手を尽くしても越えられないようなハードルじゃないだろう。

ちなみに、彩園寺《さいおんじ》がここにいるのは偶然と必然の産物だ。昨日の夜に通話で愚痴り合いをしていた際に夏期イベントの話題になり、冗談交じりにテストの話をしてみたら血相を変えて飛んできた。曰《いわ》く『あんたが赤点なんて取ったらそれに負けたあたしの立場がないじゃない……！』とのことだ。

（いや、まあそれはいいんだけど……）

姫路からは優しく丁寧に、彩園寺からは悪態をつかれながらも異様に分かりやすい指導を受けつつ、そんな二人をちらりと盗み見る俺。……最近はずっとこうだ。集中しなきゃいけないのに、気を抜くと《ディアスクリプト》で聞いた姉の言葉が蘇《よみがえ》ってくる。

『――緋呂斗《ひろと》、とっくに再会してるよ？　ずっと探してた、初恋の幼馴染《おさななじ》み』

俺をからかうのが大好きな姉に投げ掛けられた衝撃的な爆弾発言。

あの時は完全に思考がフリーズしてしまったが……一応、言葉の意味としては納得できる。俺が〝あいつ〟と出会ったのは柚姉《ゆずねえ》が学園島《アカデミー》に移った後だが、あの姉は長期休暇を使ってちょくちょく実家に戻ってきていたため、どこかのタイミングで目撃されていても全く不思議はない。加えて現在、柚姉は非常に高いアクセス権限をもつ学園島《アカデミー》管理部に所属している。記憶を頼りに俺の幼馴染みを特定するくらい造作もないはずだ。

そんな柚姉が『とっくに再会してる』と言っているんだから、あいつは間違いなく〝俺がこの島で出会った誰か〃だということなんだろう。もちろん、ただ〃出会った〃というだけならかなりの候補が発生してしまうことになるが……

(色付き星争奪戦《ユニークスター》セカンドクエスト、観覧車の中で聞いた本土での話……偶然かもしれないけど、姫路の話も彩園寺の話も微妙に俺の記憶とリンクしてるんだよな)

……そう、そうだ。

あの時に二人が話してくれた過去の思い出によれば、彩園寺《さいおんじ》は幼い頃からほぼ軟禁状態で勉強をしていて、姫路《ひめじ》の方は引っ込み思案でほとんど外に出なかったのだという。そして俺は、そういう境遇の少女を家から連れ出して一緒に遊んでいたんだ。二人が学園島《アカデミー》へ来た時期を考えても辻褄《つじつま》は合う。

(なら、二人のどっちかが俺の幼馴染《おさななじ》みなのか？　ずっと探してた、初恋の……？)

そんなことを考え始めてしまうと、もうまともに頭を回すことなんて不可能だった。姫路の横顔を見るだけで動悸《どうき》が激しくなってくる。彩園寺の拗《す》ねたような表情がいつも以上に可愛《かわい》く見える。さらりと白銀の髪を掻《か》き上《あ》げて耳にかける仕草も、無防備に身を乗り出して至近距離からこちらを見つめる紅玉《ルビー》の瞳も――

「……ご主人様、聞いていらっしゃいますか？」

「篠原《しのはら》、ちゃんと聞いてるの？」

(っ……き、聞いてる！　聞いてるけどぉおおおおッ！)

——だから、まあ、なんというか。

その後も事あるごとに雑念に襲われ、勉強が一向に捗《はかど》らなかったのは言うまでもない。

♯

それから、およそ二週間後。

目下最大の懸念だった期末試験は、姫路と彩園寺の協力もあってどうにか切り抜けることが出来た。……いやまあ、切り抜けたとはいっても最終的な得点は全ての教科で50点前後。40点以下が赤点扱いとなる学園島《アカデミー》の基準では相当ギリギリだったのだが。

とにもかくにもこれで一学期の行事は全て終了し、英明《えいめい》学園は——というか学園島《アカデミー》に存在する全ての学校は、明日から長期休暇に突入することになる。

「それでは……試験も無事に終わったことですし、来週から始まる夏期イベントのおさらいでもしておきましょうか」

コトン、と俺の目の前にティーカップを置きながらそんなことを言ったのは、見慣れたメイド服姿の姫路白雪《しらゆき》だ。彼女は続いてもう一つのカップを横に並べると、小声で「失礼します」と囁《ささや》いてから俺の隣にちょこんと腰掛ける。

湯気を立てる紅茶で軽く唇を湿らせてから、彼女は俺の方へと身体《からだ》を向け直した。

「《ＳＦＩＡ《スフィア》》——今回のイベントは、島内でも最大級の規模を誇る夏の祭典です。参加者は約二十五万人。つまり、学園島《アカデミー》の全二十区に所属する高校生全員が——もとい、期末試験で赤点を取らなかった全員が参加可能となっています」

「その節は本当に助かった……」

「いえ、わたしは当たり前のお手伝いをさせていただいただけですので。一番の功労者はリナと、本気で頑張ったご主人様に決まっています。……と、まあともかくです」

ふわりと優しく口元を緩めつつ、姫路《ひめじ》は逸《そ》れかけた話題を軌道修正する。

「《SFIA《スフィア》》は二十五万人参加の大規模《決闘《ゲーム》》ですので、一つの《決闘《ゲーム》》で全ての決着がつくわけではありません。第1段階《ファーストステージ》で約十万人に、第2段階《セカンドステージ》で一万人に、第3段階《サードステージ》で百人に……というように、合計五つの段階《ステージ》に分けて《決闘《ゲーム》》を行っていきます。形式としては個人戦ですが、最終決戦《ファイナル》はチーム単位の《決闘《ゲーム》》になるのが通例ですので、学区単位の協力はやはり欠かせません」

「なるほど。参加するのは個人ごとだけど実質的にはチーム戦、って感じか。で、その最終決戦《ファイナル》とやらに勝つと色付き星《ユニークスター》が手に入ると」

「その通りです、ご主人様。今回のイベントで提供されるのは〝橙の星《だいだい》〟……手に入れられれば五色目です。本物の7ツ星になるのも夢物語ではなくなってきますね」

「だな。……まあ、だからこそ妨害も激しくなるんだろうけど」

そこまで言って、思考を整理するべくそっと右手を口元へ遣《や》る俺。

「ちなみに、デメリット——っていうか、脱落した場合はどうなるんだ？　負けたら星を奪われる、ってなるとそもそも参加を取《と》り止《や》めるプレイヤーも多そうだけど」

「素晴らしい読みですね、ご主人様。そういった事情もありまして、星を賭けた真剣勝負になるのは第４段階《セミファイナル》からです。最初の三つの段階《ステージ》は、仮に惨敗しても星を失わない〝慣らし〟の段階《ステージ》……ですので、学区対抗戦に出てくるような高ランカーであれば当たり前に突破してきます。星を失うことこそありませんが、早い段階で脱落してしまうとご主人様の評判に傷が付きますのでお気を付けください」

「……ま、そりゃそうだよな」

涼しげな声で紡がれる忠告に対し、俺も肩を竦《すく》めて同意を返す。姫路の言う通りだ。仮にも……否、嘘《うそ》でも〝７ツ星〟を名乗るからにはそんな逃げなど許されない。

『ただ、そう簡単にはいかないっていうのも確かなんだよねん』

と——そこで、テーブルの上に置いていた端末から寝起きみたいに覇気のない声が聞こえてきた。釣られてそちらへ視線を遣れば、ビデオチャットに映っているのは《カンパニー》のメンバー、加賀谷《かがや》さんだ。おそらく自宅の一角なんだろう、ごちゃごちゃっと物が散乱した窮屈なスペースにジャージ姿の残念美人が片膝立てで座っている。

そんな加賀谷さんは、手元に持っている別のタブレットで資料を見ながら続けた。

『例年とルールが変わらないなら、各段階《ステージ》のルール発表は開始直前……前日に行われるのがセオリーなんだよ。普通はそれでも困らないんだけど、ヒロきゅんの場合は絶対に負けられないでしょ？　おねーさんたちも色々準備しなきゃいけないし、あんまり余裕ないんだよねん。だから、出来れば全部の段階《ステージ》でアドバンテージを取っていきたい感じかも』

「アドバンテージ？」

「はい、ご主人様。《SFIA《スフィア》》には、いわゆる〝上位ボーナス〟のような概念が存在します——現在の段階《ステージ》を上位で勝ち抜けることで次の段階を有利に戦えるアドバンテージが手に入る、という仕様ですね。ですので、基本的にはこれを残さず獲得していくというのがメインの攻略方針になるかと思います。もちろん、その方法はイカサマで」

「……そういうことか」

　くすっと楽しげに口元を緩ませる姫路《ひめじ》に小さく頷《うなず》きを返す俺。……《SFIA》の攻略方針。直前までルールが分からない勝ち抜き戦だからこそ、アドバンテージを獲得するために《カンパニー》の力を借りて全力でイカサマを行使する。

「ただ……」

　と、そこで姫路がさらりと微《かす》かに髪を揺らした。

「そうは言っても全員参加の《決闘《ゲーム》》ですので、常連の強豪やこれから台頭してくるダークホースなど、不確定要素を挙げればキリがありません。そこで、わたしたち《カンパニー》もそろそろ戦力の強化を図っていい頃合いかと思います」

「戦力の強化？　それって……ああ、なるほど。椎名のことか」

そんな姫路の提案に対し、得心と共に頷きながら小さく呟《つぶや》く俺。

そう――元はと言えばあの学長から話があったことなのだが、実は現在〝椎名《しいな》を《カンパニー》に招いてはどうか〟という案が持ち上がっているんだ。引きこもりで純真な天才中二病少女・椎名紬《つむぎ》。五月期交流戦《アストラル》をめちゃくちゃにした張本人でもある彼女だが、その才能は折り紙付きだ。

「実際、スキルという意味では充分に即戦力だと思いますよ？　人見知りに関してはほんの少しだけ改善してもらわなければなりませんが、それを差し引いても合格ラインの遥《はる》か上です。……ただ、椎名様を《カンパニー》に招く場合、問題になるのは〝ご主人様の嘘《うそ》をある程度バラさなくてはいけない〟という点ですね」

「そこなんだよな、結局……」

微かな嘆息と同時に難しい顔で頬を掻《か》く。

まあ、考えてみれば当然の話だ――《カンパニー》というのは、本当は最強でも何でもない俺が〝偽りの7ツ星〟として振る舞うために結成された補佐チーム。だからこそ、俺の嘘を共有してもらうことは大前提になる。最初からずっと味方でいてくれている姫路や学長の関係者、そして奇妙な共犯関係にある彩園寺《さいおんじ》。それ以外の人間に……しかも自主的に嘘を明かすとなれば、それは俺がこの島に来て初めて渡る〝危険な橋〟だ。

「けど……別に、何もかもバラす必要はないと思うんだよな。例えば〝篠原緋呂斗《しのはらひおれと》が7ツ星として君臨し続けるために裏工作をする秘密組織なんだ〟みたいな言い方でも、話としては通じると思う。それなら嘘《うそ》は隠せるし、椎名《しいな》も食いついてくれるはず」

「それはそうかもしれませんが……とはいえ、それだと結局イカサマ組織であることは隠せていないのでは？」

「まあな。でもあいつ、イカサマそのものにはあんまり抵抗ないと思うんだよ。《アストラル》でも散々暴《あば》れてたし、何なら〝悪いこと＝格好《かっこう》いい〟って思ってる節すらある」

「ん……そう、ですね。確かに、思い返してみればその可能性はありそうです」

そっと指先を唇に当てて頷《うなず》く姫路《ひめじ》。これまでの経験から分かっている通り、椎名紬《つむぎ》はいわゆる中二病だ。《カンパニー》みたいなド直球の秘密結社、気に入らない方が不思議なくらいだろう。それに、あいつの場合は高校へ通うつもりもないみたいだから……

「……うん。やっぱり、どう考えてもメリットの方が大きいな。今回はいつも以上に妨害が激しくなるってことだし、今のうちに仲間にしておいた方が良さそうだ」

「そうですね。一つだけ、個人的な懸念がないと言えば嘘になりますが――」

「懸念？」

「いえ、何でもありませんご主人様。……さっそく女狐《めぎつね》様に連絡を取ってみますね」

気になる言葉を零《こぼ》したものの、次の瞬間にはいつも通りの涼しい顔で首を振る姫路。

そして、それからおよそ一時間後──

「え、え、え!?　ほんと!?　それ、ほんとにほんと!?　わ──────いっ!!」

──学長経由の呼び出しに応じて俺の家まで来てくれた椎名は、話を聞くなり大興奮で漆黒と深紅のオッドアイを輝かせ、ケルベロスのぬいぐるみと一緒に思いきり俺の腰に抱きついてきた。傍《かたわ》らの姫路が「やはりこうなりましたか……」と微《かす》かな嘆息を零す中、椎名はキラキラとした瞳で俺を見上げてこんなことを言ってくる。

「えへへ、お兄ちゃんお兄ちゃん！　ありがとう、大好きっ!!」

「ありがとうって……いや、誘ってるのはこっちの方だぞ？　そんなに《カンパニー》が気に入ったのかよ」

「それもそうだけど、秘密結社も格好いいしイカサマで勝つのも楽しそうだし全部全部嬉《うれ》しいけど、でも《カンパニー》に入ればわたしもお兄ちゃんと一緒に《決闘》が出来るってことでしょ？　学校に行かなくても、高校生にならなくても参加していいってことでしょ？　だからすっごく嬉しい！　……もしかして、そのために誘ってくれたの？」

「……いや、それはほら、たまたまだって」

「えへへ〜！」

俺の弁解なんて聞きもせずにぐりぐりと頭を擦《こす》り付けてくる椎名に対し、俺も諦めて苦笑を浮かべる。……まあ、そういう理由もなくはない。引きこもりの椎名が《決闘《ゲーム》》に参加する方法なんて、基本的には非合法のそれしかないんだから。

だから——まあ、そういうわけで。

『白雪《しらゆき》ちゃんの嫉妬と引き換えに《カンパニー》新体制スタート！　だねん』

真夏の祭典《SFIA《スフィア》》開始を目前に、新たな仲間が一人加わることと相成った。

♯

『れでぃぃいいいいいす&じぇんとるめぇえええん!!　ついに、ついにこの日がやってきたにゃ！　七月二十五日月曜日、学園島《アカデミー》夏期大型イベント《SFIA》開会式!!　みんにゃ英気はバッチリかにゃ!?　気合は充分かにゃ!?　これからイベントが終わるまで眠くなる暇なんか一瞬もないから覚悟してついてくるにゃ——と、いうわけで！　司会進行はこのワタシ、《ライブラ》の風見鈴蘭《かざみすずらん》が行わせていただきますにゃ!!』

「「「うぉおおおおおおおおおおおおお！！！」」」

『どうもにゃ！　応援ありがとにゃ！　さてさて、それでは開会式ということで早速プログラムを進めていくにゃ！　まずは全体のルール説明からレッツらゴーにゃ!!』

「「「うぉおおおおおおおおおおおおおおおおおおおおおおっっ！！！！！」」」


——七月二十五日、月曜の朝。

俺と姫路《ひめじ》は、少し早めの朝食をとりながら、一番区のイベントホールで行われている開会式の様子をisland tube《アイ・チューブ》の中継越しに眺めていた。

画面の向こうで元気に飛び跳ねているのは、俺たちとも少なからず絡みのある桜花《おうか》の二年生・風見鈴蘭だ。野球少年のような帽子《キャップ》にぴょこんと外ハネした髪、それから肩に巻いた〝敏腕記者〟の腕章がトレードマークのボーイッシュな少女。司会や審判役としてしょっちゅう表舞台に立っているため、下手なアイドルよりもよっぽど人気がある。

が、まあそれはともかく。

「いよいよイベント開始、か……」

姫路の作ってくれた朝食——ちなみに今日のメニューはご飯と味噌汁《みそしる》と焼き鮭《しゃけ》という完全無欠な和食セットだ。洋館というシチュエーションには合わないが最高に美味《うま》い——に舌鼓を打ちながら、俺はポツリとそんな言葉を口にする。

と、すぐ隣から同じ画面を覗《のぞ》き込んでいた姫路がさらりと髪を揺らして頷《うなず》いた。

「はい。この開会式をもって《ＳＦＩＡ》は正式に開始が宣言され、今から約二時間後には第1段階《ファーストステージ》がスタートします。ルールに関しては、昨夜確認した通りですね」

言いながら端末に添えた指先をすっと右へスライドさせる姫路。すると、その操作に従って開会式の様子を映し出していた投影画面が横へとずれ、代わりに第1段階《ファーストステージ》のルールをまとめた姫路お手製のスライドが俺たちの前に現れた。

【《SFIA《スフィア》》第1段階《ファーストステージ》――《ランダムチェイス》】

【各プレイヤーには、それぞれ〝標的《ターゲット》〟となる端末IDが十個与えられる】

【与えられる端末IDは〝所有者が自身と同じ学区の生徒でない〟ことを除いて完全にランダムに決定される。そして、各プレイヤーの端末には〝自身と各標的との距離〟がリアルタイム更新で表示される】

【この時、いずれかの標的を端末のカメラ機能で撮影することを〝捕捉《キャプチャー》〟といい、制限時間以内に一度でも〝捕捉〟を成功させたプレイヤーは第2段階《セカンドステージ》進出の権利を得るものとする。ただし、盗撮防止のため〝捕捉〟で撮影された写真データは保存されない】

【前述の通り、《ランダムチェイス》は制限時間制である。開催期間は七月二十五日の午前九時から午後五時までとし、その間に一度でも〝捕捉〟に成功すれば《決闘《ゲーム》》クリア。そして複数回の〝捕捉〟――ただし異なる標的に限る――を行ったプレイヤーには、その回数に応じて第2段階《セカンドステージ》におけるアドバンテージが与えられる（最大五回）。また、他プレ

イヤーに〝捕捉〟されたことによるペナルティ等は一切ない】

【アビリティは一つだけ登録《セット》できるものとする】


――と、まあこんな感じ。

内容としては、いわゆる探索系……とでも言えばいいのだろうか。標的となる端末ＩＤを持つプレイヤーを探し出し、そいつをカメラに収めれば《決闘《ゲーム》》クリア。アドバンテージを獲得するのはなかなか骨が折れそうだが、単に第1段階《ファーストステージ》を突破するだけならそれほど難しい条件でもなさそうだ。島中で大移動が発生することも含め、いつかの五月期交流戦と比べてかなりお祭り感のある《決闘《ゲーム》》と言える。

そこで、澄んだ碧《あお》の瞳で俺の目を覗《のぞ》き込みながら、姫路《ひめじ》がそっと口を開いた。

「ルールにもある通り、この第1段階《ファーストステージ》――《ランダムチェイス》は定員制ではなく制限時間制となっています。想定突破率は約40％……つまり、十万人ほどがクリアできるレベルの難易度ですね。実際、このルールだと他プレイヤーからの〝捕捉〟を遮る手段があまりない、というか遮る意味がありませんので、妨害の可能性はほぼ皆無。特に凝った方法を用意しなくてもクリアできる方は多いと思います。そういう意味では、イベント参加の意思確認も兼ねている段階《ステージ》なのかもしれません」

「かもな。まともにプレイしてればクリア条件は達成できそうだし、遊び気分のやつだけをふるいにかけてるって感じだ。……けど、アドバンテージの方はどうだろうな」

「そうですね。アビリティの選択に加えて若干の運も必要……という具合でしょうか。ですが、ご主人様の場合はそうではありません。椎名《しいな》様のデビュー戦ということもありますし、思いきり圧倒していただければと」

ほんの少し楽しげに口元を緩めつつ、平然とした声音でそんなことを言う姫路《ひめじ》。

そう——一見それなりに面倒《めんどう》くさい要素を含んでいそうなこの《決闘《ゲーム》》だが、《カンパニー》によるハッキングという裏技《チート》が使えるのであれば何も難しいことはなかった。単に自分が追っている相手の標的IDを検出し、そいつがどこへ向かっているのかを調べて先回りすればいいだけだ。もちろん全員が流動的に動いているため目的地を確定させることは出来ないが、標的の標的、さらにその標的……といくつかのIDを辿《たど》っていくことで精度の高い情報を入手することが可能になる。

「ちなみに、今日は椎名が一人でサポートしてくれる予定なのか？」

「いえ。いきなり単独で、というのはハードルが高すぎますし、そもそも椎名様は学長室の隣に住んでいらっしゃいますので機材的な不安も拭えません。というわけで、本日は加《か》賀谷《がや》さんと一緒にこの家で諸々《もろもろ》の作業をしていただく予定です」

「え……大丈夫か、それ？　姫路ならともかく、加賀谷さんとは完全に初対面だよな？」

「はい。ですので、もし厳しければ端末越しにやり取りしてもらおうと思います。その方法でもご主人様のサポートには全く支障ありません……が、せっかく仲間になるわけですし、出来れば仲良くなりたいな、と。わたし個人としてはそう思っていますので」

「……そっか」

ならば不安は一つもない。

そんなわけで、ルールを再確認した俺たちはいよいよ出掛ける準備をすることにした。

＃

《ＳＦＩＡ》《スフィア》第1段階《ファーストステージ》――《ランダムチェイス》。開始から約四時間後。

俺と姫路は、至極順調に《決闘》《ゲーム》を進めていた。

『やった、また捕まえた！　えっと、今の人はメイドのお姉ちゃんの標的だったから次はまたお兄ちゃんの番ね！　ん～……むむむ……分かった、こっちの方！　お兄ちゃんお兄ちゃん、右の方にびゅーんって走って走って！』

『えーっと、ヒロきゅん、次は二番区方面ね。ちょっと急がないと間に合わないっぽい』

「……二番区、ですか？　一番近いＩＤは十五番区に向かってるみたいですけど……」

『その人じゃなくて、こっちの人！　こっちの人がぐるって回ってトントンってなってこう来るからこれで合ってるの！　早く～！』

『待ってね。うーんと……ああ、なるほどねん。ヒロきゅんが言ってる人じゃなくて別のプレイヤーが二番区を通るみたい。複雑な進路だけど、これなら確かにぶつかりそう』

「おお……なるほど、ありがとうございます」

イヤホンから聞こえてくる椎名《しいな》及び加賀谷《かがや》さんの声に、俺は短く感謝の言葉を返す。

状況を見れば一目瞭然、という感じだが——椎名のサポートは、基本的に上手《うま》くいっていた。細かい計算や分析は素人《しろうと》レベルに留《とど》まるものの、どのプレイヤーがどう動くのかという部分はほとんどゲーム感覚で読めてしまうらしい。感覚的な天才ということもあり指示出しは意味不明だが、そこは加賀谷さんの通訳でどうにかなっている。

『やー、ヒロきゅんヒロきゅん、凄《すご》いよこの子？　最初はおねーさんのこと全然見てくれないからしょんぼりしてたんだけど、マップあげたら目付き変わっちゃって！』

「マップ、ですか？」

『そーそー、学園島《アカデミー》の見取り図に全プレイヤーの現在地を反映したマップ。ほんとは標的だけとか、せいぜい標的の標的くらいまでに絞って解析するんだけど、ツムツムってば目だけで全部の状況追ってるんだもん。凄いよ、一生懸命で超かわいい』

「いや可愛《かわい》いのは関係ないです」

うむうむと感慨深げな加賀谷さんの声に小さく首を横に振る俺。……二十五万人の所在地をリアルタイムで更新し続けるマップなんて、そんなの作る方も使う方も異次元レベルでヤバすぎる。おかげで、俺と姫路《ひめじ》が第1段階《ファーストステージ》突破の最低条件である〝一人捕捉〟を達成したのは《決闘《ゲーム》》が始まってから三十分も経《た》っていない頃のこと。そして、時間的には折り返しにも至っていない現時点で既に三人目の〝捕捉〟を終えていた。

ペース的にはかなり余裕が出てきたため、移動しながら島の様子やら何やらにも目を向けてみる——何というか、本当に一種の祭りという感じだ。各学区の大通りを中心に様々な屋台がずらりと並び、昼間から神輿《みこし》が練り歩いているようなエリアもある。プレイヤーたちも標的を追う合間に気になる露店を冷やかしていたりして、大規模イベントの名に相応《ふさわ》しい喧騒《けんそう》がそこら中に広がっている。

『むにゃ……ふぁ～ぁあ』

と——俺が頭の中でそんなことを考えていると、不意にイヤホンから眠たげな欠伸《あくび》が漏れ聞こえてきた。一瞬どちらの声か判別できなかったが、直後に『……ふえ？』と少し焦《あせ》ったような椎名の反応が聞こえたことで何となく状況を察知する。

『あ、あれ、お姉ちゃん……？　あの、今寝ちゃったら、えっと、まだ《決闘《ゲーム》》が……』

『え～？　だいじょーぶだいじょーぶ、ツムツムは可愛いからおねーさんなんかいなくても一人でやれるって。だから、おねーさんはちょっとお昼寝……すー、すー』

『!?　お、お兄ちゃんお兄ちゃん！　お姉ちゃんが寝ちゃった！　わ、わた、わたしに抱きついたまま寝ちゃった！　ど、どうしよどうしよ!?』

『にゃ〜……すべっすべ……良《い》い匂い……』

『〰〰〰〰!!』

寝惚《ねぼ》けて椎名《しいな》に頬でも擦《こす》り付けているらしい加賀谷《かがや》さんの幸せそうな寝言と、人見知り故にどう対処していいのか分からずただただ声にならない悲鳴を上げる椎名の悶絶《もんぜつ》とが同時に俺の鼓膜を撫《な》でる——何というか、ちょっといけない場面を盗み聞きしているような感覚だ。椎名がテンパって声を押し殺しているのも余計にマズい。

「あー……なあ姫路《ひめじ》、加賀谷さんを起こす方法って何かないか？」

「そうですね……では、ここはわたしが」

俺の要望に対し、姫路は少し考えるような素振りを見せつつ頷《うなず》いた。そして、耳周りの髪を掻《か》き上《あ》げるような形でイヤホンに指を添えると、涼しげな声音でこう切り出す。

「椎名様。ご主人様の専属メイドの姫路白雪《しらゆき》です。少しお話してもよろしいですか？」

『！　メイドのお姉ちゃん……？　な、なぁに？』

「はい。実はですね、こんなこともあろうかと、冷蔵庫の中に純度１００％のブラックコーヒーを作り置きしておいたのです。匂いを嗅がせるだけでも加賀谷さんを起こせると思いますので、一度試してみていただけますか？」

『冷蔵庫、ね？　う、うん、わかった！』

そんな声と同時、少し激しめの衣擦《きぬず》れ音と加賀谷さんのむにゃむにゃボイスが耳朶《じだ》を打った。おそらく、椎名が加賀谷さんのホールドを抜けてキッチンへ向かったんだろう。さらに少し待ってみると、トタトタという足音と共に椎名が戻ってくる気配がする。

……そうして、数秒後。

『にゃっ⁉　こ、この目の覚めるような苦み、白雪ちゃんのお手製コーヒー⁉』

『ほ、ほんとに起きた……！　ありがと、メイドのお姉ちゃん！』

「どういたしまして。加賀谷さんは基本的にダメ人間ですがまともに働いている時だけは異様に優秀ですので、遠慮せずにガンガン使ってあげてください」

『う、うん。……あ、それと……えっと』

イヤホンの向こうで何やら言《い》い淀《よど》む椎名。姫路と一緒に首を傾《かし》げつつ続く言葉を待っていると、それは小さな音として聞こえてきた。「く〜」と可愛《かわい》らしいお腹《なか》の音だ。

『！　……ち、ち、違うもんっ！』

瞬間、お腹が鳴った自覚はあるんだろう、椎名が物凄《ものすご》い勢いで否定を始める。

『今のはわたしじゃなくて、使い魔《ロイド》のお腹が鳴っただけだもん！　知らない人と会うのが緊張して朝から何も食べられなかったわけじゃないもん！　お姉ちゃんが優しそうだから安心して急にお腹が空《す》いてきたとかじゃないもんっ！』

「……ふふっ、そうでしたか」

そんな椎名の言い訳、もとい自白を聞いて、姫路はふわりと優しい笑みを浮かべた。そうして彼女は、白銀の髪を揺らしながらこんな言葉を口にする。

「では、椎名《しいな》様。お腹《なか》が空《す》いていないところ大変お節介な申し出なのですが、もう一度先ほどの冷蔵庫を覗《のぞ》いてみていただけませんか？　実は、二段目の棚に椎名様用のオムライスを用意しているのです。レンジで二分ほど温めてからお召し上がりください」

『え……え!?　い、今なんて言ったのお姉ちゃん!?』

「？　ですから、オムライスを――あ、なるほど。……鮮血に染まりし供物《くもつ》を」

『鮮血に染まりし供物を!!』

「…………」

多分そういうことじゃないと思うのだが、まあ伝わっているようなので良しとしておこう。さっそくオムライスを温めてきたらしい椎名は、イヤホン越しにでも容易に表情が想像できるくらいはしゃいだ声で続ける。

『わぁ……！　これ、これお姉ちゃんが作ってくれたの!?　わたしのために!?』

「はい、もちろん。椎名様は――いえ、紬《つむぎ》さんは仲間ですので。これくらいは当然です」

『仲間……仲間、仲間。……えへへへへへへへ』

もはや感情がダダ洩《も》れになった声で喜びを露《あら》わにする椎名。心の底から嬉《うれ》しそうなその反応に、俺も姫路《ひめじ》も思わず口元を緩ませる。

と――そんな時だった。

（ん……？）

カシャッと微《かす》かなシャッター音が聞こえた気がして反射的に振り返る俺。すると、そこには見知らぬ男女の二人組が立っており、こちらへ端末を構えているのが見て取れる。直後、俺の視線に気付いたんだろう、彼らはニヤリと笑みを浮かべるとすぐにその場を去っていってしまった。

（〝捕捉〟された……？　いや、でも……）

微かな違和感を覚えて俺はそっと右耳に指を遣《や》る。……この第1段階《ファーストステージ》において、他のプレイヤーから〝捕捉〟されることに対してペナルティはない。ただしアビリティで攻撃される可能性はあるため、一応《カンパニー》に警戒してもらっていたはずなのだが。

そんな俺の疑問に対し、すっかり目の覚めた加賀谷《かがや》さんが神妙な声で呟《つぶや》く。

『ごめん、ヒロきゅん。さっきの二人、《カンパニー》のサーチに引っ掛からなかったみたい……多分、そういうのを躱《かわ》すアビリティを採用してるんだと思う』

「サーチを躱すアビリティ、ですか……？　でも、そんなの意味ないですよね」

『うん。誰かに〝捕捉〟されてもペナルティは何もないから、普通は防御なんて要らないはず。特に高ランカーってわけでもないみたいだし……何だったんだろ？』

「…………」

オムライスを頬張《ほおば》っているのであろう椎名の分まで不思議そうに呟く加賀谷さん。

特に害があったわけでもないし、既にいなくなってしまった以上は考えても仕方ないのだが……なんとなく、何かが動き始めているような予感だけはした。

＃

途中で微妙に不穏な影こそ見えてはいたものの、結局《SFIA《スフィア》》第1段階《ファーストステージ》《ランダムチェイス》は、椎名《しいな》たちの協力もあってあっさりと勝ち抜けることが出来た。《決闘《ゲーム》》の終了時、すなわち午後五時時点での〝捕捉〟状況は俺も姫路《ひめじ》も完全クリアとなる五人だ。第2段階《セカンドステージ》でのアドバンテージを最大限に得られる勝ち方をしたプレイヤーはそれなりに珍しかったらしく、《ライブラ》の公式チャンネルでも取り上げられていたりした（まあ彩園寺《さいおんじ》や枢木《くるるぎ》なんかも当然のように名を連ねていたが）。

ともかく、これにて《SFIA》の第1段階《ファーストステージ》は無事終了。二十五万人強の参加者から約四割が勝利条件を達成し、第2段階へと駒を進めたのは98520人だ。桁は一つ減ったが、高ランカーならまだまだ余裕で突破できなければならない人数帯には違いない。

そんなわけで、

「――悪いな、ここは俺の勝ちだ」

第2段階《セカンドステージ》《レートレーダー》に関しても、俺は順調なペースで攻略を進めていた。

昨夜ルールが公開されたばかりのこの第2段階《セカンドステージ》は、一見した限りでは非常に単純な《決《ゲー》闘《ム》》だ。ゲーム内通貨を用いて〝武器〟を購入し、その武器の強さを他のプレイヤーと競い合う……のだが、ここで用いられる各武器の〝戦闘力〟というのが決してその武器に固有の値じゃない、というのがこの《決闘《ゲーム》》最大の特徴と言えるだろう。

【《ＳＦＩＡ》第2段階《セカンドステージ》――《レートレーダー》】

【各プレイヤーは、それぞれ一つ以上の〝武器〟を所有する。《レートレーダー》におけるバトルとは、この武器の〝戦闘力〟を比較するだけの単純なものである】

【《レートレーダー》に存在する全ての武器には《剣／槍《やり》／槌《つち》／銃／弓／魔》からなる六つの〝種別〟と、《地／水／火／風》からなる四つの〝属性〟が設定されている。武器を購入する場合はこの種別及び属性を自身で選択する（例：《火／槍》や《風／弓》など）】

【《決闘《ゲーム》》の開始時点では、全ての武器に性能差は存在しない。強さは一定で、金額も一律10ｐｔ。ここで〝ｐｔ〟とは《レートレーダー》で使用されるゲーム内通貨であり、初期段階では各プレイヤーに15ｐｔずつ与えられる。ただし、第1段階《ファーストステージ》で二名以上のプレイヤーを〝捕捉〟していた場合は、追加人数一名につき5ｐｔのアドバンテージを得る】

【第2段階《セカンドステージ》の開始と同時、プレイヤーは初期武器を一つ購入する。そして、このタイミングで各武器の〝希少度《レート》〟が決定される。

希少度《レート》：武器の〝珍しさ〟を定義する値。その種別の武器が少なければ少ないほど、その属性の武器が少なければ少ないほど該当武器の希少度は上昇する。そしてこの希少度こそがすなわち武器の〝戦闘力〟となる（つまり珍しい武器ほど強い）。よって、各武器の戦闘力は全プレイヤーの持つ武器の割合に応じて変化する】

【武器の売却、及び購入は端末メニューの〝ショップ〟から実行可能。ただし売却／購入金額はその時点での希少度とリンクしているため、珍しい（＝強い）武器ほど高く、ありふれた（＝弱い）武器ほど安くなる。また、3pt支払うことで特定武器の現在の希少度や序列（全武器の中でどのくらい強いか）を調べることが可能となっている】

【前述の通り、他学区プレイヤーとのバトルは〝武器の戦闘力を比べる〟もの。両プレイヤーが使用武器（複数持っている場合はどれか一つ）を選択するとその時点での希少度が開示され、その大小によって勝敗が確定する。ここで、プレイヤーは初期段階で5点の持ち点を持っており、バトルに勝利すると1点獲得、敗北すると1点減点となる。この持ち

点が10点に達すると自動的に《決闘《ゲーム》》クリアとなり、反対に0点になると脱落する】
【第2段階《セカンドステージ》《レートレーダー》は定員制であり、通過者が一万人に達した時点で強制終了する。ただし、午後五時時点でこの条件が満たされていなかった場合は一旦《決闘《ゲーム》》を中断し、翌日の午前九時からリスタートする。また、早い段階で勝利条件を達成したプレイヤー（先着百名）は、第3段階《サードステージ》でのアドバンテージを獲得する】

【アビリティは三つまで登録《セット》可能とする】

……とのことで。
一言でまとめてしまえば〝多人数での押し引き〟がテーマになる《決闘《ゲーム》》、ということになるだろうか。他プレイヤーの交戦状況や仲間の情報などから〝自分の武器が強いのか弱いのか〟を判断し、その上で勝てそうな相手を探してバトルする。もし自分の武器が弱いなら別のものに買い替えなきゃいけないが、強い武器は値段も高い。逆に弱い武器、つまり希少度の低い武器は他のプレイヤーも手放したがるはずだから、持っていればそのうち価値が上がるかもしれない。
「ん……」

何というか……第1段階《ファーストステージ》の《ランダムチェイス》と比べて、一気に戦略性が増したような印象だ。例えば学区全体で同じ武器を買ったり手放したりすることで希少度《レート》を操作することも出来るし、またショップ機能からは武器の売買の他に〝持ち点の売却〟なんかも出来るため、文字通り命を削るような戦法も取れることになる。

だからこそ、アビリティを使って各武器の希少度を調べたり、あるいは仲間と協力して希少度を弄《いじ》ったりするのが一般的な方針になるのだろう。ただ一つ難点を挙げるとすれば、それだと少し慎重すぎるということだ。勝率は安定しても早さが足りない。第3段階《サードステージ》でのアドバンテージを獲得したいなら〝必勝〟だけじゃダメなんだ。

故に——

「お疲れ様です、ご主人様。……やはり最強ですね、無属性の武器は」

——そう。

この《レートレーダー》において、俺が攻略の中心に据えたのは《消去》という特殊アビリティだった。対象のデータ一つを無効化する、という消滅効果——これを二重《ダブル》で使うことで自身の武器から〝種別〟及び〝属性〟のデータを失わせ、《無／無》なる唯一無二の武器を作り出している。当然、希少度はぶっちぎりで最上位だ。

ただ、もちろんこれも通常なら不可能な行為、すなわち不正《イカサマ》には違いない。武器の種別や属性というのはルールに関《かか》わる重要なデータであり、通常なら絶対に干渉できない領域にある。そこを《カンパニー》のハッキングで無理やり突破したうえで、武器名や戦闘力の表示に関しては《†漆黒の翼†》で見えないように靄《もや》をかけているのだった。

そんな戦略を思い返しながら、俺は姫路《ひめじ》の言葉に頷《うなず》き返す。

「ああ。とりあえず、今の勝負で四勝目……持ち点も9になったから次でラストだな。誰かがクリアしたって話はまだ出てないし、今回もアドバンテージは取れそうだ」

「そうですね。この分なら、お昼ご飯は家でゆっくり食べられるかもしれません」

微《かす》かに安堵《あんど》の混じった俺の呟《つぶや》きに、ちらりと端末の時計を見てからそんなことを言ってくる姫路。現在時刻は十一時四十二分といったところだ。かなりのハイペースになってしまったが、ここは焦《じ》らさずさっさとクリアしておくべきだろう。

「――おわっ⁉　し、篠原緋呂斗《しのはらひろと》⁉」

そんなわけで、俺は駅へと向かう道すがらで捕まえたプレイヤーに勝負を申し込むことにした。相手は俺が学園島《アカデミー》最強であることに気付いて目を丸くしていたが、武器には自信があったのかすぐに口角を上げて端末を取り出す。そうして「俺に声を掛けたことを後悔するんだな！」などと言いながら何らかのアビリティを使用する。

『はいはい、はーい！　いい、お兄ちゃん？　えっとね、相手の人が使ってる武器は《邪悪なる炎》フレイムソード――じゃなくて《火／剣》属性の武器だよ！　希少度をぎゅわーって操作していっぱい強くしてるみたいだけど、もちろん無属性には届かないからだいじょーぶ！　絶対、お兄ちゃんの勝ち！』

（……了解）

サポートなんだかよく分からない椎名《しいな》の声援をイヤホン越しに聞きながら無属性武器を選択し、あっという間に勝負を終わらせる。これで累計五勝目となり、勝利条件である〝持ち点10〟も達成だ。正確な順位に関しては《ライブラ》の発表を待たないと分からないが、とはいえ先着百人《アドバンテージ》を取れていないということはないだろう。

そんなことを思った──瞬間、だった。

「──篠原《しのはら》先輩、ですよね」

「ん？」

背後から投げ掛けられた声に、一応警戒しながらゆっくりと身体《からだ》を反転させる俺。

そこに立っていたのは、見覚えのない一人の女子生徒だった。着ているのは英明《えいめい》の制服で、微《かす》かに幼さの残る風貌や呼び掛けの言葉を踏まえればおそらく一年生なんだろう。最も目を引くのは、腰を通り越して太ももの辺りまで届こうかという流麗な黒髪だ。きりっとしていて姿勢も良く、全体として息を呑《の》むほどに美しい。一文字に結ばれた口元や真面目そうな顔つきも加味すると、どことなく委員長タイプといった印象だろうか。

「う……」

俺が頭の中でそんなことを考えていると、彼女は両手で自分の身体を抱くようにしながら小さく一歩後退《あとずさ》りした。そうして、少し離れた位置から非難の視線を向けてくる。

「な、何ですか、人の身体をじろじろと見て。先輩にそんなことまで許可した覚えはないんですけど」

「……いきなり出てきて人のことを変態扱いとはご挨拶だな。初対面なんだから名前くらいは名乗ったらどうだ？」

「ぁ……そうですね、確かにそれは私の落ち度だったかもしれません。……では改めて」

黒髪の少女は意外にも素直に自身の非を認めると、右手をそっと胸の辺り——六角形の徽章《きしょう》らしきものが付けられている辺りだ——に添えて綺麗《きれい》な礼をしてみせた。攻撃的な言動とは裏腹に随分と礼儀正しい所作だ。

「初めまして、篠原先輩。それに姫路《ひめじ》先輩も。私は英明学園高等部１－Ａ所属の水上摩理《みなかみまり》といいます。今回先輩方に声を掛けたのは、他でもありません。実は、篠原先輩に一つお伺いしたいことがありまして」

「俺に？　何だよ、道にでも迷ったのか」

「そんなことじゃありません。……あの。篠原先輩って、不正してますよね？」

「————は？」

突然放り投げられたド真ん中のストレートに一瞬だけ反応が遅れる俺。動揺が顔に出ているなんてことはないと思うが、彼女は——水上は迷いのない口調で続ける。

「今までは半信半疑でしたが、さっきの勝負を見て確信しました。……実は私、武器の希少度《レート》を調べられるアビリティを登録《セット》しているんです。それによれば、先輩がさっき戦っていたプレイヤーの《火／剣》武器は現時点で序列一位。そこに強化系のアビリティまで使っていたんですから、本来なら負けるはずがないんです。なのに、先輩の見えない武器に負けた。これっておかしいと思いませんか？」

「何を言い出すのかと思えばそんなことかよ。まあ、確かにお前の視点では不思議に見えるのかもしれないぜ？　だけど、もしかしたら俺もあいつと同じ《火／剣》の武器を使ってたのかもしれない。あいつよりレベルの高い《数値管理》を採用してただけかもしれない。そういう可能性は考えないのか？」

「もちろん考えました。でも、それって結局詭弁《きべん》ですよね？　可能性があるっていうだけで、先輩が不正をしてるって考えた方がずっとずっと素直ですよね？」

　俺の反論に対し、水上《みなかみ》はあくまでも凛《りん》とした態度を崩さずに次なる矢を射《う》ってくる。その視線は責めるような……いや、いっそ軽蔑するような類《たぐい》のものだ。どういう背景があるのかは知らないが、俺が不正《イカサマ》をしていると信じて疑っていないんだろう。

「——私、嘘が嫌いなんです」

　そうして、水上は静かに続ける。

「嘘《うそ》も、不正も、イカサマも——全部、全部嫌いです。だって、嘘って凄《すご》く悪いことですよね？　正しくないことですよね？　しちゃいけないことですよね？　何でそんなものが罷《まか》り通《とお》っているのか分かりません。そして、篠原《しのはら》先輩からは嘘をついている人の匂いがします。……本当に、あの人の言っていた通りですね」

「……あの人？」

「はい、私たちの自慢のリーダーです。……今に分かりますよ、先輩にも」

くすっと口元を緩めながらそう言って、水上は胸ポケットから端末を取り出した。そしてメイン画面で今の時刻を確認すると、改めて俺に視線を向けてくる。

「先輩。この後すぐ――お昼の十二時頃になったら、ちょっとだけ面白いことが起こると思います。ぜひ island tube《アイ・チューブ》から目を離さないでおいてください」

「何か仕掛けてこようってのか？　生憎、第2段階《セカンドステージ》ならもうクリア済みなんだけどな」

「いいですよ、別に。そもそも、私たちは篠原先輩と違って絶対に悪いことなんかしませんから。……それじゃ先輩、また次の段階《ステージ》で」

最後まで毅然《きぜん》とした態度で言葉を紡ぎ切ってから律儀に頭を下げ、水上は流麗な黒髪と制服のスカートを翻《ひるがえ》しながらすたすたと彼方《かなた》へ去っていく。

後ろ姿からでも真面目さが伝わってくる背中を見送りつつ、姫路《ひめじ》がそっと息を吐いた。

「やれやれ、ですね。ご主人様がイカサマをしているだなんて、言い掛かりも甚だしいです。イカサマをしているのは主にわたしたち《カンパニー》の方だというのに」

「いや、それはあいつからしたらイコールだと思うけど……にしても、面倒だな」

水上摩理《みなかみまり》が去っていった方向に視線を向けながら溜《た》め息交じりにポツリと零《こぼ》す俺。

もちろん、この手の疑いを掛けられたのは今回が初めてというわけじゃない。転校してきていきなり7ツ星に君臨したわけだから、それこそ最初のうちは嫉妬や不信感を向けられることも少なくなかった。けれど、今の話を聞く限り彼女は個人ではなく集団だ。ただでさえ敵の多い大規模《決闘《ゲーム》》だというのに、余計な厄介事が増えることになる。

「それにあいつ、十二時になったら面白いことが起こるとか何とか──」

『──ひ、ヒロきゅん、ヒロきゅん！　緊急事態！　island tube《アイ・チューブ》開いて、早く!!』

と……そこで、俺の思考は耳元から流れてきた声に遮られた。日頃からテンション高めの加賀谷《かがや》さんだが、それにしたって今回は相当な焦《あせ》り方だ。何を訊《き》いても『いいから早く早く！』としか返ってこないため、急いで端末の画面を切り替えることにする。

瞬間、island tube の配信画面に映し出されたのは一人の男子生徒だった──見覚えのない制服を身に纏《まと》い、悠然とデスクに腰掛けて柔和な笑みを浮かべている。そんな彼の後ろには静かな表情の少女が一人と筋骨隆々な男が一人立っているのだが、そのうち少女の方が着ているのは手前に座る少年と同系統の制服だ。また、よく見れば全員が水上と同じ六角形の徽章《きしょう》を胸元につけているのが分かる。

そして、画面の右下に表示されているのは、演出も何もない端的な文字列だ。

「緊急配信……」

「……プレゼンテッドバイ、《ヘキサグラム》？」

端末を覗《のぞ》き込んだ俺と姫路《ひめじ》が二人揃《そろ》って眉を顰《ひそ》めた、刹那。

『やあ、皆さん――こんにちは』

画面中央に映っていた男が、その外見から想像できる通りの柔らかな声でそう切り出した。目を細めた落ち着きのある笑顔と、人を惹《ひ》き付《つ》けるような優しげな所作。ゆったりとした身振り手振りを交えながら、彼は滑らかに続ける。

『《ＳＦＩＡ《スフィア》》第２段階《セカンドステージ》の真っ最中にも関《かか》わらずたくさんの人が集まってくれたこと、心から感謝します。僕の話はそんなに長くないから、ぜひ聞いてもらえると嬉《うれ》しいな』

『改めて……僕は学園島《アカデミー》二番区・彗星《すいせい》学園所属の佐伯薫《さえきかおる》です。学年は三年で、等級《ランク》は６ツ星。一応色付き星《ユニークスター》も二つほど持っています――が、彗星はイベント戦にはあまり積極的でない校風なので、もしかしたら初めましての人もいるかもしれませんね』

『そんなわけで、この場を借りて自己紹介させてもらいましょうか。まず、僕たちは《ヘキサグラム》という名の学園島《アカデミー》公認組織です。リーダー、というか運営の責任者は僕こと佐伯薫で、掲げている活動内容はただ一つ――〝正義の執行〟』

「……正義？」

佐伯が発した単語を思わず鸚鵡《おうむ》返しに呟《つぶや》く俺。……正義、正義と来たか。物語の中でならともかく、現実で臆面もなく使われるのは珍しい。実際、似たような感想はisland《アイ・》tube《チューブ》のコメント欄にも流れているようで、それを見た佐伯《さえき》はうっすらと目を細めて笑う。

『あは、コメントが綺麗《きれい》に二つに割れていますね。確かに、何も知らない状態で今の話を聞いたら馬鹿にしたくもなるでしょう。ただ、そういう方は少しだけ冷静になって周りの状況を見てみてください。特に、去年を知っている先輩たちの反応を——ね？　少しは気になってきたでしょう？』

『そうです——僕たちは、何も妄言でこんなことを言っているわけじゃありません。学園《アカデ》島《ミー》の公認を受けるくらいですから、意外と実績があるんですよ。去年、学区ぐるみで違法アビリティの開発に手を出していた集団を摘発したのも、借金を抱えた低ランカーを奴隷のように扱っていた方々を検挙したのも、とある6ツ星の不正を暴《あば》いたのも……全て、僕たち《ヘキサグラム》です。良ければ後で島のデータベースでも調べてみてください。僕たちがいかに本気で正義を名乗っているかが分かっていただけると思いますから』

全く焦《あせ》ることなく滔々《とうとう》と告げる佐伯。その言葉だけでも充分に説得力はあるような気はしたが、一応ちらりと姫路《ひめじ》に視線を向けてみる。

「……はい、そうですね」

当の姫路は少し考え込むようにして、それから白銀の髪をさらりと揺らして頷《うなず》いた。

「確かに、ありました。《ヘキサグラム》を名乗る集団が大きな不正を解決した事件が過去に。しばらく動いていなかったので活動を休止したものと思っていましたが……」

『ああ、そうそう。僕たちが解散したという噂《うわさ》が流れているのも耳にしましたが、そんな事実はありませんよ？　単に、僕たちは必要な時にだけ動く組織だということです』

『逆に言えば――今は、動かなければならない時だということですが』

そこで一旦言葉を止めて、細い目をさらに眇《すが》める佐伯。……嫌な予感がした。いや、予感というか、水上《みなかみ》の発言を踏まえればほとんど確信に近いと言っていい。けれど今さら放送を止められるはずもなく、佐伯薫《かおる》は画面越しに真《ま》っ直《す》ぐ俺を見つめると――もちろん〝そういう気がする〟というだけだが――口端に笑みを湛《たた》えて続ける。

『そろそろ本題に入りましょう。……端的に言います。僕たち《ヘキサグラム》が今回活動している理由は、今を時めく学園島最強・篠原緋呂斗くんの不正を暴くためです』

「ッ――!!」

『……うん。まあ、そうでしょうね。驚かれるのも無理はありません』

『ですが、皆さんだって少しくらいは疑問に思いませんでしたか？　転校してきて間もない彼が常勝無敗の《女帝》を下し、その日のうちに7ツ星にまで繰り上がった。こんな事例は学園島《アカデミー》の歴史を全て遡ってもありません。おかしいんですよ、絶対に』

『だから僕たちは、その疑問を徹底的に追求することにしました。区内選抜戦、五月期交流戦、その他彼が参加した全ての《決闘《ゲーム》》――それらを細部まで調べ上げ、そして確信しました。彼は間違いなく不正を行っている。彼は悪だ、僕たち正義が裁くべき悪なんですよ。彼の勝利も、栄光も、全て嘘《うそ》で塗り固められた虚構にすぎません』

『もちろん、僕の話だけでは信じられないという人も多いでしょう。それは理解しています――だから、僕が出てきたんですよ。このイベントで、確実に彼を裁くために』

『篠原緋呂斗《しのはらひろと》くん。……僕たち《ヘキサグラム》が目を光らせている以上、君に好き勝手な不正はさせません。そして、その上で君が〝敗北〟してしまったら――不正を封じられたために負けてしまったのだとしたら、それは君が普段から不正に頼り切っていることのこの上ない証左ですよね？　もちろん、イカサマなしで勝てるのであれば僕たちの方が間違いを認めてしっかりと謝罪しますが……そんなことにはならないと思いますし』

『断言しますよ。……僕たちに君のイカサマは通用しない。君の嘘は、不正は、この《決闘《ゲーム》》で全て明るみに晒《さら》される』

『《ヘキサグラム》の名に懸けて――絶対に』

　何万という視聴者が見守る中でうっすらと余裕の笑みを浮かべてみせる佐伯《さえき》。

　そんなものを眺めながら、画面越しに宣戦布告を叩《たた》き付《つ》けられた形になる俺は――

（っ……が、学園島《アカデミー》公認の〝正義の組織〟？　そいつらが、俺の嘘を暴《あば》くために動き始めた!?　な、何だよそれ、いきなり大ピンチすぎるだろ……!?）

　――表面上はクールぶりつつも、内心ではとっくに焦《あせ》りを爆発させていた。

第二章　正義の矛先

＃

第2段階《セカンドステージ》《レートレーダー》の開始初日に行われた佐伯薫《かおる》による宣戦布告。

その影響は、STOCやisland tube《アイ・チューブ》を通じて爆発的に広がっていた——まあ、それはそうだろう。今の篠原緋呂斗《おれ》は、間違いなく島内で最注目のプレイヤー。そんなやつに〝不正〟の疑惑が浮上してきたとなれば、誰だって話題にしたくなるに決まっている。

『やっぱり篠原って不正してたんだな』『《ヘキサグラム》が動くって相当じゃない？　さすがの篠原もこれで終わりか』『俺はどうかと思うけどな〜。実際、何の証拠も出てないわけだし』『なんでもいいけど薫様マジかっこいい！』

……等々、意見としては様々だ。

一応、現時点では《ヘキサグラム》が具体的な証拠の類《たぐい》を提示していないため、あくまでも疑念の段階に留《とど》まってはいる。ただ、佐伯の語り口が妙にリアルだったことや過去の実績がはっきりしていることもあり、風向きはかなり悪そうだ。

そんなこんなで一気に面倒なことになってきた《SFIA《スフィア》》だったが、少なくとも第2《セカンド》段階《ステージ》の《レートレーダー》に関しては、それ以上の波乱を起こすこともなく順当に終幕を迎えた。俺が勝利条件を達成したのが一日目の昼で、姫路《ひめじ》の方はその二時間ほど後。最終的な突破者が既定の一万人に達したのは三日目に入ってすぐのことだ。アドバンテージについては二人とも余裕で獲得できていたらしい。

「ん……」

そして現在——《レートレーダー》が終わって数時間後のこと、朝から家にいた俺と姫路はリビングで端末を覗《のぞ》き込みながら第3段階《サードステージ》のルールをじっくりと咀嚼《そしやく》していた。

ついに参加人数が一万人にまで絞り込まれた大規模イベント。しかし、《SFIA《スフィア》》の本番はむしろここから、、、、だ。十万人の参加者のうち一割が通過可能だった第2段階《セカンドステージ》と違い、第3段階《サードステージ》の通過可能人数はぴったり百人。通過率にすれば1%だ。いかに高ランカーといえども簡単に突破できるようなラインじゃない。

加えて、《決闘《ゲーム》》の内容もそれなりに厄介だ——曰《いわ》く、

【《SFIA》第3段階《サードステージ》——《ブランクコード》】

【各プレイヤーには、それぞれ第3段階《サードステージ》突破のための〝パス〟が設定されている。パスは4桁の数字になっており、これを特定することが第4段階《セミファイナル》進出の条件である】

【パスを特定するための情報《コード》は左から1桁目情報《ファーストコード》、2桁目情報《セカンドコード》、3桁目情報《サードコード》、4桁目情報《ラストコード》と一つ一つの桁に分割され、それぞれランダム選出された五名のプレイヤーに預けられている。つまり合計二十名のプレイヤーがパスを特定するためのヒントとなる情報《コード》を持っていることになるが、これらのプレイヤーは〝自身と同じ学区でない〟かつ〝自身と近い等級帯《ランク》である〟ことを除いてランダムに選ばれるものとする。また、反対に全てのプレイヤーは自分以外の情報《コード》を合計二十個所持している】

【よって、自身のパスを特定するためには該当の情報《コード》を所持しているプレイヤー（端末上に専用のIDとして表示される）と交渉し、それを譲ってもらう必要がある。もちろん情報《コード》に刻まれた数字を口頭で伝えることも可能だが、その場合それが正しい保証はない。通常は〝交換〟――両プレイヤーの持つ情報《コード》をトレードするのが基本である】

【交換は一時間あたり二度まで実行可能。同学区内でのやり取りも可】

【《ブランクコード》は定員制であり、パスの特定に成功したプレイヤーが百名に達した時点で強制終了する。午後五時の段階で定員に達していなかった場合は一旦中断し、翌日の午前九時より《決闘《ゲーム》》を再開する。パスの入力自体はいつでも行えるが、失敗した場合はその時点で脱落確定。また、早い段階で勝利条件を達成した四名のプレイヤーには第4段階《セミファイナル》におけるアドバンテージが与えられる】

【《ブランクコード》には、交換における情報《コード》の価値の差を埋めるために〝pt〟という要素が存在する。ptは交換を通してのみ他プレイヤーとやり取りすることができ、各プレイヤーは《決闘《ゲーム》》中に一度だけ、10pt消費して自身の情報を一桁分開示することが出来る。初期ptは一律で3pt。ただし第2段階《セカンドステージ》の上位クリア者は7ptとする】

【クリア、あるいは脱落したプレイヤーが持っていた情報《コード》は全て消滅する】

【アビリティは一つのみ登録《セット》可能。ただし《決闘《ゲーム》》の性質上、確率操作系のアビリティは一切使用できないものとする】

——とのことで。

「うーん……やっぱり、めちゃくちゃ難しいな」

「……ですね」

もう一度ルールを読み返して同時に嘆息を零《こぼ》す俺と姫路《ひめじ》。このルールが公開された直後のタイミングでも目は通していたが、やはり時間をおいても感想は変わらなかった。《SFIA《スフィア》》第3段階《サードステージ》、《ブランクコード》。この《決闘《ゲーム》》は見た目以上に厄介だ。

いや——まあ、基本的なルールだけならそう複雑ということもないだろう。何せ、端的に言えば〝自身に設定された4桁のパスを当てる〟だけの《決闘《ゲーム》》だ。各桁の数字情報は他学区のプレイヤーがバラバラに所持しているため、交換を通じてその情報《コード》を譲ってもらう必要がある。あとは、そこにアビリティが絡んでくるかどうか……くらいのものだ。

「だけどこれ、絶対すんなり集まらないよな？　こっちも相手の情報《コード》を持ってる状態ならともかく、そうじゃなきゃまず頷《うなず》いてもらえない。二つ以上の情報を差し出して交渉するか、もしくは別のプレイヤーから交換材料を手に入れてくるか……だけど、そうなったら最悪たらい回しだ。英明《えいめい》のやつにでも当たるまで延々と続けなきゃいけなくなる」

「そうですね。pt、という要素もありますのでそれを使って穴埋めするという手もあるにはありますが……いえ、その点を考慮してもやはりスムーズには進められそうにありません。どこまで足元を見られてもおかしくないですし」

「ああ。で、そうやってダラダラやってたらあっという間に百人クリアで終了だ。……しかも、今回は《カンパニー》の力で強引に突破するのもちょっと難しいんだよな」

「はい、その通りですご主人様。《ブランクコード》のサーバーにアクセスすればご主人様のパスそのものを抜いてくることも可能なのですが、確率系アビリティ全般が禁止されているため〝たまたま当たった〟で済ませることは出来ません。それに、今は《ヘキサグラム》の件もありますので……あまり派手な動きをするのは危険かと」

落ち着いた声音でそんな言葉を口にする姫路《ひめじ》。……《ヘキサグラム》の監視、とやらがどれだけの効果を発揮するものなのかはよく分からないが、とはいえ警戒しないわけにはいかないだろう。少なくとも、一応は順当な過程を経てクリアする必要がある。

ただ、そうなると面倒なのは今の風潮だ。7ツ星（偽）である俺はただでさえ〝絶対に勝ち上がらせたくないプレイヤー〟なのに、《ヘキサグラム》による告発でさらに風当たりが強くなっている。他のプレイヤー以上に交換は成立しづらいはずだ。

「ん……だから、まあとりあえず《カンパニー》の補佐《サポート》は控えめにってところだな。正直ちょっとキツいけど、変に疑われたら元も子もないし」

「そうですね……ではわたしは、ひとまずIDとプレイヤーの対応を表すリストだけ作成させていただきます。近い等級《ランク》のプレイヤー、ということならご主人様の知り合いの方も多いと思いますし、相手が誰なのか予《あらかじ》め分かっていた方が対策も練りやすいかと」

「……ああ、なるほど。確かに、それくらいなら穏便にやれるか」

姫路の話に小さく頷《うなず》く俺。

まあ——実際、仮に《ヘキサグラム》の告発に流されて俺を疑うような流れが出来てしまったとしても、個人的な疑惑や反感を優先して有利な交換に応じないプレイヤーなんて高ランカーにはまずいないだろう。相手の性格や背景が分かっていれば尚更だ。

「けど、それだけじゃちょっと不安が残る……っていうか、やっぱりこの《決闘《ゲーム》》は個人で攻略するような内容じゃないと思うんだよ。学区の中で協力して上手《うま》く情報《コード》を循環させないと、いつまで経《た》ってもろくに交換が成立しない」

「確かに、そうかもしれませんね。一人のプレイヤーが持っている情報《コード》はたった二十人分ですが、英明《えいめい》学園全体で融通し合えば実質的な効率は何百倍にも跳ね上がります」

「ああ。ってわけで、早速………ん？」

碧《あお》の瞳でこちらを見つめる姫路に小さく頷きを返し、俺が端末に手を伸ばした――その瞬間、当の端末が小刻みに振動し始めた。首を傾《かし》げながら画面を覗《のぞ》き込んでみれば、届いていたのは一件の簡素なメッセージだ。

『――《ＳＦＩＡ《スフィア》》第３段階《サードステージ》に進出している全ての英明生に通達する』

『明日の朝七時、《決闘《ゲーム》》の開始前に英明学園のメインホールに集まってもらいたい』

『既にルールを読んだ者は理解していると思うが、《ブランクコード》の攻略には学区単位の協力が欠かせない。そこで、僕に一つの策がある。君たちに自身の選んだ生徒会長を信じる心持ちが多少なりともあるのであれば、ぜひ顔を出してくれ』

『保障しよう。後悔だけはさせない』

英明の生徒会長にして〝千里眼〟の異名を持つ榎本進司《えのもとしんじ》から届いた招集メッセージ。

その完璧すぎる内容に、俺は思わず「……ナイス」と呟《つぶや》いていた。

＃

翌日、七月二十九日金曜日の早朝。

《SFIA《スフィア》》の第3段階《サードステージ》が始まるわずか二時間前、というタイミングにも関《かか》わらず、英明《えいめい》の大ホールには数百人からなるプレイヤーたちが集っていた。

「………」

ちなみに、ホール端で壁に背を預けている俺へと向けられる視線の感触はいつもとは少しばかり質の違うものだ。もちろんその原因は例の告発なんだろうが、いちいち気にしていたらキリがないので俺も姫路《ひめじ》も何食わぬ顔で受け流している。

そして、俺たちの視線の先——高い壇上からホールを見渡しているのは、きっちりと制服を着こなした少年だ。彼はマイクに手を添えると落ち着いた声音で切り出した。

『まずは、皆の協力に感謝する。一晩かけて作戦を立てたはいいが、参加者が少ないと意味を為《な》さない策なのでな。この時点で第一の関門は突破できたと言っていいだろう』

——英明学園3-A所属、6ツ星の生徒会長・榎本進司《えのもとしんじ》。

本人はわざわざ語らないし、もしかしたら意識していないかもしれないが、昨日の今日でこれだけの人数——姫路によれば第3段階《サードステージ》に進出した英明生のうち97%に当たる数だぞうだ――が集まっているのは、間違いなく彼が〝認められて〟いるからだろう。榎本の策に乗れば上手《うま》くいくと無条件で信じられるからこそ、誘いを断る理由がない。

「……ふぁ……」

ちなみに、壇上には同じく6ツ星プレイヤーである金髪ショートのギャル系美少女・浅《あさ》宮七瀬《みやななせ》の姿もあるが、こちらはさっきから一言も喋《しゃべ》っていない……どころか、片手を腰に遣《や》って眠たげに欠伸《あくび》なんか零《こぼ》している。そんな仕草でも様になってしまう辺りはさすが元モデルといった感じだが、ともかく。

『皆を集めたのは、他でもなく《SFIA》第3段階《サードステージ》《ブランクコード》の攻略に関することだ。この《決闘《ゲーム》》は個人で進めるのが非常に難しい。狙いの情報《コード》を一つ得るために何人ものプレイヤーを経由する必要すら出てくるだろう。だが、百人という通過可能人数を考えれば悠長にやっている暇はない……そこで、僕は一つのシステムを構築した』

そこで一旦言葉を切り、マイクの横に置いていた端末を手に取る榎本。彼は手際よく操作を進めると、自身の背後にとある画面を大きく投影展開してみせる。

『〝英明ネットワーク〟――これは、《多重連携Ｅｘ》というアビリティを用いて作成した英明生限定のシステムだ。機能としては、単純に〝登録されている全端末における情報《コード》の所持状況を一括管理する〟というもの。つまり、英明内部に限った話ではあるが、誰がどの情報《コード》を持っているのかがリアルタイムで検索できるようになる』

「……へー。で、それってどんなメリットがあるわけ？」

『そんなことも分からないのか、七瀬《ななせ》。先ほども言ったように、この《決闘《ゲーム》》を攻略するには地道に交換を繰り返していくしかない。だがこのシステムがあれば、特定プレイヤーとの交換材料になり得る情報《コード》——つまりそのプレイヤーが欲しがっている情報が英明内部にあるかどうかすぐに調べられるんだ。そして、このネットワークの中では、等価の交換なら自動的に成立するよう設計されている。故にこのシステムは、言ってしまえば英明生全体の巨大な手札というわけだ。理解してもらえたか？』

「知ってるし……もう、何でウチが質問役とか……」

浅宮《あさみや》は不満そうにぶつぶつと文句を言っているものの、とにかく榎本《えのもと》の言いたいことは理解できた。巨大な手札〝英明《えいめい》ネットワーク〟。なるほど、確かにそれだけの情報《コード》が自由に扱える状況なら無駄な回り道をさせられる可能性は大幅にカットできる。

「お見事、ですね。他の学区も似たような策は打ってくると思いますが、ここまで破綻のないシステムを構築できるプレイヤーはそうそういないはずです。さすがは英明の生徒会長、といったところでしょうか」

「……だな」

姫路《ひめじ》の言う通りだ。こんなものを一晩で組むなんて、やはり榎本進司《しんじ》はとてつもない。

『ああ——それと、もう一つ』

と、その時、壇上に立つ榎本が不意に短く言葉を継いだ。彼は遠巻きに見ている俺に一瞬だけ視線を寄越《よこ》してから、平然とした顔で生徒たちに向き直る。

『一昨日《おととい》の緊急配信――《ヘキサグラム》の宣戦布告について、気にしている者も多いと思う。やれ篠原緋呂斗《しのはらひろと》は不正をしているだの、この《決闘《ゲーム》》でそれが明らかになるだのという、例のあれだ』

(!?　な、なになになに!?　まさか榎本まで掘り返す気かよ!?)

榎本の唐突な発言に俺の心臓が思いきり跳ねる中、館内の雰囲気も大きくざわつくのが分かった。それが原因で英明ネットワークへの参加を躊躇《ためら》っていたプレイヤーも少なからずいたようで、そっと窺《うかが》うような視線が四方八方から俺に向けられる。俺は俺で、榎本の意図をはっきり読むことが出来ずにごくりと緊張しながら息を呑《の》む。

そして――榎本は、いつも通りの仏頂面を浮かべたまま静かに続けた。

『篠原の不正云々《うんぬん》という話の信憑性《しんぴょうせい》は、正直なところよく分からない。《アストラル》を共に戦った僕からすればそのようなことはないと思うが、それは僕の目が節穴だというだけのことかもしれないしな。ただ、それについてはどうでもいい。問題は佐伯薫が――強豪学区である二番区彗星のエースが夏期大型イベントの開催期間中にあのような告発を行ったという事実の方だ。篠原は誰がどう見ても英明のトッププレイヤーで、彼らはその篠原に対して考え得る限り最悪のタイミングで嫌疑を投げ掛けてきた。これに何一つ意図を感じないのであれば、残念ながら七瀬《ななせ》と同レベルだと言わざるを得ない』

「ちょ、それどういう意味!? ウチだって変だなって思ってたし！」

『馬鹿を言うな、明らかに動揺していただろうが。……ともかく、佐伯薫《さえきかおる》のあの告発はある種の揺さぶりだということだ。篠原《しのはら》を、そして僕ら英明《えいめい》を潰すための心理的攻撃。そんな稚拙な策に踊らされて仲間割れを起こすなど、英明学園として絶対にあってはならないことだ。予《あらかじ》め断言しておくが、篠原抜きで勝てるほど《SFIA《スフィア》》は甘くない』

流れるように言葉を紡ぎ終え、今度は真《ま》っ直《す》ぐに俺へと視線を向けてくる榎本《えのもと》。そうして彼は、微《かす》かに口角を持ち上げると、少しだけ冗談めかした口調でこう言った。

『どうせ運命を共にするんだ——下手に疑うより、信じてしまった方がマシだろう？』

「——————」

そんな言葉を向けられて、一瞬でも榎本を疑ったことを後悔したのは言うまでもない。

——結局。

榎本の発言で俺を信じる気になった……のかどうかはよく分からないが、その場にいたほぼ全てのプレイヤーが英明ネットワークへの参加を決めた。まあ、それもそのはずだろう。デメリットが何もなく、参加するだけで攻略の見通しが一気に立てやすくなる画期的なシステムだ。よほどの事情がない限り拒絶する理由は一つもない。

ただ、榎本の話が終わるのとほとんど同じくらいのタイミングで、ホール後方の扉がバタンと閉められるのも視界に入った。顔こそ見えなかったが、乗らない選択をしたやつもゼロではなかったらしい。

ともかく、そんなこんなでしばしの時間が経《た》った頃。

「――朝早くから集まってもらってすまなかったな、二人とも」

思い思いに解散していく英明生をホール端から眺めていた俺たちの元に、浅宮《あさみや》と共に壇上から降りてきた榎本がそんな声を掛けてきた。俺は――先ほどの言葉に死ぬほど感謝しつつもそれを表には出せないため――小さく口角を持ち上げながら返事を紡ぐ。

「よう榎本、さっきはどうも。まさかアンタに庇《かば》われるなんて思ってもみなかったよ」

「感謝のつもりならせめて敬語を使ったらどうだ、篠原？　それに先ほども言ったが、あれは篠原に気を遣ったわけではなく単に英明の勝利のためだ。この《決闘《ゲーム》》を攻略《クリア》するには学区内の協力が必須だからな。余計な不和は看過できない」

「え、いやいや何言ってんの進司《しんじ》？　この集会が始まる前、何か微妙にカッコ付けた感じで『これでも戦友のつもりだからな……』とか言ってたじゃん。素直じゃなさすぎ」

「……七瀬、今のはライン越えだ。世の中には言っていいことと悪いことがある」

「へ、ちょ、ま、こわっ!?　怖いからっ！」

ガッと浅宮の肩に右手を置いて凄《すご》みを利かせる榎本と、そんな榎本に顔を近付けられて真っ赤に頬を染めながら鮮やかな金髪をぶんぶんと振る浅宮《あさみや》。

そんないつものやり取りを終えてから、榎本《えのもと》は不機嫌そうに俺へと向き直る。

「ふん……七瀬《ななせ》の戯言《たわごと》はともかく、僕の意見はそんなところだ。元々《ヘキサグラム》に対してあまり良い感情も持っていないしな」

「そうか。まあ、アンタに追われるのは面倒だからありがたい話だけど。で、浅宮は？」

「ウチ？　ウチは……ほら、ウチってあんま頭よくないから、さっき進司《しんじ》が言ってたみたいに結構信じちゃってたっていうか、シノがそんなことしてたなんてーって思っちゃってたんだけど。……でもウチら、《アストラル》一緒に戦ったじゃん。あれ、シノがいなかったら絶対クリア出来てなかったし……なんか、今さら疑うのって違くない？　みたいな」

「っ……」

素直に語るのが恥ずかしいのか、照れ隠しのような仕草で髪を弄《いじ》りながらそんな言葉を口にする浅宮。それを聞いて微《かす》かに目頭が熱くなってきた俺は「……そうか」とだけ返して視線を逸《そ》らす。……何というか、急に心強くなったような感覚だ。あの大規模ゲームを勝ち抜いた仲間というのは、俺が思っている以上に大きいのかもしれない。

ともかく、そんな榎本たちの反応を受けて、俺の隣の姫路《ひめじ》が涼しい顔で頭を下げる。

「ご主人様を信じていただきありがとうございます、お二人とも。わたしも、当然ながらご主人様が不正など一切していないことを知っています。これで《アストラル》の選抜メンバーは全員味方、と申し上げたいところなのですが、そういえば秋月様は――」

「――えへへ、呼んだ？」

（!?）

囁《ささや》くような吐息と、ふわりと鼻孔をくすぐる甘い匂い。

そんなものに思考が一時停止した瞬間、俺の左腕がぐいっと後ろに引っ張られた。導かれるままに振り向いてみれば、そこでは強引な言動とは裏腹に遠慮がちな仕草で俺の手を取った一人の少女がうっすらと顔を赤くしながら嬉《うれ》しそうな笑みを浮かべている。

彼女――秋月乃愛《あきづきのあ》は、榎本や浅宮と同じ英明《えいめい》学園の三年生だ。栗色《くりいろ》のゆるふわツインテールに小柄な体躯《たいく》、上級生とは思えないほど可愛《かわい》らしい童顔。加えてそれらの特徴とは相反する大きな胸を併せ持ち、かつその全てを自らの〝武器〟だと自覚しているタイプのあざと可愛い小悪魔である。

そんな小悪魔、もとい秋月は、いつにも増してあざとい上目遣いで続ける。

「おはよ、緋呂斗《ひろと》くん♡　夏休みに入ってから全然会えてなかったけど、乃愛がいなくて寂しくなかった？」

「ん……いや、全然って言ってもまだ数日だし、何ならちょくちょくチャット送ってきてるだろうが。久しぶりって感覚もないのにどうやったら寂しくなるんだよ」

「え〜、なるよぉ。だって乃愛、緋呂斗くんと毎日お喋《しゃべ》りしないと寂しいもん♪　白雪《しらゆき》ちゃんに見張られてなければ強引にお家まで言って、それから二人で……えへへ♡」

「……すみません、秋月様《あきづきさま》。何故《なぜ》か無性にイラっとしましたので、直ちにご主人様から離れていただけますか？　今すぐ、ほんの二千メートルほどで構いませんので」

「いいよ？　それじゃ緋呂斗《ひろと》くん、向こうでイチャイチャ――」

「二人で、とは言っていません」

止まらない秋月のアピールに対し、ムッと微《かす》かに唇を尖《とが》らせて割り込む姫路《ひめじ》。……何というか、もはや恒例のじゃれ合いという感じだ。そんなこんなで秋月は若干名残惜しそうに俺から手を離すと、目の前で「えへへ」と後ろ手を組んでみせる。

「それにしても……大変そうだね、緋呂斗くん？　なんか変な人たちに絡まれて」

「変な人って……乃愛《のあ》ち乃愛ち、あの人たち結構有名だよ？　《ヘキサグラム》っていって、去年も話題になってたじゃん。悪いヤツらを懲らしめる正義の味方、的な？」

「知ってるけど、いくら正義の味方でも緋呂斗くんの敵なら乃愛にとっても敵だもん。っていうか、不正だ何だって言ってる割に何の証拠もないんだから単なる僻《ひが》みだし……なんか、昔の乃愛を見てるみたいでムカつくかも♡」

「ああ、なるほど……」

そんな秋月の言葉に俺はようやく得心する。……そういえば、以前の彼女は劣等感から俺を妬み、叩《たた》き潰そうとしていたんだったか。今となっては考えられない話だが、ともかく榎本浅宮《えのもとあさみや》に続いて秋月も篠原緋呂斗《おれ》を疑う気はない、というのがよく分かった。

（あ、ありがとう英明《えいめい》……！）

ここ数日のエゴサで精神的ダメージを負っていたこともあり、割と本気で感動する俺。

「ん～……」

そして秋月は、顎の辺りに人差し指をぴとっと添えながらあざとい声音で続ける。

「どっちかっていうと、乃愛はあの人――佐伯《さえき》くんがイベント戦に参加してることの方が驚きかなぁ。強い強いって聞くけど、それこそ誰かの不正を暴《あば》くみたいなタイミングじゃないとこういう場所に出てこないし……しかも、それなのに二色《ダブルカラー》持ちなんでしょ？」

「そうだな。僕の記憶が確かなら、未《いま》だにどちらの星も効果は明かされていなかったはずだが……とにかく、その佐伯が出てきたのだから彗星《すいせい》が本気なのは言うまでもない」

「うんうん。あの緊急配信、後ろに《ヘキサグラム》の幹部二人も映ってたもんね。一人は彗星学園の阿久津《あくつ》ちゃんだし……要警戒、かも」

「違いない。他にも……知っているか？　十四番区聖《せい》ロザリア――ここ数年目立った戦果のない学区だが、《アストラル》が終わってからのわずかな期間で急激に存在感を増しているプレイヤーがいる。皆実雫《みなみしずく》、という名の二年生だ」

（あ、あー……）

その名前を聞いて、平静を装いながらも内心ひくひくと頬を引《ひ》き攣《つ》らせる俺。

皆実雫《みなみしずく》——それは五月期交流戦《アストラル》で俺たち英明《えいめい》学園と対峙《たいじ》し、続く《ディアスクリプト》でも俺や彩園寺《さいおんじ》を相手取って《決闘《ゲーム》》を行った青髪の少女だ。常に気怠《けだる》げかつマイペースな性格で、戦績も才能も平凡そのもの……と思いきや、実はかつて学園《アカデ》島《ミー》と似たような《決闘《ゲーム》》システムを採用した中学校で〝無敗〟の偉業を成し遂げていたとんでもない化け物であり、今は注目を浴びるのが嫌で潜伏していただけだった。

だから、放っておけばそのまま平穏な高校生活を過ごしてくれたのかもしれないが、俺と彩園寺に敗北したことで……もとい、篠原柚葉《しのはらゆずは》という名の波乱を好む悪魔に唆されたことで、どうやら変なスイッチが入ってしまったようで。

そんな事情は露とも知らず、榎本《えのもと》は難しい顔で言葉を継ぐ。

「《アストラル》の敗北で3ツ星にまで降級していたはずの彼女だが、《SFIA《スフィア》》開始時点の等級《ランク》は驚くべきことに5ツ星だ。加えて、第1段階《ファーストステージ》も第2段階《セカンドステージ》も最上位の勝ち抜けメンバーに名を連ねている。要警戒とは言わずとも要注目であることは間違いない」

「……ふーん？　進司《しんじ》、あーゆー感じの子が好きなんだ。ウチとは真逆のタイプじゃん」

「そんなことは一言も言っていないが」

「えへへ、そんなに嫉妬しなくても会長さんは誰かさん一筋だってば♡　それよりそれより、乃愛《のあ》的にはこっちの人も気になるかも！　十七番区天音坂《あまねざか》学園の一年生、4ツ星の夢《ゆめ》野《の》美咲《みさき》ちゃん……この子、第2段階《セカンドステージ》の勝利数がすっごいの」

「？　どれどれ？　えと、累計勝利数……187!?　な、何これどういうこと!?」

「異常値だよね、どう見ても。《レートレーダー》は持ち点が10になった時点でクリアだから、普通ならこんなに勝利数が膨らむはずないんだけど……美咲ちゃん、あと一勝でクリアってところまで来るたびに持ち点を1点残してショップに売って、その資金で別の武器を買い足しながらずーっと《決闘》を続けてたんだって。最終的には二十四種類の武器をコンプリートしたみたい♡」

「うわ、やば……」

秋月《あきづき》の説明にストレートな反応を零《こぼ》す浅宮《あさみや》。確かにかなりぶっ飛んでいる……が、そんなのは今さらだろう。佐伯《さえき》や夢野に限った話じゃなく、各学区の高ランカーは軒並み勝ち残っている。ここまではまだまだ勝てて当たり前の段階《ステージ》なんだ。

「ともかく――雑談はこれくらいにして、そろそろ第3段階《サードステージ》の攻略に話を戻すとしよう」

そこで切り替えるように首を横に振って、榎本が小さく呟《つぶや》いた。

「先ほど公表した〝英明ネットワーク〟。学内での交換をスムーズに行い、必要な情報《コード》を得るための交換材料を用意するシステムだが……急ぎで仕上げたせいか、交換状況の反映に少々ラグがあってな。挙動が安定するまでは僕も生徒会室に籠ってメンテナンスを行おうと思う。もちろん、《決闘《ゲーム》》自体も並行で進めるつもりだが」

「ん……そうなのか。もし必要なら俺も手伝うぞ？　いくらマルチタスクなアンタでもサーバー管理の片手間で第3段階《サードステージ》突破ってのは簡単な話じゃないだろ」

「気を遣うなら敬語も使え篠原《しのはら》。……それに、その申し出はありがたいのだが」

俺、というか実質《カンパニー》の協力宣言に対し、榎本《えのもと》は静かに首を横に振った。それに怪訝《けげん》な視線を返してみると、彼は声を潜めてこんなことを言ってくる。

「そうだな、篠原には予《あらかじ》め伝えておこう。この《決闘《ゲーム》》……《ブランクコード》は、その性質上、どこかでプレイヤーを厳選しなければならないタイミングが発生する」

「……厳選？」

「ああ、そうだ。第3段階《サードステージ》の通過可能人数は百名と決まっているからな。一つの学区から第4段階《セミファイナル》へ進出できる者はせいぜい数名。となれば、出来るだけ強いプレイヤーにその枠を託したいと考えるのは道理だろう。そして英明《えいめい》ネットワークがある以上、情報《コード》を偏らせることで特定のプレイヤーを勝たせやすくするのはそう難しいことではない」

「まあ……そうだな、確かにそうなるか」

「だろう？　選抜、などと偉そうなことを言うつもりは毛頭ないが、仮にそうせざるを得ない状況になった場合、後で責任を取れるのは英明の生徒会長である僕だけだ。故に、篠原は真っ当に《決闘《ゲーム》》をクリアして第4段階《セミファイナル》へ――ん？」

と……その時、それまで潔い台詞《せりふ》を紡いでいた榎本がふと何かに気を取られたように言葉を止めた。見れば隣の浅宮《あさみや》が榎本の腕を掴み、ぐぐっと強引にそちらを向かせている。

「……し」

「し？　何だ、言いたいことがあるならはっきり言え七瀬《ななせ》」

「だーかーらー……かっこつけんなし!!」

そうして一喝――榎本の眼前に人差し指を突き付けた浅宮は、金糸を緩やかにたなびかせながら不満げな声でそんなことを言い放った。不思議そうに首を傾《かし》げる榎本に対し、彼女はマシンガンのようにツッコミを入れる。

「せっかくシノが協力してくれるって言ってるのに何勝手に断っちゃってるわけ!?　それに『責任を取れるのは僕だけだ』とか……さっきの演説もそうだったけど、進司《しんじ》自分のこと主人公か何かだって勘違いしてるでしょ!?　そーゆーの超サムいから！」

「寒くないし勘違いもしていない。どれも純然たる事実だ」

「ふーん、そうやって惚《とぼ》けるんだ？　ウチのことはずーっとこき使ってるくせに……」

「？　それは当然だろう。七瀬との関係は特別だ、他の誰とも比較できるものではない」

「へぁっ!?　と……特別？　ね、ねえ進司、特別って、どんな――」

「連帯責任だ。……ああいや、七瀬には少し難しすぎたかもしれないが」

「むっっっか！　超むっか！　シノたちのことは巻き込まないようにするくせにウチだけさらっと共犯とか！　ちょっと嬉《うれ》し……くないし！　ああもう、進司ってば徹夜続きで頭おかしくなってるんじゃないの!?」

「そんなことはない、適度に身体《からだ》は休めている。むしろ、七瀬《ななせ》の方こそ軽く仮眠でも取ったらどうだ？　もう一時間もすれば第3段階《サードステージ》が始まってしまうぞ」

「え？　ううん、ウチは平気。さっき進司《しんじ》の部屋でちょっとウトウトしちゃったし……」

「ああ……そういえば、作業中だというのに遠慮なく僕に寄りかかって気持ちよさそうに寝ていたな。眠いならベッドに行けば良《い》いものを」

「ちがっ、べ、別に気持ちよくなんかなかったし！　むしろウチに密着されてたんだから喜ぶべきは進司の方じゃん!?」

「前より少し重くなったか？」

「なってない！！！」

「………………」

目の前で展開される口論なんだかイチャイチャなんだかよく分からないやり取りを見守りつつ、曖昧な表情を浮かべる俺。今の話を総合するとどうやら浅宮《あさみや》が榎本《えのもと》宅に泊まったらしいという情報が読み取れるのだが……まあ、触れずにおいた方が良さそうだ。

ともかく――有能な生徒会長のおかげで、英明《えいめい》学園には第3段階《サードステージ》《ブランクコード《コード》》を攻略するためのシステムが整備された。あとは《決闘《ゲーム》》が始まったら自分の情報《コード》を持っているプレイヤーとコンタクトを取り、そいつが欲しがっている情報がネットワーク内にあるかどうか検索すればいいだけだ。俺に限っては多少だが《カンパニー》のサポートも受けられるし、ある程度は順調に《決闘《ゲーム》》を進められるはず。

（ただ、これでも別に盤石《ばんじやく》ってわけじゃないんだよな……）

右手をそっと口元へ遣《や》りつつ思考を巡らせる俺。……いくら交換に必要な〝弾〟がスムーズに用意できるようになったとはいえ、確実に交換が成立するというわけじゃない。さらには直接的な妨害だって考えられるだろう。《ヘキサグラム》の告発によって俺を疑うような風潮が強くなっている関係上、例えば《強奪》系のアビリティで俺を攻撃するプレイヤーが大量に出てきてもおかしくない。もちろん《干渉無効》は登録《セット》するつもりだが、集中砲火を受ければアビリティの使用可能回数が底を突くのも時間の問題だ。

そんな不安が脳裏を過《よぎ》った、刹那。

「すぅ――――おはようございにゃぁあああああああああす!!」

突如としてホール後方の扉が開き、テンション任せの口上と共に一人の少女が駆け込んできた。無骨なカメラを首から提げたボーイッシュな美少女・風見鈴蘭《かざみすずらん》。彼女はそのままタタタッとこちらへ近付いてきて、勢いよく俺にマイクを突き付ける。

「お邪魔していますにゃ、英明の皆様！　そして篠原《しのはら》くん――単刀直入に訊《き》かせてもらうけど、今の状況をどう思ってるにゃ!?　《ヘキサグラム》の告発を受けて学園島《アカデミー》は真っ二つに割れてるにゃ。やってないならやってないってはっきり言って欲しいのにゃ！」

「……へえ、なるほどな」

(き、き、来たぁあああ!? いやまあ、これだけ騒ぎになってるんだからそりゃ《ライブラ》が目を付けないわけないだろうけど!!)

風見《かざみ》の問いに表面上は冷静に返しつつ、内心では思いきり頭を抱える俺。……半ば予想していたこととはいえ、《ライブラ》に追われるのはあまり嬉《うれ》しくない展開だった。ここで下手を打てば世論が余計に《ヘキサグラム》へ寄ってしまう——が、

(……いや。もしかしたら、逆手に取れる……か?)

瞬間、そんな考えが脳裏を過《よぎ》る。……ああ、そうだ。この状況は悪くない。大きすぎる《ライブラ》の影響力は確かに脅威だが、使い方によっては強力な武器にもなる。

「ハッ……」

だから、俺は微《かす》かに口角を持ち上げてこんな言葉を紡ぐことにした。

「お前らが佐伯《さえき》の——《ヘキサグラム》の告発をどんな風に受け止めてようが俺には関係ないし興味もない。ただ、一つだけ予言しといてやるよ。いくら妨害されたところで、俺がこの《決闘》に負けることは絶対にない。無駄な嫌がらせだけして終わるのが好みならそれでもいいけど、個人的にはあんまりお勧めしないぜ?」

「! そ、それはつまり、《ヘキサグラム》への反抗宣言ってことでいいのかにゃ!?」

「お前がそう思うならそれでもいいよ。ただ、俺としては眼中にもないけどな」

興奮に声を上擦らせる風見に対し、より一層煽《あお》るような口調で告げる俺。……まあ、種《たね》

蒔《ま》きとしてはこのくらいで充分だろう。今の発言が《ライブラ》の配信で全島に放映されれば、俺が何かしらの妨害対策を取ること――つまり《干渉無効》の類《たぐい》を採用するということが多くのプレイヤーに伝達される。その情報は大きな抑止力となるだろう。

（これでピースは揃《そろ》った――あとは、どれだけ早くクリア出来るかだ）

そうして俺は、気を引き締めるためにも小さく一つ頷《うなず》いた。

＃

『――ほう？　このＩＤは貴様のものか、７ツ星』

《ＳＦＩＡ《スフィア》》第３段階《サードステージ》《ブランクコード》。

《決闘《ゲーム》》開始からほんの数分後、俺が真っ先にコンタクトを取ったのは、最近何かと縁のある十六番区栗花落《つゆり》女子学園の《鬼神の巫女《みこ》》・枢木千梨《くるるぎせんり》その人だった。

この《決闘《ゲーム》》では、自らが必要としている情報《コード》の持ち主は専用の端末ＩＤを用いて表示される。つまり通常は〝相手が誰か分からない〟状態で交渉を開始するわけだが、俺の場合は《カンパニー》の調査《ハッキング》によってどのＩＤが誰のものか全て分かっている状態だ。

故に、この交渉も相手が〝あの〟枢木千梨だと分かった上で始めたもの、ということになるわけで……当然、そこには勝算がある。

（戦場じゃ〝会ったら逃げろ〟が合言葉の枢木だけど、基本はまともなやつだからな）

そう――確かに彼女が危険度満点の凶戦士《バーサーカー》であることは疑いようもない事実だが、それは〝交戦しか選択肢がない場合〟の話だ。こういった交渉メインの《決闘《ゲーム》》なら、（スイーツが絡まない限り）冷静な思考を持つ彼女はむしろ望ましい相手と言える。

「よう、久しぶりだな枢木《くるるぎ》。この前の《虹色パティスリー》じゃ世話になった」

『それはこちらの台詞《せりふ》だ。例の限定チーズケーキは貴様の……いや、君のおかげで手に入れられたようなものだからな。あの味、あの香り、あの食感。思い出すだけでも笑顔になってしまうぞ？』

「そりゃ良かった。けど、今は《ブランクコード》の話だ。早速だけど交渉したい――お前、俺の情報《コード》を持ってるよな？　それ、お前の情報《コード》一つと交換して欲しいんだけど」

『……ほう？　既に交換材料を手に入れているということか。一体どんな手を？』

「もちろん企業秘密だ」

榎本《えのもと》の仕業だ、というのは明かさずにニヤリと笑みを浮かべる俺。

実際、この交換は枢木にとっても悪い話じゃないはずだ。お互いが必要としている情報《コード》同士の交換、というのは《ブランクコード》において理想的な取引だし、今はまだ開始直後だから〝既に判明している桁の情報《コード》だった〟という不運も起こり得ない。

もし不成立になる可能性があるとすれば、それは枢木が俺を疑っていた場合だが――

『いいだろう、スイーツ好きの少年。私は君の提案を全面的に受け入れる』

「……へえ？　その呼び方はともかく、即答か」

『ああ。何せ断る理由が見当たらない。《ヘキサグラム》の告発については無論把握しているが……全く、馬鹿げた話だ。スイーツ好きに悪人などいるはずがないだろう？』

少し冗談っぽくそう言って、枢木はすぐに俺との交換を承認した。さっそく確認してみれば、手に入ったのは3桁目情報《サードコード》だ。ちなみに肝心の数字は〝3〟。これでネットワークがきっちり機能することも分かったし、早いところ《決闘《ゲーム》》を進めてしまいたい。

と、いうわけで――

『……呼んだ？』

俺が次に連絡を取ったのは、最近注目を集めまくっているらしい聖《せい》ロザリアの5ツ星だった。気怠《けだる》げな瞳の元最強・皆実雫《みなみしずく》。枢木ほどスムーズに話が進むとは到底思えないが、面識があるという点では一応交渉しやすい部類だろう。

相変わらず覇気のない第一声を聞きながら、俺は相手が誰か分からない体で切り出す。

「もしもし、俺は英明《えいめい》学園の篠原緋呂斗《しのはらひろと》だ。そっちは？」

『わたし？　わたしは、巷《ちまた》で噂《うわさ》の皆実ちゃん……すごく強くて、めちゃくちゃにしたいくらい可愛《かわい》くて、空前絶後の大人気。そんなわたしに、悪い人なあなたが何の用？』

流れるように放たれた牽制《けんせい》に思わず（う……）と閉口する俺。そんな反応が見えているわけではないだろうが、端末の向こうの皆実は微《かす》かに得意げな口調で続ける。

『やっぱり、あなたは悪い人……わたしの目に狂いはなかった。全世界から大絶賛』

「……信じてるのかよ、《ヘキサグラム》の告発《あれ》」

『？　別に、どっちでもない……あなたが不正をしててもしてなくても、わたしには関係ないから。ただ、あなたが困ってるとわたしはちょっとスカっとする……それだけ』

「それじゃただの性格が悪いやつじゃねえか」

『む。このわたしを悪いやつ呼ばわりとは、生意気……ムカつく。……でも、あなたにはちょっとだけ感謝してる』

「感謝？」

鸚鵡《おうむ》返しに呟《つぶや》いた俺の疑問に、皆実《みなみ》は『そう』と短い肯定を口にした。そして、彼女は端末を介してこんな言葉を投げてくる。

『思い出させてくれたから……こういう感覚は、久しぶり。あなたや《女帝》さんと《決闘《ゲーム》》をするのは、すごく楽しい』

「……そうか」

『うん。だから、交換じゃなくてタダで教えてあげる……わたしが持ってるのはあなたの1桁目情報《ファーストコード》で、数字は〝5〟。対価は、要らない……よきにはからえ』

　相変わらず抑揚の薄い淡々とした口調ではあるものの、びっくりするほど素直に俺の情報《コード》を教えてくれる皆実。枢木《くるるぎ》の時と同様に交換材料となる皆実の情報《コード》は用意してあるのだ

が、使わずに済むならそれに越したことはないかもしれない。どうしようか、という迷いが脳裏を過《よぎ》る——が、

「ご主人様。……ダメです、ここは万全を期しましょう」

その瞬間、すぐ隣から身を乗り出してきた姫路《ひめじ》が俺の目の前でふるふると首を横に振った。じ、と碧《あお》の瞳に見つめられたことで我に返り、俺は皆実との交渉を再開する。

「なあ皆実。せっかくタダで教えてくれたところ悪いんだけど、一応情報《コード》で確認したいからやっぱり普通に交換しようぜ？　お前の情報《コード》ならちゃんと準備してあるし」

『え。……何で？　もう教えたのに。わたしの感謝の気持ちが、台無しに——』

「いいから」

『…………ちぇ』

聞こえるか聞こえないかくらいの音量でそう言って、渋々俺との交換に応じてくれる皆実。そんな態度が引っ掛かり、俺は交換終了後すぐに渡された情報《コード》を確認してみることにする。俺の1桁目情報《ファーストコード》は〝5〟——ではなく〝8〟だ。

「……おい。何ナチュラルに騙《だま》そうとしてくれてんだよ、皆実」

『何のこと？　わたしは、知らない……見間違いかも。ぴゅーひゅひゅひゅるるひゅー』

「いや、その誤魔化《ごまか》した方は無理があるだろ……ったく」

言って、嘆息交じりに首を振る俺。

対する皆実《みなみ》の方はと言えば、しばらく楽しげに（あくまでも印象の話だ）下手な口笛を吹いていたものの、やがて『それじゃ……第4段階《セミファイナル》で』と言い残して向こうから通話を切った。淡々とした声音ながらも、その台詞《せりふ》にははっきりとした闘志が感じられる。

「ふぅ……」

ともかく、ここまでは順調に情報《コード》を集めていた俺だったが、すんなり交換に応じてくれそうなプレイヤーというのは枢木《くるるぎ》と皆実で打ち止めだった。知り合いというだけならリスト上にもう一人いるのだが、そいつに関してはなるべく関《かか》わりたくない。

そんなわけで、皆実との交換を終えてから数人は面識のない相手にも当たってみたのだが——結果としては三人連続の交換不成立。いずれも〝どんな不正をされるか分かったものじゃないから〟という理由であっさりと断られてしまった。やはり、高ランカーと言えども《ヘキサグラム》の告発は完全に無視できるものじゃないらしい。

こうして、俺が若干の足踏みを食らっている間にも《決闘《ゲーム》》は遠慮なく進行し——

『——ふうん？　それで、そんなに不機嫌な顔してるってわけね』

数時間後、《ブランクコード》一日目の終了間際にコンタクトを取ってきた少女とビデオチャットで通話しながら、自室に戻った俺は「はぁ……」と溜め吐《たっ》を吐いていた。

画面の向こうの〝交渉相手〟は赤髪の偽お嬢様・彩園寺更紗《さいおんじさらさ》だ。おそらく自宅に一人でいるんだろう、《女帝》としての演技は完全に放り投げてラフな表情で頬杖《ほおづえ》なんか突いている。ちなみに俺は《カンパニー》の防壁が張り巡らされた洋館で、彩園寺の方も最高レベルのセキュリティ付きで……という環境だ。盗聴の心配はまずないと言っていい。

とにもかくにも、彩園寺は紅玉《ルビー》の瞳を画面越しにじとっとこちらへ向けて続ける。

『随分大変なことになってるみたいじゃない、篠原《しのはら》。一体どこで《ヘキサグラム》なんかに目を付けられたわけ？』

「知らねえよ……っていうか、どこでも何も最初から疑われてたんじゃないか？　何せあいつらは〝正義の味方〟らしいからな」

『ふふっ、そうね。確かに、嘘《うそ》つきなあんたを成敗するにはぴったりの組織かも』

「お前にだけは言われたくないんだけど……」

冗談めかした口調でそんなことを言う彩園寺に対し、俺は抗議の意味を込めて小さく首を横に振る。……何というか、《アストラル》とは正反対の流れだ。あの時は〝本物の彩園寺更紗〟を名乗る《影武者《ドッペルゲンガー》》が彩園寺を偽物だと糾弾していたわけだが、今回狙われているのは俺の方。まあ、とはいえ俺と彩園寺は嘘つき同士の共犯関係であるため、俺の嘘が暴《あば》かれるようなことになれば当然ながら彼女も共倒れになってしまうのだが。

「ん……ちなみにだけど、お前の方は《ヘキサグラム》に何もされてないのか？」

『何よ、心配してくれてるの？　あたしの方は問題ないわ。どこの学区でもやっていると思うのだけど桜花《おうか》には〝交換補助〟のシステムがあって、そのおかげでもう三桁目まで特定できてるもの。あんたとの交換が済めば、それで第3段階《サードステージ》はお終《しま》いね』

「……そうかよ」

もはや驚くでもなく、小さく肩を竦《すく》めて呟《つぶや》く俺。

先ほども言った通り、この交渉は彩園寺《さいおんじ》の方から持ち掛けてきたものだ。より正確に言えば、彼女が〝最後の一桁〟にあたる情報《コード》を求めてコンタクトを取った相手がたまたま俺だった、という形。けれど、彼女は対価になり得る情報《コード》を持っておらず（桜花のシステムとやらを使って準備してくれてはいたのだが皆実のそれと桁が被《かぶ》っていた）、代替案として『あたしの持ってるptを7pt全部あげるからあんたの情報《コード》を寄越《よこ》しなさい』と言ってきた。……だから、この交換に乗れば彼女に〝先制クリア〟を許してしまうことは分かっているのだが、彩園寺なんか放っておいてもどうせ勝つ。ならば、開き直ってptを稼いでおいた方がずっと有益だろう。

もちろん《ヘキサグラム》のことや今の状況を直接共有しておきたかったというのもあるが、彼女との交換を承諾した戦略的な理由は大体そんなところだった。

当の彩園寺は、画面の向こうでむにっと片肘を突きながら憂鬱な息を零《こぼ》している。

『にしても、厄介な連中ね……《ヘキサグラム》。リーダーの佐伯薫《さえきかおる》もそうだけど、後ろの方に控えてた幹部二人も強敵よ？　十番区近江《おうみ》の5ツ星・都築航人《つづきこうと》と、二番区彗星《すいせい》の6

ツ星・阿久津雅《あくつみやび》。これ、《アストラル》の時よりよっぽどピンチかもしれないわ』

「だな……一応《ブランクコード》は何とかなると思うけど、問題は次の段階《ステージ》だ。第4段階《セミファイナル》――ここからは全員が〝星〟を賭けた戦いになるし、プレイヤーも強豪だらけになってくる。《カンパニー》の動きが制限されるとかなり面倒なことになりそうだ」

『そうね。……ねえ、篠原《しのはら》。本当にどうしようもなくなりそうなら、ちゃんとあたしのことも頼りなさいよ？　分かってるとは思うけれど、あたしはあんたの共犯なんだから。知らないうちに詰んでた、なんて、そんな終わりは御免だわ』

「……ああ、分かってるよ」

彩園寺の不器用な優しさに若干のくすぐったさを感じながらも小さく頷《うなず》く俺。……とはいえ、それはいい出来れば最終手段にしておくべきだろう。ただでさえ俺が疑われていることの状況で彩園寺との協力関係が明かされたりしたら、さすがに取り返しがつかなくなる。

「とにかく、《ヘキサグラム》の告発に関して言えば今のところ致命的なダメージまでは負ってないってことだ。一応、何か情報が手に入ったら教えてくれると助かる」

『了解よ。ふふっ……正義の組織に追われるなんて、なんだか映画みたいな展開ね？』

「犯人視点のサスペンス、ってところか。まあ、実際悪いことはしてるわけだしな」

『それはそうなのだけど。……でもね篠原、一つだけいいことを教えてあげるわ』

そこまで言って、彩園寺は紅玉《ルビー》の瞳を俺に向けたまま微《かす》かに口元を緩めてみせた。そうして少しだけ声を潜めると、とっておきの秘密を打ち明けるような口調で言葉を継ぐ。

『あんたも知っての通り、あたしは桜花《おうか》に入学した時からずっと〝彩園寺更紗《さいおんじさらさ》〟のフリをしてるわ。ずっと嘘《うそ》をついてる。本当はちょっと頭が良い《い》だけの平凡な女の子なのに、あの彩園寺家のお嬢様だって偽ってる』

「微妙に自己主張が混ざってたような気がするけど……それがどうしたんだよ？」

『どうも何も、それって〝悪いこと〟じゃないの？　学園島《アカデミー》創始者の家系にして現理事長の娘が偽物だった、なんて、あんたの不正と同じくらいの〝巨悪〟でしょ？　でもあたしは、《ヘキサグラム》に追われたことなんて一度もない。何の妨害もされてない』

「…………」

『それが単純な見落としなのか、もしくは意図的な何かなのかは分からないけれど……どっちにしても、《ヘキサグラム》の正義だって完璧じゃない、ってことだわ』

俺の瞳を真っ直ぐ《ますぐ》覗《のぞ》き込むようにしてくすっと微笑《ほほえ》む彩園寺。

まだ具体的な道筋が見えたわけじゃないが——何となく、励まされたような気がした。

＃

俺との交換で最後の情報《コード》を手に入れた彩園寺は、《ＳＦＩＡ《スフィア》》第３段階《サードステージ》をクリアした。

公式発表によれば、彼女は全学区の中で二、番目となる突破者だそうだ。ちなみに、彼女を凌《しの》ぐ速さでクリア第一号となったのは十七番区天音坂《あまねざか》学園の一年生・夢野美咲《ゆめのみさき》。第２段階《セカンドステージ》での暴《あば》れっぷりもあり、既に今年のダークホースとして大注目を浴びている。

が……とにもかくにも、第４段階《セミファイナル》におけるアドバンテージを確保できる上位クリアの枠はあと二つだけ。そんな状態で突入した《ブランクコード》二日目の朝、俺は都合三つ目となる情報《コード》を手に入れるためにとあるプレイヤーとコンタクトを取ろうとしていた。

ＩＤ番号：０７－４９９。七番区森羅《しんら》高等学校所属の〝絶対君主〟霧谷凍夜《きりがやとうや》。

「よりにもよって、彼なのですね……」

コトン、と俺の目の前にティーカップを置いてくれた姫路《ひめじ》が静かにそんな言葉を口にする。……まあ、言いたいことはよく分かる。何しろ霧谷は、俺の知る限り最も好戦的と言ってもいいくらいの戦闘狂だ。《アストラル》の勝利報酬で二色持ち《ダブルカラー》に格上げされたこともあり、危険度や警戒度はさらに跳ね上がっている。

「だけど、枢木《くるるぎ》と皆実《みなみ》を除けば唯一の顔見知りだし、残りの枠数を考えたら選《え》り好みしてる場合じゃないからな。それに、ちょうど交渉用のＰｔも確保できたところだし」

「そう、ですね。……分かりました。では、わたしはここで見守らせていただきます」

澄んだ碧《あお》の瞳をほんの少し不安そうに揺らしつつ、こくりと小さく頷《うなず》く姫路。

そんな彼女を安心させるためにも「ああ」と短く返事をすると、俺は改めて端末に手を伸ばした。呼吸を落ち着かせながらゆっくりと霧谷のＩＤを打ち込み、コールする。

と――数回の呼び出し音の後、彼はいつもの調子で通話に出た。

『あー、んだよいきなり。てめーは一体どこのどいつだ？　このオレ様と交渉がしたいならまずは名前と所属を答えろ』

「篠原緋呂斗《しのはらひろと》、英明《えいめい》だ。元気にしてたかよ、霧谷《きりがや》？」

『あ？　ひゃはっ……何だよ何だよ、てめーかよこのＩＤは！　いいねえ、オレ様ってやつは相変わらずツイてやがる！』

「……？　いや、何がツイてるんだよ。相手が誰かなんてお前には関係ないだろ？」

『いいや、そんなことはねー。誰を押しのけて上に行けたか、ってのはオレ様のモチベーション的に死ぬほど重要だ。これまではどこの誰かも分からねーような雑魚ばっかり相手にしてたからな。フィニッシュくらいは大物じゃなきゃ割に合わねえ』

　愉しげに語る霧谷。そんな彼の言葉に気になる部分があり、俺は微《かす》かに眉を上げる。

「フィニッシュ……ってことは、少なくとも俺との交換に応じるつもりはあるってことだよな。お前のことだから、相手が俺ってだけで門前払いされると思ってたんだけど」

「馬鹿かよ、何でオレ様がそんなもったいねーことしなきゃいけないんだ。せっかくこんなド派手な舞台が用意されてんだぞ？　てめーには全身全霊でオレ様を楽しませる義務がある。んで、どうせ戦《や》り合うならこんな間接的な《決闘《ゲーム》》じゃ意味がねー。次の段階《ステージ》、第4段階からが《ＳＦＩＡ》の本番なんだよ』

「…………」

『だから、そんな気紛れでてめーをハメるようなつまらねえ真似《まね》はしねえ。……が、当然それなりの対価は支払ってもらうことになるぜ？　オレ様が満足できるだけの――てめーを屈服させたと感じられるだけの対価を、な』

端末越しに喋《しゃべ》っているわけだから、今の俺には霧谷の表情など見えていない。が、それでも確実にニヤニヤ笑っているのだろうと分かる声で彼はこんな要求を口にする。

『《決闘《ゲーム》》中に一度だけ使える〝情報開示〟……こいつを実行するのに必要な10ｐｔを満額で寄越《よこ》しやがれ。そうすりゃてめーの2桁目情報《セカンドコード》はくれてやる』

「……何だよそれ。普通の交換じゃダメなのか？」

『馬鹿言え、そこに《表示バグ》だの何だのが仕掛けられてたらどうすんだ？　てめーにとっちゃオレ様はここで落としておきたいプレイヤーだろうからな、攻撃する理由は明確にある。ってわけで、確実に勝てる上にリスクも小さいｐｔの方じゃなきゃ認めねー』

「だとしてもちょっと強欲すぎる。お前のことだから、どうせ第2段階《セカンドステージ》のアドバンテージもきっちり取ってるんだろ？　ならあと3ｐｔで足りるじゃねえか」

『いいや、ダメだ。大方オレ様との交換が終わった後に残りのｐｔで最後の一桁を開示するつもりだったんだろうが、それじゃてめーを屈服させたことにならねーんだよ』

そんな霧谷の鋭い指摘に対し、心の中で舌打ちしながら無言で肩を竦《すく》める俺。……図星だった。《ブランクコード》開始時に俺が持っていたｐｔが7で、彩園寺《さいおんじ》との交換でも同じく7ｐｔ入手しているため、現在の所持ｐｔは14になる。霧谷《きりがや》も7ｐｔスタートならあと3ｐｔで情報開示に必要な10ｐｔに達するわけで、それならどちらも損をしない交換になると思ったのだが……どうやら、引き分け《それ》じゃお気に召さないらしい。

（英明《えいめい》の中を探せば情報《コード》とｐｔを交換してくれるやつも普通にいるだろうけど、英明ネットワークは〝情報《コード》同士の等価交換〟が原則だから、ｐｔが絡む交換をしたいなら一人一人と直接交渉しなきゃいけない。……間に合うか？）

端末を握ったまま、俺はじりじりと思考を巡らせる。第3段階《サードステージ》における上位クリアの枠は残り二つだ。いや、霧谷が俺より先に抜ける想定ならあと一枠しか残っていないことになる。一時間に二度までしか交換が出来ないというルールも踏まえれば、やはり一度の取引で6ｐｔ以上入手してすぐにでも霧谷との交換に臨みたいところだが……。

『ひゃはっ……んじゃ、頼むぜ篠原《しのはら》？　どうも胡散臭《うさんくさ》い連中に目を付けられてるみてーだが、あんなモンで潰れるような玩具《オモチャ》ならオレ様に遊ばれる資格はねーからな！』

楽しくて堪《たま》らないといった様子で喉を鳴らしながらそう言うと、霧谷は躊躇《ちゅうちょ》なく通話を切った。同時に訪れた静寂を、白銀の髪をさらりと揺らした姫路《ひめじ》が打ち破る。

「お疲れ様です、ご主人様。今紅茶のお替わりをご準備します。……それにしても、良かったですね。達成不可能な対価を要求されたらどんな不正《イカサマ》を使おうかと密《ひそ》かに考えていましたが、残念ながら——ではなく、幸いにも実行せずに済みそうです」

「え、そうか？　確かに難しさはそうでもないけど、アドバンテージを取るのはかなり絶望的になったような……それこそ、《カンパニー》の手でも借りない限り」

「そうですね。確かに、ある意味では《カンパニー》の手をお貸しすることにはなると思います。ただ、少なくともイカサマを使う必要はありません」

どこか矛盾した姫路の発言に「？」と小さく首を傾《かし》げる俺。そんな俺を碧《あお》色の瞳で見つめながらそっと胸元に手を遣《や》ると、目の前の姫路は微《かす》かに口元を緩めてこう言った。

「わたしのｐｔを使います——第２段階《セカンドステージ》を上位クリアしていますので、わたしもリナと同じく７ｐｔ所持しています。これをご主人様に託せば条件は簡単に達成できるかと」

「……え？　いや、何言ってんだよ。そんなことしたら姫路の第４段階《セミファイナル》進出が——」

「上がる必要がないのです。……いいですか、ご主人様？　先ほど霧谷様も言っていましたが、《ＳＦＩＡ》《スフィア》の本番は第４段階《セミファイナル》からです。おそらく、これまでとは比べ物にならないくらいの激戦になるでしょう。それを考えた場合、わたしでは明らかに力不足です。だからこそ、わたしはプレイヤーではなくサポーターとして……ご主人様に最も近い補佐として、有能な専属メイドとして。引き続きご主人様のお役に立てればと思っています」

「……っ……」

「そのためにも、わたしはここで《ＳＦＩＡ》から離脱します。ご迷惑でなければ、この

ｐｔをお使いください」

嘘《うそ》も誇張も一切なく、心からの言葉としてそんなことを言ってくれる姫路《ひめじ》。献身的という単語一つじゃ語り尽くせないほど真《ま》っ直《す》ぐな想《おも》いに心を揺さぶられながら、俺は辛うじて「ああ」とだけ頷《うなず》いてみせる。……おそらくだが、彼女は最初からこの第3段階で脱落するつもりだったんだろう。だから二日目になっても情報《コード》の交換を一切行わず、ｐｔも温存していた。全ては俺に捧げるために。

（これで勝てなきゃ嘘ってもんだろ……！）

右手で顔を覆うようにして表情を隠しつつ改めて気合いを入れ直す俺。

ともかく、姫路との交換を経て俺の所持ｐｔは21――これにより、霧谷《きりがや》との交換で使用する分を差し引いても最後の一桁を開示できるだけの余力を確保することが出来た。そんなわけで再び霧谷に連絡を取り、高笑いの歓迎を受けながらも予定通りの交換を完了させる。霧谷から渡された俺の2桁目情報《セカンドコード》は〝1〟だ。そのまま間髪容《い》れずに10ｐｔを消費して唯一残った4桁目情報《ラストコード》を開示し、ついにパスの全貌を明らかにする。

「パス入力〝８１３６〟……確定」

そうして全ての桁を打ち込んだ直後、ピッと何かが解錠されるような音と共に〝第3段階突破《サードステージ》〟の文字が端末上に表示された。……《決闘《ゲーム》》クリア、だ。《ヘキサグラム》の影響で不正《イカサマ》を制限されてはいたものの、とりあえずはどうにかなった。

あとは、次の段階《ステージ》のアドバンテージが獲得できていれば何の文句もないのだが――

「少々お待ちください、ご主人様。念のために全体のクリア順位を調べますね」

端末を操作しながら静かに呟《つぶや》く姫路。どこの誰がパスを解除した、という情報は《ライブラ》が常に発信しているため、特に違法なルートを通らずとも調べられる。

「では、上から順に読み上げさせていただきます。まず、堂々のトップ通過は天音坂学園《あまねざか》の一年生・夢野美咲様《ゆめのみさき》。そして、惜しくも二番手となったのが桜花学園《おうか》の《女帝》彩園寺《さいおんじ》更紗様《さらさ》です。次点が森羅《しんら》の〝絶対君主〟霧谷凍夜様《とうや》で…………え？」

「……？　どうした、姫路？」

「いえ……その、ですね。……アドバンテージ獲得枠の最後、総合四位に滑り込んだのは、彗星学園の佐伯薫様、です。ご主人様は、タッチの差で五位……ですね」

「なっ……！」

微《かす》かな動揺の混じった姫路の報告を最後まで聞き、俺は大きく目を見開く。

やられた――出し抜かれた。おそらく彼は、俺の進行状況を監視するアビリティか何かを採用していたんだろう。偶然という可能性もないわけじゃないが、霧谷がクリアしてから俺が追随するまでの時間はせいぜい数分。順当に考えれば、意図的な〝滑り込み〟である確率の方が遥かに高い。二番区彗星《すいせい》のエースにして《ヘキサグラム》のリーダー・佐伯《さえき》薫《かおる》……あいつは自身のパスをとっくに解明し終えていて、その上で俺が全ての情報を手に入れるまで待っていたんだ。そうやって順位を操作することで、他のプレイヤーたちにはっきりと〝序列〟を印象付けた。

（そこまでして俺を潰したいのかよ、あいつ……！）

相手の思惑通りの展開になってしまったことに舌打ちし、ぎゅっと拳を握る俺。

けれど、結果は今さら変えられない。俺は、ここに来て初めてアドバンテージの獲得を逃したことになる――と、そんな悔恨も束の間、不意にポケットに入れていた端末が短く振動した。見れば、発信者の欄に映し出されている名前は〝榎本進司《えのもとしんじ》〟だ。

『もしもし、僕だ。榎本だ。今しがた篠原《しのはら》の第3段階《サードステージ》通過を確認した。本当はもう少し早く連絡したかったのだが、攻略の邪魔をするのは嫌だったのでな。……少しいいか？』

「？　ああ、別に大丈夫だけど……何かあったのか？」

『そうだな。それもあまり良くない事態だ。結論から言えば、僕は第4段階に進まない』

（――――は？）

榎本の衝撃的な一言に一瞬で思考が停止する。普段の倍以上の時間をかけてゆっくりと言葉の意味を咀嚼《そしゃく》して、俺はようやくまとまった疑問を投げ掛けた。

「どういうことだよ、それ……？　アンタが脱落するなんてよっぽどだぞ」

『ふむ。実は昨日の夕刻より、謎の勢力が英明《えいめい》ネットワークに不正アクセスを仕掛けてきていてな。放っておくと乗っ取られる危険すらあるため、片時も手が離せない』

「ッ!?　そういうことかよ……なら、いっそ放棄しちまうってのはどうだ？　もう充分以上に役目は果たしただろ。特に高ランカー連中ならネットワークがなくても——」

『いや、それはない。少なくとも七瀬《ななせ》や秋月《あきづき》は、英明ネットワークが〝ある〟ことを前提に作戦を構築している。あの二人を——否、英明の有望なプレイヤー全員を切り捨てて僕だけが第4段階《セミファイナル》に進むなど、心情的にも戦略的にも有り得ないな』

「それは、そうかもしれないけど……」

『だろう？　……なに、《アストラル》の時より少しだけ早く盤外戦術に移行するというだけの話だ。幸い僕は補助の方が得意だからな。表舞台に立たなくとも充分に戦える』

（お、おいおい……本気かよ。榎本がいなくなるって……）

想定外の事態に思わず言葉を失う俺。これで、姫路《ひめじ》に続いて《アストラル》の仲間だった榎本までもが〝降り〟を選択したことになる。理由はどちらも納得できるものだが、とはいえ《SFIA《スフィア》》の険しさを語る例としては充分すぎるくらいの異常事態だ。

『——それとな、篠原』

と、その時、端末の向こうの榎本が微《かす》かに声を低くして言葉を継いだ。

『先ほどは〝謎の勢力〟と言ったが……実は、ある程度の目星はついている。英明《えいめい》ネットワークに干渉してきているのは、おそらく《ヘキサグラム》の連中だ』

「!?　……確かなのか？」

『いいや、証拠はどこにもない。というより、もし相手が本当に《ヘキサグラム》なのであれば、どこまで調べても黒とは断定できないだろう。が……実は、去年の《決闘《ゲーム》》でも連中の不当な〝正義〟によって英明の勝利が剥奪されたことがあってな。当時の英明《えいめい》のエースはそれで信用をなくし、その後二度と表舞台に立てないようになった。その際に確信したんだ——あれは正義でも何でもない、と』

「……っ……」

『だからこそ、だ。……単なる無法者なら放置でいいが、相手が《ヘキサグラム》となれば腰を据えて対処する必要がある。故に、僕はそちらへ回ることにした。目先のクリアだけではなく、決勝まで見据えた最大効率の戦略を取ることにした。去年は叶《かな》わなかった選択だが……今年は、《決闘》を任せられるプレイヤーが他にいるからな』

そんな榎本《えのもと》の言葉に、俺はそっと静かに黙り込む。……要するに、彩園寺《さいおんじ》の言っていた懸念がいきなり表面化した形だ。悪を拒絶する正義の組織《ヘキサグラム》——ただその正体は決して綺麗《きれい》なだけじゃない。何を隠しているのか分からない。

だから、俺は——

「了解。……《決闘《ゲーム》》の方は任せろよ、榎本。《SFIA》の頂点に立つのは英明だ」

ニヤリと笑って、そんな言葉を口にした。

LNN -Librarian Net News- 号外

波乱に次ぐ波乱！《SFIA》第四段階直前までのハイライト

学園島の夏を飾る大規模決闘《SFIA》、第三段階までに早くも波乱の連続にゃ！これまでに起こった大きな出来事をお伝えするにゃ！

彗星学園がまさかの本格参戦！

学校対抗戦への消極的な参加で知られる二番区・彗星学園（学校ランキング2位）が、カリスマ的人気を誇る佐伯薫（同学三年／6ツ星）率いる正義の番人《ヘキサグラム》とともに篠原緋呂斗を糾弾するために宣戦布告。佐伯の右腕であるNo.２の阿久津雅（同学三年／6ツ星）はもちろん、都築航斗（十番区・近江学園三年／5ツ星）ら他学区にもメンバーを持つ《ヘキサグラム》による篠原包囲網を構築。そして彗星学園のイベント戦での躍進にも注目が集まる。

春の王者・英明学園に激震！

今年度の五月期交流戦の覇者である四番区・英明学園（学校ランキング5位）に異変が続出。「正義の組織」こと《ヘキサグラム》が学園島最強・篠原緋呂斗（同学二年／7ツ星）の不正疑惑を告発したことで、彼の実力に対して島内の意見が真っ二つに分かれている。さらに《千里眼》で知られる生徒会長・榎本進司（同学三年／6ツ星）と篠原の専属メイド・姫路白雪（同学二年／5ツ星）が第三段階敗退。篠原は勝ち残っているものの、英明学園の真価が問われている。

新星続々！注目の一年生たち！

毎年夏の学校対抗戦で注目される一年生の台頭。五月期交流戦でも存在感を発揮した飛鳥萌々（三番区・桜花学園一年／4ツ星）のほか、あの女帝を抑えて二回戦&三回戦の連続トップ通過を果たした夢野美咲（十七番区・天音坂学園一年／4ツ星）やあの隠れた実力者の妹と噂される水上摩理（四番区・英明学園一年・3ツ星）、不気味な存在感を放つ新田佐奈（二十番区・阿澄之台学園一年／1ツ星）らの活躍に注目したい。

＃

結局、第3段階《サードステージ》《ブランクコード》は開始から三日のうちに全ての片が付いた。《ライブラ》の公式チャンネルでは、既に第4段階《セミファイナル》進出者の一覧が公開されている――その人数は、予告通りきっちり百人だ。ただし誰一人としてパスを解き明かせなかった学区があったり、逆に十人近くが勝ち抜けたところもあったりと、学園単位の協力体制を上手《うま》く整えられたかどうかではっきりと明暗が分かれることになった。

ちなみに、英明《えいめい》からの進出者は俺を含めて四人だ。《アストラル》の選抜メンバーでもあった浅宮七瀬《あさみやななせ》に秋月乃愛《あきづきのあ》……ここまでは良《い》いとして、最後の一人は水上摩理。5ツ星の上級生が軒並み脱落している中で、《ヘキサグラム》所属の3ツ星《ルーキー》一年生が見事に第4段階《セミファイナル》進出を決めている。が、それは何も他の連中が不甲斐《ふがい》ないことを示すものではないだろう。二十五万人中の百人というのは、割合にすればたったの0・04％なんだから。

そして――それを踏まえても、《アストラル》で活躍していた〝学区代表〟クラスの実力が固いのは明らかだった。彩園寺《さいおんじ》に久我崎《くがさき》、霧谷《きりがや》、枢木《くるるぎ》、それに皆実《みなみ》。この辺りの連中は当然のように第4段階《セミファイナル》へと駒を進めている。加えて、姫路《ひめじ》が言っていた通り一年生の存在感が増し始めているのも事実だ。水上《みなかみ》だけでなく、彩園寺の後輩である飛鳥萌々《あすかもも》や未《いま》だ謎の多い天音坂《あまねざか》の夢野美咲《ゆめのみさき》など、ダークホース候補はいくらでもいる。その水上が所属している《ヘキサグラム》に関しても、リーダーの佐伯《さえき》や幹部の二人を初めとして相当な人数が勝ち抜けたことだろう。ともかく、次の段階《ステージ》からは〝負けたら星を失う〟という仕様も相まって、これまで以上に熾烈《しれつ》な戦いが繰り広げられることは間違いない。

「ん……」

と、まあ、そんなわけで。

《ブランクコード》が終幕を迎えたその日の夜、俺たちは二日後から始まる第4段階《セミファイナル》のルールを確認するため自宅リビングの奥にあるシアタールームに集まっていた。

面子《メンツ》としては、俺を含めて四人だ。いつも通りのメイド服姿で紅茶やお茶菓子なんかをテキパキ配膳してくれている姫路と、こちらも相変わらずのボサボサ髪&ジャージ姿でカーペットの上に胡坐《あぐら》を掻《か》いている残念美人……もとい、加賀谷《かがや》さん。

そして、ソファに座る俺の膝にぽすっと頭を乗せて「くー……すー……」と心地よさげな寝息を立てているのは、ゴスロリドレスの中二病少女・椎名紬その人である。

「……あの、そろそろ嫉妬してもよろしいでしょうか？　お二人とも」

「あ、あー……いや、えっと」

銀のトレイを胸元に抱えた姫路がほんの少し拗《す》ねたような口調でそんなことを言ってく

る——が、俺だって好きでこうしているわけじゃない。加賀谷《かがや》さんと一緒にここへ来るなり椎名《しいな》が飛びついてきて、そのまま気持ちよさそうに眠ってしまったというだけだ。

誤魔化《ごまか》すように俺が視線を逸《そ》らしていると、カーペットの上に機材を広げた加賀谷さんがニヤニヤとした笑みを浮かべながら口を挟んでくる。

「まーまーまー、しょうがないって白雪《しらゆき》ちゃん。その子、イベントが始まった瞬間からずーっと働き続けてるんだもん。《決闘《ゲーム》》が楽しくて寝られないみたい。可愛《かわい》いよねぇ」

「もちろん、それについては正当に評価しています。ですが、膝枕ですよ？　先ほども当たり前のように抱きついていましたし、少しご主人様との距離が近すぎるのではないかと思います。……そして、更なる本音を言うのであれば、ご主人様ではなくわたしの方に抱きついてきて欲しかったです。膝枕も、わたしが」

「ん～、でももう寝ちゃってるからねぇ……あ、じゃあさ、白雪ちゃんちょっとこの子のほっぺ触ってみて？」

「……？　はい、構いませんが」

加賀谷さんに促され、こてりと首を傾《かし》げながらも俺の方に近付いてくる姫路《ひめじ》。そうして彼女は、小声で「失礼します」と囁《ささや》いてから静かに膝を折ると、白手袋に包まれた右手をそっと椎名の頬に触れさせる。

「ふにゃ……えへへぇ……」

と――その瞬間、俺の膝の上で椎名が微《かす》かに体勢を変えたのが分かった。おそらく無意識なのだろうが、差し出された姫路の右手にすりすりと甘えるように頬を寄せ、それからふにゃりと幸せそうに口元を緩める。

「！　こ、これは……」

「……ね？　ね？　やばいでしょ」

「はい。何ですか、この可愛らしさに極振りした究極の女の子は。ふにふにで、さらさらで、キラキラで……い、いけません。これではご主人様が篭絡《ろうらく》されてしまいます！」

「……いや、されねえよ」

椎名を撫《な》でながらそんなことを言う姫路に対し、俺は溜《た》め息交じりにそう呟《つぶや》く。……椎名紬《つむぎ》があまりにも可愛すぎる、という主張には何の異論もないが、その可愛さというのは言ってしまえば年の離れた妹に対するそれだ。間違っても恋愛感情なんかじゃない。

（まあ、年齢で言うなら俺と二つしか変わらないんだけど……って、いやいやいやいや！）

一瞬だけ脳裏を過《よぎ》った不純な思考を切り捨てるためにぶんぶんと首を横に振る俺。するとその振動が伝わったのか椎名が「むにゃ……？」と曖昧な寝言を呟き、さらには振り落とされないようにゴスロリドレスの両手をぎゅーっと俺の腰に回してきたりして……何というか、感情を安定させるのが大変だった。

とにもかくにも、今日の作戦会議に参加するメンバーはこれで全員だ。第4段階進出者《セミファイナル》

ふにゃあ
ぷに
ぷに
ふーにゃ
ふーにゃ

の顔ぶれにもざっくりと目を通したところで、改めてルールを見ていくことにする。

「《SFIA《スフィア》》第4段階《セミファイナル》《ドロップアウトテイマーズ《Drop Out Tamers》》——通称《DOT》。この段階《ステージ》で行われるのは、いわゆる〝人狼〟をモチーフにしたチーム戦形式の《決闘》です」

ソファの正面にあたる壁に埋め込まれた大型スクリーンに歩みを寄せ、白銀の髪をさらりと揺らした姫路《ひめじ》が涼やかな口調でそう切り出した。……人狼《じんろう》。人の皮を被《かぶ》った狼《おおかみ》。字面としては物騒だが、何のことはない。それは、ここ数年で一気にメジャーになってきたアナログゲームの一ジャンルである。

元を辿《たど》ってみれば、初めて世に出たのはアメリカだかどこかで開発された〝汝《なんじ》は人狼なりや？〟というタイトルのゲームだ。プレイヤーの中に〝村人〟役と〝人狼〟役がそれぞれおり、夜になると人狼は村人を一人食い殺してしまう。それを避けるため、プレイヤーたちは昼のフェイズで〝誰が人狼なのか〟を議論し、選んだ一人を火あぶりにする。これを繰り返し、人狼側はいかに自分が人狼だとバレずに村人の数を減らせるか、村人側はいかに早く人狼を見つけて処刑できるか……というのが主な内容《ルール》である。

そして、そんな人狼ゲームの肝になるのは〝推理〟と〝嘘《うそ》〟だ。自分が人狼側ならそう見えないよう身分を偽らなきゃいけないし、何なら他の誰かに疑いの目が向くよう仕向けなきゃいけない。当然、自分以外にも嘘つきは潜んでいるかもしれないわけで、それを暴《あば》き立てる洞察力も必要になる。

「じゃあ、この《DOT》にもそういう要素があるってことか？」

「はい、その理解で間違いありません――こちらをご覧ください、ご主人様」

そんな姫路の声に合わせて、スクリーンに投影された映像がパッと切り替わった。スタイリッシュなタイトルロゴを背景に、基本のルールが箇条書きで提示されている。

「まずは前提から参りましょう。《SFIA》第4段階《セミファイナル》《DOT》は、五人一組のチーム制で行われる《決闘》です。ただし《アストラル》のように学区がそのままチームになっているわけではなく、第4段階《セミファイナル》進出者の中からランダムにチーム分けを行う形ですね。各チームのメンバーは明日の朝に発表予定で、組み分けについては〝同学区のプレイヤーは同じチームに入らない〟ことを除いて完全に無作為に行われるとのことです」

「……なるほど。つまり、他学区のプレイヤーと組むチーム戦ってことか……そりゃまた難しそうな内容だな」

「んー、そうだねん。チームメイトっていっても安易には信用できないし、第4段階《セミファイナル》突破なんて狙ってなくてただ足を引っ張ってくるだけの人だっているかもだし……」

「はい。ですので一瞬たりとも気は抜けません。とはいえ、同じチームに配属されたプレイヤーは、少なくとも《DOT》のルール上は仲間となります。勝利条件を共有し、一緒に《決闘》《ゲーム》を進めるチームメイトですね。……そして、本題はここからです」

そう言って、姫路はスクリーンに向かってさっと軽く手を振った。すると同時、画面いっぱいに表示されていたルール文章《テキスト》が一気に暗転する。そうして次に俺の視界に飛び込んできたのは、あまりにも見慣れた非現実――漫画やゲームさながらの、いわゆる〝モンスター〟と呼ばれる類《たぐい》のモノだ。

そんな迫力ある映像の傍《かたわ》らに立ったまま、姫路《ひめじ》は相変わらず涼しい顔で続ける。

「この《決闘《ゲーム》》の主な目的は、一言で言えば彼ら――〝使い魔〟たちを収集することにあります。使い魔は現在この島の各地へ散り散りになってしまっており、プレイヤーたちはそれを手に入れなければなりません。そのため《DOT》の勝利条件は、各チームに与えられる〝指定の使い魔〟を全て揃えること……となっています」

「ん……それじゃ、つまり〝クリアするにはこいつとこいつとこいつが必要だ〟みたいなラインナップが最初から決まってるのか。で、その指定がチーム単位ってことは……もしかして、所属してるチームによって必要な使い魔が違うのか？」

「その通りです、ご主人様。《DOT《DropOutTamers》》の勝利条件、すなわち〝集めなければならない使い魔〟の種類はチームごとに全く異なります。全ての使い魔には強さと珍しさを表す指標として〝レアリティ〟なるものが定められているのですが――」

そこで一旦言葉を切ると、姫路はちらりとスクリーンに視線を向けた。すると直後、画面に表示されていた使い魔たちに重なるような形でこんなテキストが浮かび上がる。

曰《いわ》く――

【S級使い魔：最高レアリティの使い魔。《決闘《ゲーム》》内に一種／一体のみ存在する】
【A級使い魔：非常に強力な使い魔。《決闘《ゲーム》》内に四種／各一体存在する】
【B級使い魔：それなりに有力な使い魔。《決闘《ゲーム》》内に十種／各三体存在する】
【C級使い魔：どこにでもいる使い魔。《決闘《ゲーム》》内に無限種／各無限体存在する】

「――このような形ですね。これらの使い魔のうち、B級から指定の三種、A級から指定の二種、そしてS級を一種、というのが勝利条件の共通仕様となっているようです。これを達成すると該当のチームメンバー全員が最終決戦《ファイナル》進出となり、その人数が〝十六名〟に達するまで《DOT》は続きます」

「百人中の十六人、か。……って、ん？　十六人？」

姫路の説明に納得しかけたところで、小さな違和感に俺はふと首を傾《かし》げる。

「おかしいだろ。《DOT》はチーム制で、一チームの構成人数は五人。だったら、最終《ファイ》決戦《ナル》に進出できるプレイヤーの数も五の倍数にならなきゃいけないんじゃないか？」

「本来ならその通りです――が、この《決闘《ゲーム》》にはもう一つ重要な要素が存在します。それこそが初めに〝人狼《じんろう》に似ている〟と称した部分、裏切り者と脱落投票です」

「裏切り者と、脱落投票……？」

「はい。……わたしは先ほど、チームメンバー五人には共通の勝利条件が与えられ、それをクリアすると全員が最終決戦《ファイナル》へ進出できると説明いたしました。ですが、その言い方だと厳密には少し間違っています。何故《なぜ》なら、各チームには〝裏切り者〟の役目を与えられたプレイヤーが一人いて、そのプレイヤーにだけはチームの勝利条件とはまた別の使い魔が〝勝利に必要な駒〟として指定されているからです——もしチームの勝利条件が満たされた場合、裏切り者だけは勝利とならずその場で敗北。反対に、裏切り者の勝利条件がチームのそれより先に満たされた場合は裏切り者の単独勝利となります。この場合、裏切り者以外の正規メンバーは揃《そろ》って脱落ですね」

「ああ……なるほど、それで〝人狼《じんろう》〟なのか。チームの中に裏切り者がいるのは分かってるけど誰がそうなのかは分からない。ついでに、そいつがどの使い魔を狙ってるのかも他の四人には分からない。だから自《おの》ずと探り合いになるってわけだ」

「そういうことです。そして、もう一つの〝人狼〟的な要素が脱落投票……こちらは、ある意味名前通りのシステムですね。《DOT》《DropOutTamers》は毎日午前九時から午後五時の時間帯で行われる《決闘《ゲーム》》なのですが、一日の《決闘《ゲーム》》終了後——通称〝夜〟の時間になると、全てのプレイヤーは〝チーム内で最も脱落させたい相手〟を一人選び、零時までに投票を行う必要があります。ここでチーム内最多の票を集めたプレイヤーは強制的に脱落となり、その方が所持していた使い魔もチームのリソースから消滅します」

「……へえ？　じゃあつまり、他チームとの交戦の結果で脱落することがあるとかじゃなくて、あくまでもチームメイトから裏切り者だって思われるとアウトなのか」

「はい。その辺りの駆け引きが《DOT》の肝になるかと思います。ともかく、こうして各チームから毎日一人――最多得票者が複数いた場合は脱落者なしという判定になるようですが――抜けていきますので、勝利条件を達成する頃にはチームメンバーが数人減っているという想定なのでしょう。というわけで、最終決戦《ファイナル》への進出可能人数が十六人というのも別におかしな数字ではないのです」

「そういうことか……」

姫路《ひめじ》の話に改めて納得し、静かに首を縦に振る俺。

「じゃあ、後はその使い魔とやらの集め方……か？」

「ですね。方法としては、主に二通りございます。一つはクエスト――第4段階《セミファイナル》が始まると学園島《アカデミー》の各地に〝クエスト管理者《ガイド》〟と呼ばれる方々が配置されるのですが、彼らの提示する〝課題《クエスト》〟をクリアすると、報酬として使い魔が手に入るそうです。そして、もう一つの手段は交戦、あるいは交渉ですね。勝利のために必要な使い魔を他のチームから譲ってもらうか、または強引に奪い取る。これもメインとなる使い魔の獲得手段です」

「交戦、か。……ああ、それじゃもしかして、使い魔ってのはそこでも使うのか？」

「ご明察です、ご主人様。今言っていただいたように、《DOT》における交戦というのは基本的に〝お互いの持つ使い魔同士を戦わせる〟ものになります――喩えるならポ○モンやペル○ナのようなものですね。まずは交戦に参加する両チームが使い魔を一体だけ選出し、その所持者が〝メインプレイヤー〟となって交戦の主導権を握ります」

「ほう」

「そして次に、メインプレイヤーを含めた全てのチームメンバーが、交戦に使用する〝コマンド〟を一つ選択します。コマンドというのは、端的に言えば使い魔に出す〝指令〟ですね。基本《ベース》コマンドと特殊《スキル》コマンドの二種類に分かれていまして、基本コマンドの方は誰でも選択できる〝ステータス強化〟及び〝弱体化〟の効果。反対に、特殊コマンドは各使い魔に設定された〝技〟を指しています——ですので、当然ながら特殊コマンドとして選択できるのは自身が所持している使い魔の技のみ、ということになりますね」

「ん……なるほど」

　メインプレイヤーとなる一人が交戦に使用する〝使い魔〟を繰り出し、その後チームメンバー全員がその使い魔を補助する〝コマンド〟を選択する。基本コマンドの方は誰でも無限に使えるが、特殊コマンドは各使い魔の持つ〝技〟に紐《ひも》づいているため、行動の選択肢を増やしたいならその分たくさんの使い魔を手に入れる必要がある。

「ここまで来たら交戦開始、です。両チームのメインプレイヤーが選出されたコマンドの中から一つを選んで使い魔に適用し、その状態で各使い魔が一度ずつ攻撃を行います。使い魔にはＡＴＫ《攻撃力》、ＤＥＦ《防御力》、ＳＰＤ《速度》、ＬＰ《体力》と四種類のステータスが定められており、攻撃側のＡＴＫから防御側のＤＥＦを差し引いた値が最終的に与えられるダメージ、となっています。この時点でどちらかのＬＰが尽きていれば交戦終了、そうでなければ残ったコマンドの中から一つを使用して２ターン目に突入です。交戦が終了すると、敗北したチームがその交戦で使っていた使い魔が全て――特殊コマンドとして選択されていた使い魔も含めて全てが勝利チームに没収されます。逆に、敗北しない限りは交戦に使用した使い魔が失われることもありません」

「……うん。大体分かった、と思う。交戦の流れ自体はそう複雑でもないんだな」

「ですね。単純な分、裏切り者にとってはかなり仕掛けやすい構造です。例えば使うことで不利になる特殊コマンドをあえて選択してみたり、勝利条件に絡むような重要な使い魔をわざと敵チームに奪わせたり……そういった行為をどれだけ自然に出来るか、というのが裏切り者の腕の見せ所かもしれません」

姫路《ひめじ》の補足を頭に入れながらじっと思考を巡らせる俺。

この他にも細かな要素はいくつかあるようだが、大まかなルールとしてはこんなところだろう――《ＳＦＩＡ《スフィア》》第４段階《セミファイナル》《Drop Out Tamers》。プレイヤーは他学区からの参加者とチームを組み、勝利条件の達成に必要な〝使い魔〟を収集する。が、そんなチームの中には一人だけ、他の四人とは異なる勝利条件を持つ〝裏切り者〟が潜んでいる。チームの勝利は裏切り者の敗北に等しいため、裏切り者となったプレイヤーは密《ひそ》かに《決闘《ゲーム》》の進行を妨害する……だからこそ、他のメンバーは毎晩行われる〝脱落投票〟で一刻も早く裏切り者を排除しなければならない。確かに人狼《じんろう》とポ○モン、あるいはペル○ナを混ぜ合わせたような《決闘《ゲーム》》内容だ。

（やること自体はシンプル……だけど、実際かなり大変そうだな。疑い合うチームメイトってのも高ランカーばっかりなわけだし、投票で狙ったプレイヤーを落とせるなら《ヘキサグラム》の告発も効いてくる。そうじゃなくても俺を脱落させたいやつなんてどこの学区にもいるだろうし、しっかり対策しとかないと……）

そんなことを考えながら俺は無意識に下唇を噛《か》む。……《カンパニー》と一緒にアビリティの選定をするのはもちろんだが、この分だと英明《えいめい》のメンバーと連携を取るのも重要になってくるだろう。明日にでも榎本《えのもと》辺りに招集をかけてもらう必要がある。

「よし。それじゃあ、区切りも良《い》いし今日はこの辺でお開きに――」

「…………ふえ？」

と――俺がそんな声を上げた瞬間、不意に寝起きのようなむにゃむにゃとした声が耳朶《じだ》を打った。見れば、どうやら椎名《しいな》が目を覚ましたらしい。ゴスロリ衣装の袖でくしくしと両目を擦《こす》った彼女は、俺に身体《からだ》を預けたまま状況を確認するようにきょろきょろと首を巡らせる。そして、徐々に意識がはっきりしてきたんだろう、椎名は瞳をキラキラと輝かせながらこんなことを言ってきた。

「お兄ちゃんお兄ちゃん、作戦会議は!?」

「……残念ながら、ちょうど今終わったところだよ」

苦笑と共に呟《つぶや》く俺。

その後、完全に目が冴《さ》えてしまったという椎名を中心に四人でひたすらマリ○カートをする謎の時間が発生したのだが……あまりにも平穏かつ平凡な展開だったため、ここでは割愛することにしよう（もちろんめちゃくちゃ楽しくはあった）。

＃

――翌日、八月一日の午前十時頃。

俺の招集……否、俺の要請を受けた榎本の招集により、英明学園のメンバーたちが続々と生徒会室に集まってきていた。

そのほとんどは、もはやお馴染みと言ってもいいくらいの面子《メンツ》だ。俺と姫路《ひめじ》に加えて榎本、浅宮《あさみや》、秋月《あきづき》という《アストラル》の選抜チーム。ただし、今回の《ＳＦＩＡ《スフィア》》では既に姫路と榎本が脱落しているため、そういう意味では異なる様相を呈し始めている。

そして――最も大きな変化と言えば、やはり最後の一人だろう。今しがたこの生徒会室を訪れ、お手本のような立ち振る舞いで俺たちの前に歩み出た少女。太ももの辺りまで伸びた流麗な黒髪をふわりと揺らしつつ、彼女は凛《りん》とした仕草で頭を下げる。

「初めまして、先輩方――私は、一年の水上摩理《みなかみまり》といいます。経験も浅く、未熟な部分も多々あるかとは思いますが、精一杯頑張りますのでどうかよろしくお願いします！」

自身の胸に右手を添え、真摯な口調で言い放った後輩少女・水上摩理。

そう、第3段階《サードステージ》《ブランクコード》が終わった時点で既に分かっていたことだが、彼女もまた第4段階《セミファイナル》への進出を果たしていた。いつかの宣戦布告は冗談なんかじゃなかったということだ。英明《えいめい》の貴重な戦力ではあるが、少なくとも篠原緋呂斗《おれ》は露骨に嫌われているし、彼女の所属する《ヘキサグラム》は徐々に怪しげな動きを見せ始めている し……という感じで、色々と警戒すべき少女であることは間違いない。

ともかく、そんな水上《みなかみ》の挨拶に対して真っ先に反応を示したのは浅宮《あさみや》だ。

「摩理《まり》ちゃんね。うん、おっけー覚えた。ウチは三年の浅宮七瀬《ななせ》！　他のみんなに比べたらウチも全然未熟な方だけど、分かんないコトあったら何でも訊《き》いていいからね？」

「はい！　ありがとうございます、浅宮先輩！」

「浅宮先輩……せんぱい……わ、やば、それめっちゃいいかも！　ね、ね、摩理ちゃんのこともこれからマリーとかって呼んでいい？」

「わ……！　もちろんです、先輩にあだ名で呼んでもらえるなんて光栄です！」

浅宮に気に入られ、嬉《うれ》しそうにぱぁっと表情を輝かせる水上。単に生真面目というだけじゃなく、素直に感情を表せるタイプでもあるようだ。

（っていうか、俺に対する態度とは大違いだな……まあ、別にいいんだけど）

「えへへ～。それじゃ、次は乃愛《のあ》の番ね♪」

と――二人の会話が一段落した辺りで、続けて声を上げたのは秋月《あきづき》だった。彼女はちょこんとソファから立ち上がるとあざとい仕草で後ろ手を組み、甘い笑顔で一言。

「乃愛の名前は秋月乃愛！　緋呂斗《ひろと》くんの……じゃなくて、英明学園のアイドルだよ♡」

「は、はい、存じています！　私のクラスにもたくさんファンがいますから」

「えへへ、そうなんだ～♡　でもでも、乃愛ちゃんってば可愛《かわい》いから当たり前かも♪」

水上の返答にそんな感想を零《こぼ》しつつ、ほんの一瞬だけふふんと得意げに表情を緩ませて
姫路《ひめじ》と視線を戦わせる秋月。……が、そんな交錯も刹那のことで、彼女はすぐに水上の方
へ身体《からだ》を向け直すと小さく首を傾《かし》げてみせた。

「っていうか、ちょっと気になってたんだけど……摩理ちゃんって、お姉ちゃんいたりし
ない？　それも、英明の三年生に」

「あ、はい！」

秋月の問いに、若干食い気味なくらいの勢いで元気よく頷《うなず》く水上。

「そうなんです。もしかして秋月先輩、お姉ちゃんのお友達なんですかっ？」

「もっちろん♪　真由《まゆ》ちゃんってしょっちゅう学校休んでるからあんまり遊んだことはな
いけど、チャットでなら結構お話してるよ♡　実は摩理ちゃんのことも聞いてたり」

「！　お姉ちゃん、私のこと何か言ってましたか!?」

「うん。すっごく優秀ですっごく可愛《かわい》い妹がいるんだ～って自慢してたよ♪　入学成績トップで次期生徒会長候補でミスコン優勝間違いなし、とか……あんまり言うから盛ってるのかなって思ってたけど、全然そんなことなかったかも！　まあ、乃愛《のあ》にはちょーっとだけ及ばないけど♡」

えへへ～、とあざとい笑みを浮かべながら両手の人差し指をちょんと自身の頬に当ててみせる秋月《あきづき》。それに対し、水上《みなかみ》は真面目な表情のままこくりと頷《うなず》く。

「はい。もちろん、私なんかより秋月先輩の方がずっと人気者だと思います。でも、お姉ちゃんがそんなこと言ってくれてたんですね……それは、ちょっと嬉《うれ》しいです。わたしのお姉ちゃん、とっても凄《すご》い人なので」

「凄い人？」

「あ、そか。シノは会ったことないんだよね」

疑問符の付いた俺の反応に、対面の浅宮《あさみや》が得心したようにそんな言葉を口にした。そうして、ピッと人差し指を立てながら教えてくれる。

「マリーのお姉ちゃん……水上真由《まゆ》ちゃんっていうんだけど、いわゆる天才みたいな人なんだよ。見えてる世界が違うっていうか、全然関係ないところから正解を見つけちゃうっていうか……とにかくめちゃ凄いの。確か《決闘《ゲーム》》の勝率だって１００％だもん」

「……へえ？　確かにそりゃ凄いな」

驚きの数字に内心で目を見開く俺。

同時に思い至る――そうか、水上真由《まゆ》か。四月の《区内選抜戦》では榎本《えのもと》や浅宮と並んで注目プレイヤーに名前が挙げられていたり、五月期交流戦では英明《えいめい》の〝六人目〟として抜擢されていたりと、直接の接点はないものの何かと名前を聞くやつだ。英明学園の隠れた天才。水上摩理《まり》はそんな彼女の妹、ということらしい。

「えへ……」

姉が褒められて嬉しいのか、当の水上はニコニコと素直な笑みを浮かべている。

が――そこで、小さく眉を顰《ひそ》めたのは榎本だ。浅宮の隣、水上からは少し離れた位置に座って腕組みをした彼は、いつもの仏頂面を浮かべて口を開く。

「ふむ……まあ、そうだな。個人的には、もう少しやる気を出して欲しいところだが」

「やる気？」

「ああ。水上姉の戦績は確かに目を瞠《みは》るものがあるが、それはあくまでも最後まで参加した場合の話だ。その他の《決闘《ゲーム》》は全て不戦敗または途中放棄。今回の《ＳＦＩＡ《スフィア》》だって、第１段階《ファーストステージ》の実施期間中に一度も家を出ることなく敗退している。本来ならこの場にいるべき逸材だというのに……全く、そういった意味では妹の方がよほど優秀だな」

もったいない、とばかりに小さく首を振る榎本。《アストラル》の時もそうだったが、それだけ水上真由のことを高く評価しているんだろう。怠惰で天才な姉と、真面目で優等生気質な妹、なるほど、性質としては真逆と言っていい。

と、その時だった。

「む。……今の言葉は聞き捨てなりませんね、榎本《えのもと》先輩」

それまで秋月《あきづき》や浅宮《あさみや》の話をニコニコと聞いていた水上《みなかみ》が表情をほんの少しだけ不機嫌そうなそれに変え、コツっと靴音を鳴らして俺たちの座るテーブルに近付いてきた。そうして彼女は机の上にそっと両手を置き、身を乗り出すような形で榎本に食って掛かる。

「私とお姉ちゃんを比べた場合、どんな項目でもお姉ちゃんの方が上になるに決まっています。先ほどの言い方だと、お姉ちゃんがバカにされているようにしか聞こえません」

「……そんなつもりはなかったが」

「いいえ、榎本先輩にどんなつもりがあろうと関係ありません。お姉ちゃんのいないところでお姉ちゃんの文句を言ったんですから、それって陰口ですよね？　陰口は悪いことです。絶対に正しくありません！」

「う……む……」

捲《まく》し立てるような正論で詰められ、分が悪いと悟ったのか、あるいは自身の失言を認めたのか、榎本は静かに「……すまなかった」と謝罪の言葉を口にした。それを聞いた水上は、ニコリと笑顔を浮かべて頭を下げる。

「はい。謝っていただけるならもちろん問題はありません。こちらこそ、生意気なことを言ってすみませんでした」

「や、今のはカンペキに進司《しんじ》が悪いって。ほんっとデリカシーないんだから……にしてもマリー、凄《すご》くない？　進司に口喧嘩《くちげんか》で勝てる後輩なんて、シノ以外に初めて見たかも」

「ありがとうございます、浅宮先輩。ですが、今のは何も口喧嘩というわけではありませんよ？　私は私の正義に従っただけです――だって、私は《ヘキサグラム》ですから！」

ばんっ、と漫画なら集中線でも入っていそうな勢いでそんなことを言う水上。

その単語が出た瞬間、榎本の表情が再びピクリと動いたような気がしたが……それには気付く様子もなく、水上はいかにも得意げな表情で続ける。

「学園島《アカデミー》公認組織・正義の味方《ヘキサグラム》！　浅宮先輩もご存じですよね⁉」

「まあ、そりゃ人並みには。あれでしょ？　去年の違法アビリティ騒動を解決した……」

「そうです！　……私、あの時中学三年生だったんですけど、実はとあることで塞ぎ込んでいたんです。辛《つら》くて、もう少しで心が折れそうになっていて。でも、island tube《アイ・チューブ》であの事件を見て――《ヘキサグラム》の存在を知って、本当に感動したんです！　世の中にはこんなに格好良《かっこうい》い人たちがいるんだって。私もそういう人になりたい、って！」

心の底からそう思っているんだろう、右手をそっと胸元の徽章《きしょう》に添えた水上は純粋かつ真摯な声音でそんな決意を吐露してみせる。そうして彼女は、改めて……というか、この部屋に入って初めて俺と姫路《ひめじ》に身体《からだ》を向けた。

「だから——観念してください、篠原《しのはら》先輩。それに姫路《ひめじ》先輩も。私はまだまだ新米の正義見習いですが、《ヘキサグラム》の先輩方は凄《すご》いんです！　謝るなら今のうちですよ？」

「そう言われましても、わたしにもご主人様にも謝るべきことなど一つもありません。それとも〝ご主人様が強すぎて申し訳ありません〟とでも言えばいいのですか？」

「違います。これまでの嘘《うそ》を、不正を、悪行を洗いざらい白状して、みんなにちゃんと頭を下げるんです！　そうしたら、きっと許してもらえるはず。……どうでしょう？　それってとっても素敵なことだと思いませんか!?」

「思いませんね、少なくとも今のところは」

「同感だ。というか水上《みなかみ》、いい加減俺が不正をしてる前提で話すのはやめろ」

「なかなか強情ですね、先輩方。……でも良《い》いです、お二人がそのつもりなら」

そこで一旦言葉を切り、ふわりと流麗な黒髪を揺らしながら首を横に振る水上。彼女は挑むように視線を持ち上げると、びしっと人差し指を俺に突き付けて——一言、

「改めて言います——この《決闘》で、わたしが先輩を改心させてみせますから！」

まるで正義の主人公みたいにそう言った。

＃

「ふむ……こんなところか」

——それから数分後。

水上との顔合わせ及び自己紹介、という最初の目的を果たした俺たちは、続けて本題である《DOT》《DropOutTamers》の作戦会議へと話を移すことにした。その導入ということで、テーブルの奥のスクリーンには榎本《えのもと》がまとめてくれた基本ルールの一覧が投影展開されている。

既に目は通しているものだが、復習のつもりでもう一度確認しておこう——曰《いわ》く、

【《SFIA》《スフィア》第4段階《セミファイナル》——《ドロップアウトテイマーズ》。通称：《DOT》】

【《DOT》は、個人戦ではなく〝チーム戦〟である。各プレイヤーはランダムに決定された五人一組のチームに分かれ、それぞれに与えられた〝勝利条件〟の達成を目指す。ここで言う勝利条件とは〝指定の使い魔を全て集めること〟である】

【使い魔にはS級・A級・B級・C級と四段階のレアリティが設定されている。レアリティが高いほどその使い魔は強く、また入手難易度も高い。S級は一種一体、A級は四種各一体、B級は十種各三体、そしてC級は無数に存在し、先述の勝利条件は〝S級A級A級B級B級B級〟の計六体で構成される】

【各プレイヤーは、使い魔を一体所持した状態で《DOT》《DropOutTamers》を開始する。与えられる使い魔の種類はランダムで、レアリティは基本的にB級かC級。ただし第3段階《サードステージ》を上位でクリアした四名にはアドバンテージとしてA級使い魔が一体ずつ与えられる。ここで、A級以上の使い魔は後述の〝技〟とは別に、固有の〝能力〟を持つものとする】

【使い魔の獲得手段は主にクエストか、あるいは他チームからの奪取となる。クエストは島内に多数用意されており、難易度の高いクエストほど高レアリティの使い魔が報酬になっている。ただし、存在数が上限に達している使い魔をクエスト報酬として手に入れることは出来ない（例：A級使い魔は各一体しか存在しないため、既に誰かが所持している場合はクエスト入手不可）。またプレイヤーが《決闘《ゲーム》》をクリアするか、あるいは脱落した場合、該当プレイヤーの所持していた使い魔はクエスト報酬として復活《リスポーン》する】

【交戦ルール：交戦を行う場合、両チームはまず使用する使い魔を一体選出する。その使い魔の所持者がこの交戦のメインプレイヤーとなる。両チームの使い魔が確定した後に全てのプレイヤーがコマンド（後述）を選択し、全て出揃《でそろ》ったら交戦開始。両チームのメインプレイヤーが選ばれたコマンドの中から一つを使い魔に適用し、その上で互いの使い魔が一度ずつ攻撃を行う。この時点でどちらかの体力《LP》が尽きていれば交戦終了、そうでなければ2ターン目に突入する。交戦終了後、勝利チームは敗北チームがその交戦で使用した全ての使い魔を報酬として獲得することが出来る。また、交戦に直接影響を及ぼすアビリティを使用できるのはメインプレイヤーのみとする】

【コマンドには基本《ベース》コマンドと特殊《スキル》コマンドの二種が存在し、その概要は以下の通り。
基本《ベース》コマンド：全てのプレイヤーが所持しており、誰かに奪われることもない基本のコマンド。各ステータスを一段階ずつ上下させる効果を持つ。
特殊《スキル》コマンド：使い魔の持つ固有の〝技〟をコマンドとして選択したもの。単発の効果としては基本コマンドよりも強力な傾向にあるが、使い魔と紐《ひも》づいているため〝敗北すると奪われる〟リスクを伴う】

【各チームには〝裏切り者〟と呼ばれるプレイヤーが一人いる。裏切り者にはチームの勝利条件とは異なる組み合わせの使い魔が〝裏切り条件〟として与えられており、チームの手持ちにそれらが全て揃った場合、チームメンバー全員を脱落させて単独で最終決戦《ファイナル》進出となる。ただし、チームの勝利条件が先に満たされた場合はその時点で脱落する】

【脱落投票：《DOT》は毎日九時から十七時までの〝昼〟の時間と、その他の〝夜〟の時間に分割される。《決闘《ゲーム》》が行われるのは通常〝昼〟だけだが、毎日〝夜〟の時間になると各プレイヤーは〝チーム内で最も脱落させたい相手〟を一人選び、深夜零時までに投票を行わなければならない。これを〝脱落投票〟と呼び、チーム内で最も多くの票を集めたプレイヤーは翌日の《決闘《ゲーム》》開始時点で敗退する（対象者の発表は朝六時とする）】

【アビリティは三つまで登録《セット》可能。ただし、裏切り者のみ四つまで登録可能】

——とのことで。

「わぁ……」

そんなスライドを眺めながら感嘆の声を零《こぼ》したのは、俺から見て左斜め前の席に座った水上摩理《みなかみまり》だ。先ほどの口論とは一転、彼女は尊敬の籠った視線を榎本《えのもと》に向ける。

「凄《すご》いです、榎本先輩。ルール開示からたった一日でここまでまとまった資料を作れるなんて……これが英明《えいめい》の生徒会長、なんですね。私ももっと精進しないと」

「……ふむ。まあ、気に入ってもらえたなら何よりだ」

水上の純粋な称賛に、ぶっきらぼうな口調で返事をしながらどこか満更でもない様子で首を縦に振る榎本。すると同時、微《かす》かに不機嫌そうな声で「ふーん？」と呟《つぶや》いたのは浅宮《あさみや》だ。水上に対する榎本の態度が面白くないのか、じとっとした半眼で文句を言う。

「進司《しんじ》、ほんっとに細かいよね。これ作るだけで何時間かかってるわけ？」

「いいや、別に大した時間はかかっていないぞ？　昨日の晩、七瀬《ななせ》にルールを説明しながら片手間で作ったものだからな。むしろ僕の時間を奪ったのは七瀬の方だ」

「うっ……そ、それは、進司がウチのこといちいちバカにするからじゃん！　最初からこうしてくれればウチだってちゃんと分かるし！　あと、ちゃんと寝ろし！」

「心配するな、最低限は寝ている。……というか、僕が何のために《ＳＦＩＡ《スフィア》》を離脱したと思っているんだ？　七瀬が何を言おうと十全のサポートはさせてもらう」

「っ……も、もう、進司はもう……そういうとこじゃん……」

しきりに耳周りの髪を弄《いじ》りつつ、赤くなった表情を誤魔化《ごまか》すためにぷいっとそっぽを向いてしまう浅宮。対する榎本は〝何を責められているんだ僕は〟みたいな顔で一瞬小さく眉を顰《ひそ》め、それから諦めたように首を振ると俺たちの方へ身体《からだ》を向け直した。

「さて――今回の《決闘《ゲーム》》は、仕様上《アストラル》ほど同じ学園の仲間同士で協力できるものではない。形式としてはチーム戦だが、事実上は個人戦だ。ただ、裏切り者を特定するための情報や、各クエストの攻略方法あるいは報酬、そして誰がどの使い魔を所持しているのかという戦力分布……こういった情報は積極的に共有していく必要がある」

「ああ、そうだな」

「うむ。そこで、ひとまずはこの生徒会室を英明学園の拠点とし、統括的な情報処理を行おうと思う。《ライブラ》の中継や篠原《しのはら》たち参加者《プレイヤー》からの情報を分析し、有用なものが得られればすぐに報告するようなイメージだ。そして、その他の情報を共有するためにも、毎日の《決闘《ゲーム》》終了後――夜の時間に入ったらここへ顔を出してもらえるとありがたい」

「分かりました、榎本《えのもと》先輩！」

主に第４段階《セミファイナル》に進出している四人に向けられたそんな依頼に対し、水上《みなかみ》は真《ま》っ直《す》ぐな返事を口にする。……榎本が《ヘキサグラム》を警戒していることを踏まえれば今のもちょっとした牽制《けんせい》だったのかもしれないが、意にも介していない様子だ。

ともかく、少し遅れて秋月《あきづき》や浅宮《あさみや》も賛同を示し、満場一致で榎本案が可決される。そうしていよいよ本題に入ろうという段になり、姫路《ひめじ》が涼しげな声でこう切り出した。

「それで、です――結局、皆さまのチーム、、、、構成はどのようになっているのですか？　自身が裏切り者なのかそうでないのか、またチーム内にどんなプレイヤーがいるのか……それによって、戦略も大きく変わってくるかと思いますが」

「あ、確かに。その辺も話しとかないとね。さすが、ゆきりんあったまいい～」

そんな姫路の発言にまず食いついたのは浅宮だった。彼女は端末を操作して〝チーム情報〟の画面を投影展開すると、鮮やかな金糸をくるくるっと指先に絡めて続ける。

「えっとね、ウチは裏切り者じゃなくて正規メンバー！　プレイヤーは６ツ星が二人と５ツ星が三人っていう、結構ヤバめのチームだよ。注目は……んー、不死鳥くんかな？」

「不死鳥、って……久我崎《くがさき》と同じチームなのかよ。それは、あれだな。大変だな」

「まあね。でも、多分乃愛《のあ》ちの方がもっとヤバいよ？」

「……？　そうなのか、秋月？」

「えへへ……そだね、確かにそうかも。一人はよく知らないけど、他は全員有名な高ランカーだもん。まず十六番区の《鬼神の巫女《みこ》》さんでしょ？　それに、二番区彗星《すいせい》の阿久津《あくつ》雅《みやび》さん——この人って、《ヘキサグラム》の幹部の人だよね？」

「はい、その通りです！　薫《かおる》さんの右腕って言われてるくらい優しくて、強くて、頼れる方で……雅先輩と同じチームで《決闘《ゲーム》》が出来るなんて羨ましいです！」

「ん……羨ましい、かなあ？　チームって言ってもちゃんとした仲間じゃないし、強い人ばっかりだと大変な気もするけど……とにかく、最後の一人は《女帝》さん♪　緋呂斗《ひろと》くんの因縁のライバルさんだよね♡」

「ライバルって……いや、そんなつもりはないけど」

　立ち位置としてはどう考えてもその通りだが、キャラ的に一応否定しておく俺。

　と——その時、チームメンバーの紹介を一通り終えた秋月が、一瞬だけちらりと俺の目を覗《のぞ》き込んできた。彼女は俺がその意図を理解するより早く対面の水上に向き直り、右手の人差し指をぴとっと頬に当ててつつあざとい口調でこんなことを言う。

「——ちなみに乃愛、裏切り者だよ♡」

（え……？）

その発言に内心で少し驚く俺。裏切り者、というのもそうだが……言っていいのか、それは？　つい先ほど、秋月《あきづき》のチームに《ヘキサグラム》の幹部がいるという話が出たばかりだ。もしそいつと水上《みなかみ》が通じていれば秋月は初日で脱落させられることになる。が――だからこそ、なのかもしれない。この段階で秋月が〝裏切り者〟だと断定されるなら、それは間違いなく水上が情報を漏らしたということだ。彼女があくまでも英明《えいめい》の仲間なのか、あるいは《ヘキサグラム》の仲間なのか……それを確かめたいのだろう。

そんな仕掛けに対して、水上は。

「わ……そうなんですか。大変ですね、言わないようにしないと……！」

両手を口元に当て、深刻そうな顔つきでそんなことを言う。……それを見て、秋月が雰囲気を和らげたのが分かった。おそらく彼女の中で〝シロ〟の判定が出たのだろう。そして、それに関しては俺も同感だ。水上摩理《まり》は嘘《うそ》がつけるようなタイプじゃない。

（にしても秋月のやつ、彩園寺《さいおんじ》に枢木《くるるぎ》に《ヘキサグラム》の幹部までいるチームでよりにもよって〝裏切り者〟を引いちまったのか……それは、キツいな）

そんなことを考えながら静かに首を横に振る。秋月の強さは俺だってもちろん知っているが、今回はさすがに分が悪いと言ってしまっていいだろう。ただでさえ裏切り者という不利な立場に置かれているのに、かき乱すべき場は過ぎるくらいに堅牢《けんろう》強固。まともに妨害することも出来ないまま《決闘《ゲーム》》が終わってしまいそうな気さえする。

が……まあ、それはともかく。

「えっと、次は私の番……ですよね？」

秋月の話が終わったのを見計らって、水上がそっと言葉を継いだ。彼女は、早く話したくてうずうずしていた、とでも言わんばかりに嬉《うれ》しそうな表情で続ける。

「私のチームは、とっても凄《すご》いんです！　だって、《ヘ、キ、サ、グ、ラ、ム》の先輩が二、人、もいるんですよ!?　幹部の一人である三年生の都築航人《つづきこうと》先輩と、それから何と言ってもリーダーの薫《かおる》さん……！　こんな方々と一緒に《決闘《ゲーム》》が出来るなんて、それだけでも《SFIA《スフィア》》に参加した甲斐《かい》がありました！」

「……《ヘキサグラム》のリーダーに幹部が揃《そろ》ったチーム、だと？　それは……それについて、水上妹はどのように思っている？」

「え？　だから、素敵だなって……こんな偶然、なかなかないですよね？」

「偶然か。……ふむ、まあいい」

何か言いたげにしながらも、水上の純粋な回答を受けてそれ以上の追及をやめる榎本《えのもと》。

そんな彼に「……？」と首を傾《かし》げてから、水上は改めて俺へと視線を向けてきた。

「それで……篠原《しのはら》先輩はどうなんですか？　嘘つきな先輩のことですし、個人的には裏切り者がお似合いかなと思うんですけど……」

「似合うかどうかはともかく、俺は正規メンバーだよ。面子《メンツ》はこんな感じだ」

水上《みなかみ》の問い掛けを受け、俺は手元の端末に表示させていた画面を投影展開することにした。そこには、俺を含めた五人の名前が学区順に映し出されている――


【藤代慶也《ふじしろけいや》／三番区桜花《おうか》学園二年／6ツ星】

【篠原緋呂斗《しのはらひろと》／四番区英明《えいめい》学園二年／7ツ星】

【皆実雫《みなみしずく》／十四番区聖《せい》ロザリア女学院二年／5ツ星】

【結川奏《ゆいかわかなで》／十五番区茨《いばら》学園三年／5ツ星】

【新田佐奈《にったさな》／二十番区阿澄之台《あずみのだい》学園一年／1ツ星】


「……わわ。どこもそうだけど、緋呂斗くんのチームも大変そうだね♪」

俺のチームのメンバーを確認した秋月《あきづき》が曖昧な笑顔でそんなことを言ってくる。……まあ、確かに彼女の言う通りだ。桜花の最終兵器とまで呼ばれる藤代慶也に、爽やかさと鬱《うっ》陶《とう》しさしか記憶に残っていないが一応は茨のトップを張っている結川奏。そして《ディアスクリプト》をきっかけに再びの覚醒を果たそうとしている気怠《けだる》げな天才、皆実雫。どいつもこいつも、出来れば敵に回したくないプレイヤーだ。

「でも……1ツ星？　こんな人もいるんだ」

と――そこで、対面の席から身を乗り出しつつ誰もが気になるそんな疑問に触れたのは浅宮《あさみや》だった。彼女が指差しているのは、投影画面の左端に表示された〝新田佐奈〟という見慣れない名前だ。二十番区阿澄之台学園の一年生。

それに対し、姫路《ひめじ》が「そうなのです」と囁《ささや》きながら静かに首を縦に振る。

「新田佐奈様――わたしも気になって少し調べてみたのですが、何か特殊な経歴をお持ちの方というわけではありませんでした。ただ、一年生でここまで勝ち上がっているとなると、やはり等級《ランク》に現れない飛び抜けた〝何か〟を持っている可能性が高いかと」

「だよね。とんでもないダークホース候補、って感じかも」

そう言って、ごくりと小さく唾を呑《の》む浅宮。……まあ実際、一年生かつ1ツ星なのに強豪ひしめく第4段階《セミファイナル》まで勝ち上がっている時点で普通のプレイヤーなわけがない。他のチームメンバーと同じか、あるいはそれ以上に警戒すべき相手だろう。

「ともかく、これで一応の共有は済んだってところか。あとはその辺のことも踏まえつつ戦略を練っていくわけだけど……《DOT《DropOutTamers》》のルールを考えれば、まずは〝絶対に疑われない〟ことを念頭に置く必要がある。裏切り者でもそうじゃなくても同じだ。実際の役職がどうであれ、最大票を集めちまったら問答無用で脱落させられるんだからな」

「問題ありません、篠原先輩。だって、私は《ヘキサグラム》ですよ？　正義の味方は嘘《うそ》なんて絶対につきません。みんなも信じてくれるに決まっています！」

「おー、マリー自信満々じゃん。ウチはどうだろ……緊張するとすぐ焦《あせ》っちゃうし、なんかボロ出しそうで怖いかも」

「えへへ、みゃーちゃん素直だもんね。乃愛《のあ》はそーゆーの大得意なんだけど♡」

「確かに秋月《あきづき》は上手《うま》くやれそうだな。とりあえず、自分が〝裏切り者〟の場合はひたすら潜伏しながら妨害の機会を窺《うかが》って、同時進行で他の誰かに疑いの目を向けさせる――要は自分の代わりに票を集める犠牲者《スケープゴート》を用意できれば及第点。もっと言えば〝全員の票がバラけて誰も脱落しないまま次の日を迎える〟のが最高だ。逆に、正規メンバーの方はそんな風に潜んでる裏切り者を見つけ出さなきゃいけない。初期の人数で言えば圧倒的に有利だけど、油断してるとあっという間に引っ繰り返される」

「……それは、確かに。篠原《しのはら》先輩のくせになかなか良《い》いことを言いますね」

さらりと俺を貶《おとし》めながら真面目な顔でこくこくと頷《うなず》く水上《みなかみ》。

そんなこんなで状況の整理を終えた俺たちは、続いて大まかな攻略方針を共有しておくことにする――まず浅宮《あさみや》は、単純に交戦向けのアビリティを多めに採用して〝強力な使い魔を集めまくる〟作戦らしい。脳筋と言えばその通りだが、とはいえ理には適《かな》っているだろう。《決闘《ゲーム》》から脱落したプレイヤーの所持使い魔はチームの手持ちからも消滅してしまうわけだから、重要な使い魔を持っていればそれだけで狙われにくくなる。

そして、裏切り者である秋月の作戦は浅宮のそれとは大きく異なり、チームを混乱させることに重きを置いたものだ。投票先をランダムに改変してしまう《誤爆》アビリティや他チームの裏切り者とコンタクトを取れる《裏取引》などなど、妨害系のアビリティがいくつも採用候補に挙がっているらしい。

ちなみに、水上摩理《まり》はただ一言――〝私は真っ向勝負をするだけです〟とだけ。

（さて……）

そんなわけで、《SFIA《スフィア》》第4段階《セミファイナル》《DOT《DropOutTamers》》の開始が刻一刻と迫っていた。

＃

『〰〰〰〰〰〰〰皆様ッ、こんにちにゃー!!　《ライブラ》の風見鈴蘭《かざみすずらん》にゃ！　先週の開会式からはや一週間、学園島《アカデミー》夏の祭典《SFIA》もついに第4段階《セミファイナル》！　進出者の一覧は既に公開してる通りだけど、学区代表に次世代のエースに新進気鋭のダークホースまで色んなプレイヤーが入り乱れる最っ高の構図になっていますのにゃ！　真夏の炎天下より熱い勝負をお届けするから、みんな一瞬たりとも目を離しちゃダメなのにゃ!!』


――八月二日、火曜日。《決闘《ゲーム》》開始時刻の少し前。

俺は、一番区の駅前でチームメイトたちを待っていた。

第3段階《サードステージ》までと同様、第4段階《セミファイナル》《DOT》は――少なくとも〝昼〟のフェイズは――午前九時から午後五時までとなっている。その間の進め方は完全に自由なのだが、初日のスタート地点に関してはチームごとの指定制だ。俺たちの場合はそれがここだった。

そして、

『音声テスト。……ご主人様、わたしの声は聞こえていますか？』

「ああ。大丈夫だ、ばっちり聞こえる」

いつも通り右耳にセットしたイヤホンから聞こえてくるのは、この第4段階《セミファイナル》からプレイヤーではなくサポーターとして参加することになる姫路白雪《ひめじしらゆき》の囁《ささや》きだ。彼女が隣にいないと若干の寂しさ……というか物足りなさを感じるようになってきた今日この頃だが、仮に姫路がプレイヤーとして参加していたとしても《DOT》《DropOutTamers》の仕様上同じチームになることは有り得なかった。あの判断は大正解だったと言えるだろう。

とにもかくにも、イヤホンの向こうの彼女は囁くような声音で続ける。

『ありがとうございます、ご主人様。それでは、ただいまの時刻より《カンパニー》は第4段階《セミファイナル》《DOT》のサポート体制に入ります。加賀谷《かがや》さんは参加者情報の詳細調査、紬《つむぎ》さんは《決闘《ゲーム》》内の情報分析、わたしは適宜移動しながら各チームの盗聴——もとい諜報《ちょうほう》を担当しますので、知りたいことがあれば何なりとお申し付けください』

「分かった、よろしく頼む。……ただ、あれだな。俺のチームメイト——特に藤代《ふじしろ》なんかはめちゃくちゃ鋭いやつだから、状況次第でイヤホンの音声は切るかもしれない。その時はメッセージに切り替えるってことで」

『かしこまりました。確かに、念には念を入れておいた方が良さそうですね。ですがそうなると、ご主人様と皆実《みなみ》様が二人でどこかへ消えてしまった場合の対処手段が――』

「……いや、そんな場合はないから」

冗談とも本気ともつかない姫路の逡巡《しゅんじゅん》に対し、苦笑交じりにそんな言葉を返す俺。

と――その時、だった。

「やあ、これはこれは、誰かと思えば今話題の篠原緋呂斗《しのはらひろと》くんじゃないか！」

やたらと芝居がかった第一声。

それだけですぐに相手は特定できたが、俺は小さく首を傾《かし》げて後ろを振り返ることにする。と、そこには案の定、見知った一人の男が立っていた。すらりとした高身長に柔和な笑みを携えた爽やか風イケメン。十五番区茨《いばら》学園の５ツ星・結川奏《ゆいかわかなで》だ。

彼は、気取った仕草でさらりと前髪を搔《か》き上《あ》げながら、微《かす》かに口元を緩めて続ける。

「どうやら先を越されてしまったみたいだね。チーム内唯一の三年生にして最もチームリーダーに相応《ふさわ》しいこの僕が一番に来てみんなを迎えてあげるつもりだったのに」

「ああ、そうだったのか。そりゃ悪いことしたな」

「いやいや、謝らなくていいんだ。僕は心が広いから。それにしても、巡り合わせというのは不思議なものだね？　五月期交流戦であれだけ敵対していた僕らが《ＳＦＩＡ《スフィア》》ではこんな風に手を組むことになるんて！」

大袈裟《おおげさ》に両手を広げながら無駄に爽やかな笑顔でそんなことを言う結川。……何というか、順調にウザい。少し前までは《アストラル》で底を突いた好感度を取り戻すのに必死だったはずだが、このキラキラ感を見るにその試みは成功してしまったんだろう。

ともかく、結川《ゆいかわ》はふっと口元を緩めながら探るような視線を向けてくる。

「まあ、もしかしたらあの勝利も君の不正だったのかもしれないけど。……実際のところどうなんだい？　《ヘキサグラム》の告発は君にとって図星だったのかな」

「さあな。佐伯《さえき》も言ってたけど、そいつはこの《決闘《ゲーム》》の結果が教えてくれるんだろ」

「なるほど、それは楽しみだ。かくいう僕も《ヘキサグラム》には勧誘を受けたことがあってね。誰かの下につくような器じゃないから当然断ったけど、僕を誘うとはなかなか見る目がある組織だと感心していたところだ――ちなみに、他のメンバーはまだ誰も来ていないのかな？」

「ん？　ああ、お前で二人目だ。あと二十分もすれば開始時刻だからもうすぐ来るとは思うけど……って、ほらな。言ってる間にお出ましだ」

結川の問いに答えを返し切るより早く、駅から出てきた一人の男が目に入って俺はそちらへ身体《からだ》を向けた。桜花《おうか》の男子用制服を派手に着崩し、ピアスやらネックレスやらを光らせたどす黒い金髪の不良初年・藤代慶也《ふじしろけいや》。彼は――《ヘキサグラム》の告発を受けてのものだろうか――ちらりと俺に目を向けてから、低い声音でこう切り出す。

「早いな、テメェら。……テメェらは過去の《決闘《ゲーム》》でぶつかってるから必要ねェだろうが、全員が揃《そろ》ったら一応名前と学園くらいは共有しておくか。誰が誰かも分からないんじゃ話し掛けるのも億劫《おっくう》だ」

「うん、悪くないアイデアだね。だけど藤代くん、登場していきなり仕切り出すのはマナー違反じゃないかな？　このチームをまとめるのは最上級生である僕なんだからさ」

「好きにしやがれ。だが、少なくともオレの視点じゃ下手にチームを仕切りたがるヤツは怪しく見える。テメェが裏切り者かどうかは知らねェが、よく考えて発言しろよ」

「ちょ……やだなあ、藤代くん。いくら僕が強敵だからってそこまで警戒しなくてもいいじゃないか。僕は、単に自分がリーダーに相応《ふさわ》しいから立候補しているだけだよ？」

「…………」

射るような視線を俺と結川に向けつつ、結局は何も言わずに矛先を収める藤代。……全体としては軽いジャブのようなやり取りだが、裏切り者の探り合い、あるいは押し付け合いは既に始まっているようだ。何気ない行動が疑惑に繋がる可能性は常にある。

（《ヘキサグラム》の告発も影響がないわけじゃなさそうだけど……まあ、裏切り者の選出はランダムだって明言されてるし、そこはどうにか押し切るしかないか）

そんなことを考えながら残り二人のメンバーを待つ。

が――それから十五分、待ち合わせ場所に新たなプレイヤーが現れることは一切なかった。《決闘《ゲーム》》開始まではあと数分だ。メンバーが揃わなかったチームには一時間の移動不《ペナル》

可制限《テイ》がかかるということもあり、主に結川《ゆいかわ》が苛立《いらだ》ちを露《あら》わにし始めた……そんな時、

「……待った？」

抑揚のない静かな声。

そんなものが耳朶《じだ》を打つのと同時、一人の少女が——時間ギリギリだというのにちっとも焦《あせ》る素振りを見せないまま——ようやく俺たちの前に姿を現した。十四番区聖《せい》ロザリア女学院の清楚《せいそ》な制服を身に纏《まと》い、青のショートボブの上にちょこんと白い帽子を乗せた二年生。長めの前髪が影を落とす顔立ちはよく見れば息を呑《の》むほど整っているが、眠たげな瞳と気怠《けだる》い雰囲気のせいで少しばかり損をしているような気がする。

「ん――……」

そんな彼女——皆実雫《みなみしずく》は、待ち合わせ場所に顔を揃えた俺たちにぐるりと青の瞳を向けると、露骨に「はぁ……」と溜《た》め息を吐《つ》いた。そうして（何故《なぜ》か）とぼとぼと俺の前に歩み寄り、いかにも残念そうな口調でこう切り出す。

「ありえない……知らない女の子の名前があったからドキドキしてたのに、来てみたらチャラい人と不良とストーカーしかいない。紛《まぎ》れもなく、詐欺……帰っていい？」

「いいわけないだろ。っていうか、他二人はともかく俺は断じてストーカーじゃねえよ」

「それは、嘘《うそ》。だって、先月もずっと付き纏ってきたし、今回の《決闘《ゲーム》》に至っては壮絶な裏工作の末に同じチーム……こんなの、身の危険を感じない方がおかしい。わたしが

身体《からだ》を許すのは、可愛《かわい》い女の子だけ……」

「いくら警戒したって襲わないっての」

「……ふうん？　え、こんなに可愛いのに……？　今が旬、なのに？」

「お前、相変わらず情緒がわけわかんねえな……」

無表情のままこてりと首を傾《かし》げる皆実に嘆息を返しつつ、俺は時刻を確認するべく自身の端末を開くことにする。と……その瞬間、端末上部に表示されたデジタル式の時計がちょうど九時に切り替わるのが見て取れた。島の各地で派手な花火が豪快に打ち上がり、第《セミ》4段階《ファイナル》《DOT《DropOutTamers》》の開始を華々しく宣言する。《ライブラ》の中継を覗《のぞ》いてみれば、こちらも開幕の宣言と共に風見《かざみ》が熱い実況を開始していた。

「……始まったか」

それを受け、手近な壁に背中を預けて目を瞑《つむ》っていた藤代《ふじしろ》が静かに呟《つぶや》く。……《SFIA《スフィア》》第4段階《セミファイナル》《DOT》。ここからは自由に行動していいということもあり、俺たちも早速クエストやら交戦やらに繰り出していきたいところだが、

「やれやれ……全く、どういうつもりなのかな？　まさか初日から遅刻だなんて」

苛々《いらいら》とつま先で地面を叩《たた》きつつそんな言葉を吐き捨てる結川。

そう──何だかんだで皆実は時間内に待ち合わせ場所へ来ていたのだが、最後の一人に関しては《決闘《ゲーム》》が始まっても一向に姿を現さなかった。普段から学区対抗系のイベント

に参加しているような高ランカーならともかく、彼女の等級《ランク》は1ツ星だ。この場にいる誰とも面識がなく、連絡を取れるやつが一人もいない。

（加賀谷《かがや》さんに頼めば連絡先くらい調べられるけど、説明が面倒すぎるもんな……）

予想外の事態にそっと下唇を噛《か》む俺。……開始時刻までにメンバーが揃《そろ》わなかったことで、既にペナルティである〝一時間の移動不可制限〟は発生している。それを消化した後は彼女を切り捨てて四人で《決闘《ゲーム》》を始めることも可能なのだが、ただでさえ厄介な内容なんだから開幕早々そんなハンデを負うのはいただけない。

「ってわけで……どうせ動けないいだし、とりあえず所持使い魔の確認と行動方針の決定でもしておかないか？　ついでに自己紹介なんかもしながら最後の一人を待って、ペナルティが解けても来ないようなら仕方ない。ここにいる四人で《決闘《ゲーム》》を始める」

「……まァ、そいつが妥当な案か。オレは異存なしだ」

「うーん……そうだねえ、僕としてはチームの輪を乱すようなプレイヤーなんてこの場で切り捨てちゃった方が良《い》いと思うんだけど、君たちが言うならそれでも構わないよ」

「じゃあ、わたしは、どっちでも——」

——と。

皆実《みなみ》が至極どうでも良さげに首を振りかけた瞬間、続く言葉を遮るように、メインストリートの方から一人の少女がこちらへ向かって歩いてきた。見覚えのない制服の上からダボッとしたサマーコートを羽織り、薄茶色の髪をフードで覆い隠した小柄な少女。確証はないが、おそらく彼女が〝五人目〟で間違いないだろう。

「………………」

そんな彼女は、無言のまま俺たちの目の前まで歩み寄ると、微《かす》かにフードの端を持ち上げながら探るような瞳で俺たちの顔を順に覗《のぞ》き込んできた。……初見の印象としては、非常に警戒心の強そうなイメージだ。誰にも心を開いていないような、あるいは何かに怯《おび》えているような、そんな気配をひしひしと感じる。

ともかく――一通りの〝観察〟を終えてから、彼女はようやく口を開いた。

「……新田佐奈《にったさな》。よろしく」

「い、いやいやいやいやッ！」

と、そんな簡素で素っ気ない挨拶に思いきり噛み付いたのは結川《ゆいかわ》だ。少女の醸し出す独特な〝拒絶〟のオーラに気圧《けお》されることなく、真正面から指を突き付ける。

「君！　初日から遅刻しておいてその上謝罪の言葉もないなんて、常識がなさすぎるとは思わないのかい!?　僕を始めとして仁徳溢《あふ》れるこのチームだったから良かったようなものの、普通のチームならとっくに切り捨てられているよ！」

「……知らない。切り捨てたいなら勝手にすれば？」

「なッ……何なんだよ、そのふてぶてしい態度は！　僕らはチームだぞ!?　まさか一人でやっていけるとでも思っているんじゃないだろうね!?」

説教にも似た結川《ゆいかわ》の詰問。それに対し、新田《にった》は変わらず固い口調でこんなことを言う。

「別に。……そんなの、どうでもいい。こんな《決闘《ゲーム》》に興味とかないから」

(……興味がない?)

その発言に内心で疑問を零《こぼ》す俺。……それは、さすがに妙な話だ。一年生がここまで勝ち上がってきている時点で只者《ただもの》じゃないし、いわゆるダークホースの一人じゃないかという見方すらある。それなのに、興味がないとは一体どういう了見だ?

「き、君は——」

黙って思考を巡らせる俺の目の前では、結川がまだ諦めず新田に文句を付けようとしている。が……その瞬間、そんな二人の間に皆実《みなみ》がすっと身体《からだ》を滑り込ませた。

「いじめ、よくない。こんなに可愛《かわい》い女の子なんだから、一度や二度の失敗は大目に見るべき……よって、無罪。逆に、責任は全部リーダー(笑)が取ればいい」

「何が逆なんだ何が! というか、今リーダーに(笑)みたいなの付けなかったか!?」

「? ひどい、被害妄想……」

結川に人差し指を突き付けられながらも淡々と首を横に振る皆実。おそらく、新田のルックスが気に入ったから……とか、その手の理由で彼女の味方をすることに決めたのだろう。ともかく、これで結川の怒りも少しは分散されるはずだ。

（……ん？）

と——そんな二人のやり取りを眺めていると、不意に、じっとこちらを見つめていた新田佐奈《さな》と目が合った。俺の視線に気付いたのか彼女はすぐにフードを引き下げてしまったが、その反応を見るにやはり偶然というわけではないらしい。

彼女の意図はまだよく分からない、が——

「とにかく……メンバーも揃《そろ》ったことだし、そろそろ作戦会議でも始めようぜ？」

俺は、微《かす》かに口角を持ち上げながらそんな言葉を口にした。

《SFIA《スフィア》》第4段階《セミファイナル》《DOT《DropOutTamers》》——開始から約三十分。

新田の遅刻によって生じた移動不可制限の時間を利用し、まずは各々の持つ〝初期使い魔〟を確認しようという運びになった。

ルールにも明示されていたことだが、《DOT》に参加している全てのプレイヤーには初期リソースとして一体の使い魔が与えられている。第3段階《サードステージ》《ブランクコード》を上位で勝ち抜けた四名にはそれぞれ一体限りのA級使い魔が、その他のプレイヤーにはB級かC級の使い魔がランダムで振り分けられる方式だ。

ちなみに、使い魔にはレアリティと種類の他にも〝技〟や〝ステータス〟といった重要な要素が存在するのだが、これに関してはとりあえず公開しないことになった。誰が裏切り者かも分からない現状で全てを曝《さら》け出すのは危険だろう、という判断だ。

それらを踏まえて現状の戦力をまとめると、こんな感じになる。

【藤代慶也《ふじしろけいや》――所持使い魔：C級〝スカルナイト〟】

【篠原緋呂斗《しのはらひろと》――所持使い魔：C級〝フェアリー〟】

【皆実雫《みなみしずく》――所持使い魔：B級〝陸《ろく》の妖艶・サキュバス〟】

【結川奏《ゆいかわかなで》――所持使い魔：B級〝壱の業火・ヘルハウンド〟】

【新田佐奈《にったさな》――所持使い魔：C級〝ミスリルゴーレム〟】

「……なるほど。B級が二体にC級が三体、か」

五人分の使い魔を見比べながら静かに呟《つぶや》く俺。A級がいないのは仕方ないとして、初期札としてはまあ悪くない手持ちと言っていいだろう。使い魔の分配はランダムだから、全員がC級を引いてしまう可能性だってあるにはあった。それを考えればマシな部類だ。

同じく端末に視線を落とした結川もどこか満足そうに頷《うなず》いている。

「うん、なかなかいいね。滑り出しは上々といったところかな？」

「……あ？　そう言い切るには早《はえ》ェだろ」

けれど、そんな彼の発言に低い声音で異を唱えたのは藤代だ。彼は自身の端末に手を遣《や》ると、メイン画面に表示された〝チーム情報〟の項目を投影展開させつつ続ける。

「自分《テメエ》たちのリソースだけ確認したって意味ねえだろうが。チームの勝利条件……どこを目指すのかが分かってなきゃそもそも価値の判断なんか出来やしねえ」

「え？　あ、ああ、そうだね。僕もまさに今提案しようとしていたところだよ、うん」

「ぽんこつりーだー……」

「なっ⁉」

ぼそっと呟いた皆実に結川が過剰に反応するが、その頃には皆実の興味が薄れてしまっているため口論にすら発展しない。そんなやり取りを見るとはなしに眺めながら、俺も改めてこの五人の――〝チームⅥ〟の勝利条件を確認しておくことにする。


【チームⅥ勝利条件】

【生存しているメンバーの手持ちに以下の使い魔が全て含まれていた場合、裏切り者を除くチームⅥの全メンバーは第４段階《セミファイナル》をクリアし最終決戦《ファイナル》へと進出する】

【Ｓ級〝使神・ダイテンシ〟】

【Ａ級〝西方守護・ビャッコ〟〝北方守護・ゲンブ〟】

【Ｂ級〝壱の業火・ヘルハウンド〟〝参の疾風・ハヌマーン〟〝玖の落雷・アンズー〟】


「どれどれ？　Ｓ級が一体にＡ級が二体にＢ級が……って、あははっ！　見てくれよ篠原！　僕の持つ【ヘルハウンド】はどうやら勝利に直結する使い魔のようだ！　ああ、やっぱり僕は〝持ってる〟ね。それに比べて、どうだい篠原？　君のはモブ――失礼、あまり使い道のないＣ級使い魔みたいだけど？」

「……ま、そうだな」

自身の手持ちである【フェアリー】の詳細情報を見ながら小さく肩を竦《すく》める俺。チームメイトに公開しているのはレアリティまでだが、ステータスだって貧弱そのものだ。AT《攻撃》K《カ》、DEF《防御力》、LP《体力》の全てが最低値の〝1〟で、その分をSPD《速度》に極振りしているような構成。先制こそほぼ確実に取れるだろうが、与えるダメージ量が〝自分のATKと相手のDEFの差〟で計算されるこの《決闘《ゲーム》》ではろくに攻撃が通らないことになる。

「けど、これに関してはランダムなんだから仕方ない。そっちこそ、せっかく勝利条件に関《かか》わる使い魔を手に入れたんだから簡単に奪われるんじゃねえぞ？」

「誰に物を言っているのかな？　僕は茨《いばら》のトップだよ。そんなミスは犯さない」

ふっと自慢げに口元を緩めて気障《きざ》ったらしく前髪を掻《か》き上《あ》げる結川《ゆいかわ》。そんな彼に「ならいいけど」と返しつつ、俺は皆実《みなみ》と藤代《ふじしろ》の方に視線を向け直す。

「とりあえず、今の状況としてはこんな感じだな。結川の言う通り【ヘルハウンド】は手持ちにあるから、必要な使い魔はあと五体……で、そのうちS級使い魔だけはちょっと特殊なルートを辿《たど》らなきゃ手に入らないようになってる。S級専用の連続クエスト、みたいな感じだな。条件をクリアすると次の指令が解放されて、そいつを順番にこなしていくと最終的にS級使い魔【ダイテンシ】が手に入る」

「あァ。だから、そいつは常に意識しておく必要がある——が、まァ序盤の指針としちゃとにかく通常のクエスト一択だろォな」

強い言葉で断言する藤代。腕組みをした彼は、鋭い視線を巡らせながら言葉を続ける。

「使い魔を集める手段はクエストと交戦の二種類ある。が、ろくにリソースを――特殊《スキル》コマンドとして使えるような〝余剰の使い魔〟を――持ってない状況で交戦を仕掛けたって勝率は五分五分、どころか相手がA級使い魔持ちならまず勝てねェ。そうなりゃまずやるべきはクエストだ。使い魔を増やして戦力強化をする必要がある」

「ああ、俺もそう思う。さっき言ったS級クエストの最初の指令も〝通常クエストを一つクリアすること〟だしな。問題は、どのクエストに参加するかだけど……」

言いながら、俺は自身の端末に視線を落とすことにする。

《DOT》《DropOutTamers》のアプリはメイン画面が〝所持使い魔の一覧〟になっており、これを一つスライドすると学園島《アカデミー》の全体マップが現れる。ここでさらに画面を軽くタップすると、現在の座標――一番区の周辺マップに切り替わるのだが、その中にいくつかのフラッグが立っているのが見て取れた。それを、四人ともに見えるよう大きく投影展開してみせる。

「ここに映ってるフラッグ、見えるだろ？　こいつらが、《DOT》の中で各種クエストを提供してくれる〝管理者役《ガイド》〟の居場所を表してるんだ。ちなみに、クエストにも難易度があって、高ければ高いほど報酬が良《い》い……つまり強力な使い魔が手に入るようになってるんだけど、その辺の詳細は非公開だ。難易度も報酬も行ってみないと分からない」

「ふぅん？　じゃあ、とりあえず全滅……させとく？」

「いきなり物騒だな皆実《みなみ》。確かに片っ端から潰していけば勝手に戦力は強化されるだろうけど、あんまり旨味のないクエストだってある。それじゃ効率が悪いだろ」

「？　じゃあ、どうするの？」

「簡単な話だよ。チームメイトが五人もいるんだ、誰も探索系のアビリティを採用してないとは思えない」

微《かす》かに笑みを浮かべながら結川《ゆいかわ》、藤代《ふじしろ》、新田《にった》の顔を順に見つめる俺。

「なあ、後で発覚したら裏切り者候補だぜ？　チームのためにも名乗り出てくれよ」

「……チッ。分かったよ、そこまで言うならオレのアビリティを貸してやる——《広域探査》だ。マップに映ってる全クエストの難易度と報酬を一発でぶち抜ける」

「おお……さすが、真のりーだー」

無表情のままぱちぱちと拍手をする皆実にもう一度舌打ちをすると、藤代は早速《広域探査》アビリティを使用した。彼が端末を撫《な》でたその瞬間、マップ上のフラッグが全て赤色——〝調査済み〟の色に上書きされる。この状態で該当のフラッグに触れればいくらでも詳細情報が読めるそうだ。……さすが6ツ星、アビリティの性能が抜群に良い。

ともかく、俺たちは手分けしてクエストの選定を始めることにする。

「ここの報酬はC級使い魔一体……こっちも同じか。ダメだな、この辺は微妙に渋い」

「む。高難易度クエスト発見……Ｂ級使い魔、ゲットのチャンス。これにすべき？」

「いや、さすがに無理だろ。今の戦力じゃ返り討ちにされるのがオチだ」

「そう……残念。じゃあ、こっちでいい。報酬は、Ｃ級使い魔を全員分……」

「……あァ、悪くねェな。テメェにしちゃ懸命な判断だ」

皆実が指差したクエストを見て藤代は静かに頷《うなず》き、結川も「そこなら文句ないよ」と無駄に爽やかな笑みを浮かべてみせる。もちろん俺も異論はない……が、一人だけ賛成も反対もしていないやつがいる。

「新田は？」

「……いいんじゃない」

予想通りの素っ気ない答えを返してくる新田。相変わらず何を考えているのかよく分からないが、構っていられる余裕はないだろう。今はとにかく《決闘《ゲーム》》を進めるべきだ。

と、いうわけで——

「十時ジャスト。……それじゃあ、早速行ってみるか」

遅刻によるペナルティを消化しきった俺たちは、クエストの攻略に向かうことにした。


——マップ上のフラッグを目指して一番区の辺境へと移動する。

《ＤＯＴ《DropOutTamers》》のクエストは、基本的に該当クエストの〝管理者《ガイド》〟によって繰り出されるものだ。つまり特定の座標に赴くというより、特定の人物に話し掛けることがクエスト開始の条件《キー》になっている。加えて、《決闘《ゲーム》》全体がisland tube《アイ・チューブ》で放映される関係上、各管理者が運営するクエストの中身も一定時間ごとにシャッフルされているんだとか。

　が、まあそれはともかく。

「ようこそ、チームⅥの皆さん。私はクエスト管理者《ガイド》のシグマです。私の提供するクエストは〝交戦型〟――すなわち、私の放つ使い魔と疑似的な交戦を行ってもらい、見事勝利することが出来れば報酬が手に入るというものになります。クエストに挑戦しますか？」

「ああ、お願いするよレディ」

　公園のベンチで本を読んでいた女性の問いに、代表して結川《ゆいかわ》が答えを返す。するとシグマと名乗った彼女は静かに頷《うなず》き、柔和な笑みを浮かべて続けた。

「かしこまりました。では、詳しい説明を――このクエストでは、私の使役するC級使い魔【オオワシ】を倒していただきます。まずはランダムにメインプレイヤーが指定されますので、その方の手持ちからこの交戦に使用する使い魔を選択してもらいます。それから全員にコマンドをセットしていただき、いよいよ交戦開始です」

「ふうん？　なるほど、要するに交戦のチュートリアルのようなものなのかな？」

「その通りです。メインプレイヤーの選出がランダムになること、私が一人で五つのコマンドを使用すること……それ以外は通常の交戦と何ら変わりありません。敗北すれば使用した使い魔が失われる点も同じですので、どうかお気を付けください」

「うん、把握したよ。何せ僕は理解が早い」

シグマの説明を受け、結川が得意げに頷きながらふっと髪を掻《か》き上《あ》げる。

と――次の瞬間、ベンチに座ったままのシグマがそっと右手を前に差し出した。すると同時、手のひらの先にカラフルなルーレットが投影され、音を立てて回転し始める。その勢いは徐々に弱くなり、やがて針が止まったのは〝新田佐奈《にったさな》〟と書かれたマスだった。

それを見て小さく肩を落としながら、皆実《みなみ》が青の瞳を新田に向ける。

「残念……ちょっとだけ、やってみたかった。新田ちゃん、ふぁいと」

「……はあ」

微《かす》かに溜《た》め息を吐《つ》きながらも、新田は一歩前に出た。続いて使い魔の選択、となるのだが、今は初期使い魔しか持っていないためこのフェイズは自動的に終了する。

選択が発生するとすれば、それはコマンドの方だ――《DOT《DropOutTamers》》におけるコマンドは大きく分けて〝基本〟と〝特殊〟の二種。基本《ベース》コマンドは誰でも使えるステータス強化、及び弱体化の効果で、特殊《スキル》コマンドの方は所持している使い魔の技をコマンドとして貸し出す形になる。通常は特殊コマンドの方が強力だが、とはいえ〝敗北すると奪われる〟リスクは現時点だと大きすぎる。ここは無難に基本コマンドで良《い》いだろう。

「――はい、確かに全員のコマンド選択を確認しました。これより交戦に入ります」

言って、まるでクラシックの指揮者みたいにシグマがすっと右手を掲げた……瞬間、彼女の頭上に人間よりも遥《はる》かに巨大な【オオワシ】が出現した。キィイイイイと甲高い鳴き声が耳を劈《つんざ》くと共に、大振りの羽根から繰り出される風圧がぶわさっと思いきり頬を撫《な》でる。拡張現実《AR》機能を用いた演出だと分かっていてもなかなかの迫力だ。

「…………」

対する新田《にった》は、【オオワシ】の凶暴な見た目にも一切狼狽《うろた》えることなくフードを被《かぶ》って直立している。そんな彼女が選択した使い魔は【ミスリルゴーレム】だ。新田を守るような位置取りで立ち塞がるその体躯《たいく》は【オオワシ】の軽く十倍以上。全長で言えばこの公園より大きいくらいかもしれない。

そして——各使い魔の使役者であるシグマと新田の斜め後方には、いつの間にか使い魔のステータス及びセットされているコマンドが一覧で表示されていた。

【クエスト管理者《ガイド》：シグマ。使用使い魔：C級〝オオワシ〟】
【使い魔ステータス：ATK《攻撃力》4　DEF《防御力》2　SPD《速度》3　LP《体力》3】
【セットコマンド：そくど＋／たいりょく＋／こうげき＋／ぼうぎょ＋／ぼうぎょ　―】
【チームⅥ：新田佐奈《さな》。使用使い魔：C級〝ミスリルゴーレム〟】

【使い魔ステータス：ATK3　DEF4　SPD2　LP4】
【セットコマンド：こうげき＋／ぼうぎょ＋／ぼうぎょ＋／ぼうぎょ＋／そくど－】

「――交戦は、以下のような流れで行います」

背後の【オオワシ】に〝待て〟の仕草をしてみせつつ、シグマが優雅に口を開く。

「まずは指令《オーダー》フェイズ。両使役者がセットされているコマンドの中から一つを選択し、その効果を使い魔に適用させます。そして、次が戦闘《バトル》フェイズ――SPDが高い方から順に敵使い魔へ攻撃を加える、というシンプルなものです。ただし、攻撃の命中率は素早さの比率、すなわち【自身のSPD÷相手のSPD】。そして命中した場合のダメージは【自身のATK－相手のDEF】で算出されます。LPは使い魔の体力を表しますので、どちらかのLPが尽きたらその時点で交戦は終了となります」

「……待て、一つ確認したい。基本《ベース》コマンド――【こうげき＋】やら【ぼうぎょ－】ってのがそれぞれ〝強化《バフ》〟と〝弱体化《デバフ》〟に対応してるのは分かるんだけど、その効果はいつまで続くんだ？　使った直後の戦闘フェイズだけ有効、ってことでいいのか？」

「いい質問ですね、篠原緋呂斗《しのはらひろと》さん。答えはいいえ、です。１ターンだけの単発効果も多い特殊《スキル》コマンドと違い、基本コマンドの方は全て永続効果となります。基本コマンドの優位性、その一つ目ですね」

「なるほど、そうなのか……」

シグマの返答に得心して小さく頷《うなず》く俺。基本《ベース》コマンドの効果は次ターンも継続——となると、考えることはさらに多くなりそうだ。お互いのステータスやセットコマンドを考慮しつつ、詰んでしまわないよう慎重に強化《バフ》を積み重ねていかなきゃいけない。

『——ただ、今回は悩むほどのこともなさそうですね』

と、そこへ、端末越しに状況を確認していたらしい姫路《ひめじ》が囁《ささや》くように声を掛けてきた。

『新田《にった》様の【ミスリルゴーレム】が防御力《DEF》4で、シグマ様の【オオワシ】が攻撃力《ATK》4。あちらのセットコマンドには【こうげき＋】と【ぼうぎょ－】がありますが、これは新田様の【ぼうぎょ＋】二つで実質的に打ち消せます。最初の2ターンでこれらを積んでしまえば、【オオワシ】が【ミスリルゴーレム】にダメージを与える術《すべ》はありません』

（そう、だよな。……うん、それで問題ないはずだ）

右耳から流れてくる涼しげな声に俺は内心で同意を返す。もちろん通常の交戦ならこれに加えてアビリティの警戒もしなくてはならないが、今回の相手はクエスト管理者《ガイド》。予想外の攻撃をされる心配もないし、ここはさくっと終わらせる場面だろう。

「では、1ターン目の指令《オーダー》フェイズに入りましょう。私は、これを使います」

シグマがそう言った瞬間、彼女の後方に表示されていたコマンドが一旦全て暗転し、そのうちの一枚が裏向きのままこちらに押し出されてきた。オープンは同時に、ということなのだろうが、しかし対する新田がまだ使用するコマンドを選べていない。

「……おいテメェ、何ボケっとしてやがんだ？　分からねェなら——」

「別に、そういうわけじゃないから」

見かねた藤代《ふじしろ》が声を掛けるも、フードを深く被《かぶ》った新田は静かに首を振ってその発言を遮ってしまう。そうして彼女は、少しの間逡巡《しゅんじゅん》するように黙り込み、やがて一つのコマンドを選択した。シグマの時と同じ演出が入り、新田の前にコマンドが押し出される。

「さあ……それでは、戦闘《バトル》フェイズと行きましょうか」

そんな言葉と共にシグマがぱちんと指を鳴らした——瞬間、二人の選んだコマンドが同時にくるりと反転し、俺たちの眼前に晒《さら》された。

まず、シグマが選んでいたのは順当に【こうげき＋】だ。赤色のエフェクトが【オオワシ】の身体《からだ》に吸い込まれ、同時、シグマの背後に表示されたステータス上でもＡＴＫの部分に《＋１》の表記を加えられる。素のＡＴＫと併せて攻撃力は５だ。

そして、肝心のこちら側、新田が選んでいたのはセオリー通り【ぼうぎょ＋】のコマンドだった。何だかんだでしっかりと〝正解〟を選べていたらしい。微《かす》かに俯《うつむ》く新田の目の前で、今度はＤＥＦを強化する青色のエフェクトが【ミスリルゴーレム】に——

「「…………え？」」

——ではなく、対する【オオワシ】の身体に吸い込まれた。

咄嗟《とっさ》に反応できない俺たちの目の前で、ATK《攻撃力》に加えてDEF《防御力》の強化《バフ》まで受けた【オオワシ】がキィイイイと鳴き声を上げながら旋回し、空中で急加速して【ミスリルゴーレム】に激突を加えた。ダメージとしてはたったの1だが、それでもゴーレムの身体《からだ》がぐらりと一歩後退《あとずさ》る。ゴーレムの方も負けじと豪快なパンチを繰り出すが、自身のATKと相手のDEFが同値になってしまったため一切のダメージを与えられない。

「新田《にった》……？　おいテメェ、何考えて——」

その異常な行動にようやく藤代《ふじしろ》が声を上げるも、新田は既に次のコマンドを選択していた。2ターン目の指令《オーダー》フェイズ、内容は互いに【ぼうぎょー】。二つの弱体化効果《デバフ》が今度はどちらも【ミスリルゴーレム】に適用され、高かったDEFが二段階も落とされる。そして、再び【オオワシ】の激突——脆《もろ》くなった身体にその一撃は非常に重く、通ったダメージは差し引き3点。【ミスリルゴーレム】の残りLP《体力》をきっちり削り取れる数字だ。衝突の直後に全身からミスリルが剥がれ落ち、ゴーレムの身体は石塊となって消え失せる。

つまり、

「……交戦終了、です。クエスト管理者《ガイド》側の勝利となりましたので、現在の交戦で使用された使い魔——【ミスリルゴーレム】は没収となります。ええと……その、このクエストは何度でも挑戦できますので、また声を掛けてくださいね？」

不自然な終幕に戸惑ったような態度を見せながらも、シグマはぺこりと頭を下げて再びベンチに座り直した。空を旋回していた【オオワシ】もいつの間にか姿を消している。

「……あは」

そして……呆然《ぼうぜん》と立ち尽くす俺たち四人を振り返って、新田は至極曖昧な笑みを浮かべてみせた。見下しているようにも諦めているようにも、あるいは空元気を出しているようにも見える複雑な笑み。コツ、コツ……と弱々しい足取りで俺たちの元に戻ってきた彼女は、右手でぎゅっと左腕を抑えながら掠《かす》れる声でこんなことを言う。

「そう――そうだよ。わ、わたしが、こ、このチ、ー、ム、の、裏、切、り、者、って、わ、け」

「ッ……!?」

そんな新田の宣言を受けて、俺は思わずぎゅっと拳を握り締めた。表に出したのはせいぜいそのくらいの反応だが、心の中では既に大量の疑問符が湧きまくっている。目の前の現実を受け入れられずにぐるぐると思考が空転している。

（裏切り者……裏切り者!?　何だよそれ、意味分かんねえ。一体どんな才能を隠し持ってるダークホースなのかと思ったら……どうなってんだよ、ちくしょう!?）

――《SFIA《スフィア》》第4段階《セミファイナル》《ドロップアウトテイマーズ》。

一日目から、波乱の展開の幕開けだった。

第四章　〝聖別〟

＃

「ど、ど……どういうことだよ、おいっ！」

《DOT》《DropOut Tamers》一日目、そこで迎えた初めてのクエスト。

それに一瞬で〝敗北〟した俺たちは、公園の隅で険悪に顔を突き合わせていた。

まあ、そうなってしまうのも仕方ないだろう——つい先ほど目の前で展開された新田《にった》佐《さ》奈《な》による自滅行為。自らの使い魔に弱体化《デバフ》を、相手の使い魔に強化《バフ》を施した末に1ダメージも与えることなく敗北し、あっさりと【ミスリルゴーレム】を失うことと相成った。チームの輪を乱す行動、その最たるものに他ならない。

「何だよ今の交戦は！　それに、裏切り者!?　君、裏切り者と言ったのか!?」

「……さあ。どうでもいいでしょ、別に」

「ッ……！　そうか、僕らはまんまとハメられたのか。篠原《しのはら》じゃない、最初から君に踊らされていたというわけか……！」

憤慨しながらそう言って、ツカツカと新田に詰め寄る結川《ゆいかわ》。対する新田はと言えば、先ほどの思い詰めたような顔はどこへやら、すっかり冷めた表情に戻っている。……と、直後、そんな二人の間に青の髪をさらりと揺らした眠たげな瞳の少女が立ち塞がった。

「止まって。……女の子を怖がらせるのは、良くない。よって、罰金五百万」

「ああ!?　ふざけるな、君だって被害者じゃないか！　何でそいつを庇《かば》うんだよ!?」

「新田ちゃんは可愛《かわい》くて、あなたは可愛くないから……当然の、帰結。新田ちゃんが裏切り者でも、そうじゃなくても同じこと。議論の余地もない……」

ショートボブを微《かす》かに揺らして首を振る皆実《みなみ》。当然、結川は「だけど！」と更なる反論を叩《たた》き付《つ》けようとするが、皆実はそれすらも先回りして淡々と続ける。

「それに……もし新田ちゃんが裏切り者なら、この段階でそれが判明したのは悪いことじゃない、はず……違う？」

「な、何？」

一瞬面食らったように声を上擦らせ、それから渋々といった様子で頷《うなず》く結川。

「まあ……確かに、そういう考え方もあるか。チームに一人裏切り者がいるのは確定しているんだから、それを突き止めるのにC級使い魔一体なら悪い交換じゃない、か？」

「そういうこと……だから、むしろいいこと。いいことをしたんだから、新田ちゃんはいい人。だから、あなたも早く新田ちゃんに謝って……はい、土下座」

「あ、ああ、そうだな。君、今回は僕の早とちりで嫌な思いをさせてすまなかった——って、それはさすがにおかしくないか!?　僕は何も悪くない！　悪いのはこの女だ！」

「…………」

「せめて何とか言ってくれよ!?」

皆実《みなみ》の手のひらの上で踊らされる結川《ゆいかわ》と、それに冷めた視線を返すだけの新田《にった》。結川の方はなおも不満そうな表情を浮かべていたが、やがて「くそっ……」と軽い悪態と共にその追及を諦める。ただ、それは何も彼の心変わりを示すような行動ではないだろう。おそらく、結川の中で新田佐奈《さな》は〝処刑する〟対象として確定した。

(まあ……確かに、新田の行動は明らかにチームにとって不利益だ。裏切り者じゃないならこんなことをする意味が分からない)

静かに思考を巡らせる俺。……実際、ストレートに考えるなら、チームメイトの邪魔をするプレイヤー＝裏切り者で間違いないだろう。けれど、たったそれだけの情報で新田が裏切り者だと断定してしまうのはどうにも危険な気がしてならない。

(だって、もし本当に裏切り者ならわざわざそんな宣言するか……？　もう少しお淑《しと》やかに、それこそ秋月《あきづき》が企《たくら》んでたようなやり方で継続的に妨害した方が絶対に効率だっていいはずだ。なのに新田はあえて一発で疑われるくらい派手な〝裏切り〟をして、ついでに自分が裏切り者だって自白した。じゃあ、そのことに何か意味がある……とか？)

少し穿《うが》った見方かもしれないが、そう捉えるのが一番自然だろう。大前提として、《D《Drop》OT《Out Tamers》》はかなり複雑な構造をしている。一見純粋なチーム戦に思えるが、チームメンバーは全員他学区のプレイヤー……ということは、裏切り者でない正規のプレイヤーがチームの意に沿わない行動をする可能性だって充分にあるということだ。色々な思惑が錯綜《さくそう》する大規模《決闘《ゲーム》》だからこそ、裏切り者を決め打ちするのはまだ早い。

「ん……」

そんな俺と同じ思考を辿《たど》ったのかは知らないが、結局、皆実や藤代《ふじしろ》に関しても今は保留のスタンスを崩さなかった。要は〝よく分からないからもう少し泳がせておきたい〟ということだろう。問題は、彼女を放置することで先ほどのように大きな損害を被《こうむ》る可能性がある、という点だったが……これに関しては、結川が解決策を持っていた。

「《封印》アビリティ――茨《いばら》のトップたるこの僕が持つに相応《ふさわ》しいクールでエレガントなアビリティだよ。効果としては、対象のプレイヤーを一時的に《決闘》から除外することが出来るというものだ。これを適用すれば、彼女はメインプレイヤー選択のフェイズにもコマンド選択のフェイズにも参加することが出来なくなる」

「……へえ？　よくそんなピンポイントなアビリティを採用してたな、結川。まあ、本当なら敵チームの誰かに使うはずだったんだろうけど」

「うぐっ……よく分かったね、さすが７ツ星」

得意げな表情を歪《ゆが》ませながらどうにか頷《うなず》く結川。……ともかく、彼のアビリティによって新田はしばらくの間クエストや交戦に参加できなくなった。チームメイトに使うのはイレギュラーだが、裏切り者を拘束する意味合いではなくもないだろう。

こうして新田《にった》に好き勝手な行動を取らせないようにした俺たちは、シグマの元に戻ると再び同じクエストに挑むことにした。今回のメインプレイヤーに選ばれたのは桜花《おうか》の最終兵器・藤代慶也《ふじしろけいや》だ。全く危なげないコマンド選択でシグマの【オオワシ】を攻め立て、たった2ターンで勝利を決める。

それを最後まで見届けて、シグマは今度こそ柔らかな笑みを浮かべた。

「……はい、私の負けです。強いチームですね、貴方《あなた》たちは」

「そう言われると、照れる……えっへん」

「どこが照れているんだ。というより、君は何もしていないだろう！」

「あなたには言われたくない……それより、クエストのお姉さん。さっきの、一つ訊《き》きたいんだけど……二つ目って、何？」

結川《ゆいかわ》を軽くあしらいながら淡々とした口調でそんな言葉を口にする皆実《みなみ》。意図の読めない質問にシグマが「はい？」と小さく首を傾《かし》げるが、対する皆実は構わず続ける。

「基本コマンドの、優位性……効果がずっと続くことがその〝一つ目〟だって、さっき言ってた。優位性が一つしかないなら、あんな言い方はしないはず……二つ目、教えて？」

「……なるほど、よく気が付きましたね」

皆実の追撃に対し、シグマは静かに一つ頷《うなず》いた。そうして彼女は、《DOT《DropOut Tamers》》のとある隠《ヽ》し《ヽ》仕《ヽ》様《ヽ》――〝連携コマンド〟について教えてくれる。それは、俺たちにとっても間違いなく聞いておくべきことで、藤代《ふじしろ》や結川も交えてしばしベンチの周りで話し合う。

「…………」

そして――その間も、フードを深く被《かぶ》った新田は下唇を噛《か》みながら静かに俯《うつむ》いていた。

＃

「S級クエストに沿って動くなら、次にやるべきは交戦だ」

――シグマとのクエスト終了後。

移動のために駅へと向かう道すがら、端末画面を投影した藤代がそう切り出した。

「正確には〝他チームとの交戦を行いこれに勝利すること〟か。……まァ、要はこいつがこの《決闘《ゲーム》》のチュートリアル替わりなんだろうな。S級使い魔を追ってりゃ順当に諸々《もろもろ》のルールが身体《からだ》に叩《たた》き込まれるって寸法だ」

「ああ。けど……今のクエストでC級使い魔が手に入ったとはいえ、一時間のタイムロスを考えたらまだ攻めるには早いよな。せめてもう少し戦力を整えてからにしたい」

「テメェにしちゃ弱気な発言だな。が、まァ妥当な判断だ。甘く見積もってもこのチームの戦力は下から数えて何番目、ってところだろう」

そう言って静かに頷く藤代。口調こそ乱暴だが、さすがは桜花の裏エースだ。冷静に今の状況を分析している。

「ってなると、次はもう少しだけ高い難易度のクエストに……ん？」

と——そんな風に作戦を立てながら駅のロータリーに差し掛かった瞬間、全員の端末がピピッと鋭い警告音のようなものを発した。続けて投影画面に現れたのは〝他チーム接近中！〟のアラートだ。姿は見えないが、近くに別のチームが迫ってきているらしい。

情報を求めてそっと右耳に指を遣《や》ると、すぐに姫路《ひめじ》から返事が返ってきた。

『チームⅫ……二番区からスタートしたチームですね。各プレイヤーの所属学区は七番区森羅《しんら》、九番区神楽月《かぐらづき》、十番区近江《おうみ》、十四番区聖《せい》ロザリア、十九番区双鍵《そうけん》。ご主人様と面識のある方はいませんが、五名の平均等級《ランク》は4・8です』

（たっか……）

今さら驚くようなことじゃないかもしれないが、要はチームメンバーのほぼ全員が5ツ星ということだ。改めて、第4段階《セミファイナル》のレベルの高さが窺《うかが》える。

「チッ……多数決だ、テメェら」

端末の警告音から一瞬後、すぐさま意識を切り替えた藤代が低い声でそう言った。

「ヤツら、どう考えてもこっちに向かって来てやがる。目的はまだ分からねぇが、仮に交戦を申請された場合は《決闘《ゲーム》》の仕様上拒否が出来ねぇ。ただ、交戦申請を飛ばせるのは互いの距離が十メートル以内に入ってる時だけだ。今ならまだ逃げられる」

「有り得ない選択だね。逃げるだなんて、この世で最も僕に相応《ふさわ》しくない行為だ。……けどちなみに、これは一応訊《き》いておくんだけど、どうやって逃げるつもりかな？　彼らが交戦を望んでいるなら走ったところで振り切るのは難しそうだけど」

「馬鹿かテメェ、この面子《メンツ》で長距離走なんざ提案するかよ。いいか、《DOT《DropOut Tamers》》におけるチームってのは最低でも二人いないと成立しねェんだ——残りメンバーの人数によっては例外もあるらしいが、とにかくそいつを逆手に取ればいい」

「？　……ええと、つまり？」

「あァ？　だから——」

「——だから、五手に分かれればいい、ってことだよ。全員がバラバラに動いてれば〝チーム〟って扱いにならないから、向こうがどうやったって交戦申請は送れない」

藤代の解説を引き継いで静かに言葉を紡ぐ俺。……まあ、確かにそれが最善手か。チームを一旦バラけさせ、目前まで迫っている彼らを撒《ま》いてから再び合流する。おそらく《DOT》における鉄板の交戦回避手段になるはずだ。

——が、

「残念ながら、それは無理……」

逃亡案が固まりかけていた頃、淡々とした声音で否定を口にしたのは皆実《みなみ》だった。どういうことだ、と彼女の方に視線を遣ると、何とも不思議な光景が目に飛び込んでくる。

「「…………」」

無言のまま皆実《みなみ》の手をぎゅっと握っている新田《にった》と、満更でもなさそうにその手を握り返している皆実。意味不明な状況に一瞬思考が停止しそうになったが、すぐに分かった。おそらく、新田は皆実の足を止めさせようとしているんだろう——五手に分かれる作戦を頓挫させ、俺たちがチームⅫから逃げられないようにするために。

「ふふん……新田ちゃんは、わたしのもの。相思、相愛……」

皆実がその魂胆に気付いていないとは思えないが、少なくとも自分から振《ふ》り解《ほど》くつもりはないらしい。そんな様子を見て、結川《ゆいかわ》がさぁっと顔を青褪《あおざ》めさせる。

「な、何をバカなことをしているんだ君は⁉　それは裏切り者の策略だ、君たちがくっついていたら彼らとの交戦が避けられなくなる！　早く逃げたいんだよ僕はっ‼」

「？　逃げるのなんて、面倒……勝てばいいだけ。違う？」

「！　……ち、違わないが！」

「じゃあ、黙ってて……わたしは、新田ちゃんを堪能するので忙しいから」

結川の意見を論破——したのかは微妙だがとにかく黙らせた皆実は、そのままにぎにぎと新田の手に指を絡め始める。藤代《ふじしろ》に関しては、この問答が始まった辺りから逃げるのは諦めていたんだろう。額に指の腹を押し当てながら溜《た》め息を吐《つ》いている。

と、まあそんなわけで——

「――よう、お前らがチームⅥの連中だな」

　俺たちはそれから一分もしないうちに彼らとの邂逅《かいこう》を果たすことになった。

　真っ先に話し掛けてきたのは、長めの髪を茶に染めた軽薄な印象の男だ。彼がリーダー格なのか、他のメンバーは少し下がった位置から会話の流れを見守っている。その中には聖《せい》ロザリアの制服を着た女子生徒なんかもいたりして、皆実の「あ」という声に応じて向こうもぺこりと頭を下げたところを見るに、少なくとも知り合いではあるのだろう。英明《えいめい》と同じように作戦会議か何かで顔合わせをしたのかもしれない。

　ともかく、茶髪の男は堂々とした口調で続ける。

「俺は神楽月《かぐらづき》学園三年、５ツ星の駒場利光《こまばとしみつ》。一応このチーム――チームⅫのまとめ役みたいなことをしてる。そっちは……やっぱ、７ツ星がリーダーなのか？」

「リーダーってわけでもないけど、まあ話し相手くらいにはなってやるよ。まだ第４段階《セミファイナル》が始まって何時間も経《た》ってないぜ？　こんなタイミングで何の用だよ」

「ああ、確かにちょっと気は急《せ》いてるな。何せアンタみたいな格上を根こそぎ叩《たた》き潰せる大チャンスだ、当然テンションもぶち上がるってもんだろ。それに……ここでアンタを倒しゃ、俺も《ヘキサグラム》と一緒に〝正義の味方〟になれるかもしれねえし？」

　へへっと性格の悪そうな笑みを浮かべる駒場。

　そうして彼は、ニヤニヤと口元を歪《ゆが》ませたまま二本の指を立ててみせる。

「俺たちが提示する選択肢は二つある——まず一つ目は、交換だ。俺たちの希望通りにリソースを差し出してくれりゃそれでいい。対象は、アンタらの持つ全使い魔……んで、こっちが出すのはC級の【スライム】一体だ。いやあ、悪くねえ条件だろ？」

「どうだろうな。もし本気で言ってるなら今すぐ病院に行った方が良《い》いと思うぜ？」

「はっはー！　本気も本気、大マジだっつってんだよ！　いいか篠原《しのはら》？　俺たちはこれまで四つのクエストをクリアして、他チームとの交戦にも二回勝ってる。アンタらとは使い魔の質も量も大違いだ。途中で逃げるなんて許さねえぞ……？　最後の一滴まで奪い尽くして敗北確定にしてやるよ！　そっちが二つ目の選択肢だ」

好戦的な表情で威勢のいい啖呵《たんか》を切ってくる駒場《こまば》。そんなものを飄々《ひょうひょう》とした態度で受け止めながら、俺は内心でこっそりと顔をしかめる。

（くそ……もう少しまともな条件なら交換でも良かったんだけどな）

この《DOT》《DropOutTamers》において、特定の使い魔を奪う代わりに相手を見逃す、というような取引はもちろん有効だ——ただし、それはあくまでも〝お互いが合意の上なら〟という前提の話。C級使い魔一体でこちらの手持ち使い魔を全て掻《か》っ攫《さら》おうだなんてさすがに虫が良すぎるだろう。よって、一つ目の選択肢は検討にも値しない。

『ただ、彼らがリソースを潤沢に持っているというのは間違いないですね。ご主人様のチームと比べて三倍近い種類の使い魔を所持しています。さらに、駒場様が使用する使い魔はおそらくB級……ですので、ご主人様はそもそもメインプレイヤーになれません』

（……ですよね！）

右耳のイヤホンから流れ込んでくる姫路《ひめじ》の声に内心で頭を抱える俺。……彼女の言う通りだ。この《決闘《ゲーム》》では交戦を仕掛ける側が自由に使い魔を選べる反面、受ける側は相手と同じかそれ以上のレアリティを持つ使い魔しか選択することが出来ない。もし受け手がそれに該当する使い魔を持っていなかった場合は、挑んだ側が相手使い魔の種類まで指定できるようになるらしい。

それを踏まえれば、確かにC級使い魔二種しか持っていない俺は駒場の対戦相手にすらなれないことになるのだろう。というか、現状チームⅥでB級の使い魔を所持しているのは結川《ゆいかわ》と皆実《みなみ》の二人だけだ。どちらかが駒場と対峙《たいじ》しなきゃいけない……ただ、

（もし新田が裏切り者じゃなかった場合、二人のうちどっちかが〝本物〟だって可能性はかなり高くなるんだよな……）

嫌でも脳裏を過《よぎ》るのはそんな可能性だ。……おそらく、それが最も悪いパターンだろう。裏切り者からすれば、この交戦は〝負けても仕方ない〟かつ〝高レアリティの使い魔を放出してチームの勝利を遠ざけられる〟またとない機会とも捉えられる。もちろん自分の勝利も遠くはなるが、相対的には充分有利になるはずだ。

が——まあ、ここまで来たら賭けてみるしかないか。

「皆実」

「はっ……な、何で名前知ってるの。もしかして、ストーカー……？」

「毎回やるつもりかよそれ。……じゃなくて。この交戦、お前に任せてもいいか？」

「んな⁉　おいおい、ちょっと待ってくれよ篠原《しのはら》。僕だってB級の使い魔を持ってるんだぞ。まさか、この僕よりもそっちのちんちくりんの方が頼れるとでも言うのかい？」

「ちんちくりんは、余計……わたし、脱いだら凄《すご》いから。あなたも、知っての通り……」

「知らねえよ。……それと、結川《ゆいかわ》。お前が持ってるB級の【ヘルハウンド】は俺たちの勝利条件に絡む重要な使い魔だ。万が一にも取られるわけにはいかないだろ？」

そんな俺の説得を受け、結川は「そういうことなら……まあ」と渋々ながら引き下がった。あとは本人の了承だけということで、未《いま》だに手を握られている新田《にった》を除く三人の視線が皆実《みなみ》に集中する。十四番区聖《せい》ロザリア女学院二年、ずっと平凡なフリをして目立たないように実力を隠し続けてきた〝眠れる獅子《しし》〟──彼女は、真っ直《まっす》ぐに俺の瞳を見つめ返すと、無表情のままさらりと髪を揺らしてみせた。

「がってんしょうち。多分、すぐに終わる……盛り上がらなくても、許してね？」

──一番区中央駅前・ロータリー。

チームⅫ・駒場《こまば》とチームⅥ・皆実との交戦は大量のギャラリーを集めていた。

この辺りも真夏の祭典《SFIA《スフィア》》の一つの特徴と言えるだろう。《決闘《ゲーム》》の様子が《ライブラ》のチャンネルで配信されているため、その気になれば現地で観戦することだって難しくない。人によっては追っかけのファンすら存在するほどだ。

「……ぴーす」

特に、皆実雫《しずく》に対する注目は凄まじいものがある——何かと露出の少ない聖ロザリア女学院からの第4段階進出者《セミファイナル》。それも、この短期間で5ツ星まで昇格し、秘められた才能を露《あら》わにし始めていることで島内の評価は大きく上方修正されている。強さだけでなく、眠たげで気怠《けだる》い雰囲気の美少女というのも人気の一端なのだろう。

そんなギャラリーを鬱陶《うっとう》しげに眺めながら、対戦相手である駒場は皆実に声を掛けた。

「よお。アンタは十四番区の皆実雫……だったか？　随分と人気があるみたいだな。今から無様に負けるってのに大勢から注目されちまって可哀想《かわいそう》でならねえよ」

「ん……そんなに僻《ひが》まなくても、大丈夫。これだけいるなら、多分あなたのファンもどこかにいるはず。具体的には、2％くらいいると思う……ふぁいと」

「……けっ。うざってえな、おい」

皆実の挑発に駒場は小さく顔をしかめた。そうして、端末を取り出しながら宣言する。

「その澄ました顔が気に食わねえ——どうせ俺たちの勝ちに決まってるんだ。情けねえ涙でぐちゃぐちゃにしてやれ、【リヴァイアサン】!!」

瞬間——ゴォオオオオッッと凄まじい重低音と共に、ロータリーの中心を突き破るようにしてしなやかなフォルムの水龍《すいりゅう》が飛び出してきた。【弐の濁流・リヴァイアサン】。駒場《こまば》が使役するB級使い魔だ。ド派手な図体《ずうたい》を軸にして大量の水が渦を巻いている。

「ん……」

そして皆実《みなみ》の方はと言えば、そんな敵使い魔を見ても一切表情を動かさず、気怠《けだる》げな仕草ですっと右手を横に振った。すると刹那の後にコツっと微《かす》かな足音が聞こえ、皆実の隣に長い尻尾と羽根を持つ際どい格好《かっこう》の女性が現れる。……B級使い魔【陸《ろく》の妖艶・サキュバス】。刺激的かつ挑発的なその肢体にギャラリーからどよめきと歓声が上がる。

「ふふん……ちなみに、わたしが脱ぐとこんな感じ。豆知識……」

わざわざこちらを振り返った皆実が何か言っているが、聞こえなかったことにして。

ともかく——お互いの使い魔が確定したところで、《封印》されている新田《にった》を除く全九人がコマンドを選択する運びとなる。先ほどのクエストで新たな使い魔を獲得しているため技の選択肢は増えているのだが、しかし今回の交戦に関しては皆実から選択するコマンドの要望があった。何でも試したいことがあるんだそうだ。

(さっきクエスト管理者《ガイド》から聞いたアレだよな……確かに、狙いが上手《うま》くハマれば簡単に勝てると思うけど。……一応、準備くらいはしておくか)

ポケットの中の端末に手を添えながら静かに思考を巡らせる俺。皆実の作戦は、簡単に言えば基本《ベース》コマンドの応用編だ――つまり特殊《スキル》コマンドを必要としないため、敗北時のダメージは最小限に抑えられる。最悪勝てなかったとしても、返す刀で交戦申請を叩《たた》き付《つ》けて勝利をもぎ取れば充分に取り返せるはずだ。

と、俺がそんなことを考えている間に全員分のコマンドが出揃《でそろ》った。

【チームⅫ：駒場利光《としみつ》。使用使い魔：B級〝弐の濁流・リヴァイアサン〟】
【使い魔ステータス：ATK《攻撃力》5　DEF《防御力》3　SPD《速度》4　LP《体力》4】
【セットコマンド：こうげき＋／こうげき＋／こくうほう／しめつける／ちゃーじ】

【チームⅥ：皆実雫《しずく》。使用使い魔：B級〝陸の妖艶・サキュバス〟】
【使い魔ステータス：ATK3　DEF4　SPD5　LP5】
【セットコマンド：そくど＋／たいりょく＋／ぼうぎょ＋／ぼうぎょ＋】

「……む。見たことないの、いっぱい」

駒場の背後に表示されたコマンドの一覧を見て皆実がポツリと声を零《こぼ》す。……と、そんな彼女の反応を受け、結川《ゆいかわ》がさらりと髪を掻《か》き上《あ》げながら得意げに口を開いた。

「どうやら僕の出番みたいだね。特殊アビリティ《簡易解析》発動――うんうん、なるほど。まず【こくうほう】はＣ級使い魔【リッチ】の特殊《スキル》コマンドで、その効果は〝通常攻撃をパスする代わりにＤＥＦ《防御力》無視の確定先制3点ダメージを与える〟というものだ。【しめつける】は【リヴァイアサン】自身の特殊コマンドで、こっちは〝通常攻撃をパスする代わりに毎ターン1ダメージずつ与える罠《わな》を相手に仕掛ける〟効果。そして最後の【ちゃーじ】はＣ級【ミノタウロス】のコマンドで、内容は〝1ターンの間だけ使い魔のＡＴＫ《攻撃力》を二倍にする〟というものだね。……ふっ、どうだいこの諜報《ちょうほう》能力？　やはり僕こそがリーダーに相応《ふさわ》しいだろう！」

『どちらかと言えばリーダーというよりサポーター寄りの性質ですが……というか、わたしの役目を奪わないで欲しいものです』

　結川《ゆいかわ》の発言に被《かぶ》せるような形で右耳から微《かす》かに不満げな声が漏れ聞こえてくるが、まあ姫路《ひめじ》たちの《カンパニー》の存在は極秘なんだからその辺りは仕方ない。それに、アビリティで調べられるようなことならわざわざ姫路の手を煩わせるまでもないだろう。

　ともかく、コマンドの効果を把握したところで改めて両者のステータスを見比べてみることにする——同じＢ級ではあるが、どちらかと言えば【リヴァイアサン】の方が戦闘向きのステータスだろうか。強力な特殊コマンドが揃《そろ》ってくれば〝先制〟に関《かか》わるＳＰＤ《速度》の高さは武器になるが、現段階ではやはりＡＴＫやＤＥＦの高さが優劣を決めてしまう。加えて、相手方にセットされている特殊コマンドも軒並み強力だ。

（こっちにも【こうげき＋】があるからダメージが全く通らないってことはないけど、せいぜい1ターンに1ダメージだ。それじゃ【リヴァイアサン】のLP《体力》を削り切るまで4ターン……ダメだ、そんなに保《も》つわけがない。本当に大丈夫か、これ……？）

見れば見るほど不安ばかりが過《よぎ》ってしまうお互いの手札状況。

だというのに、皆実《みなみ》の方は大したリアクションをするでもなく、さっさと1ターン目の指令《オーダー》を確定させてしまった。それを見て、結川が動揺と共に口を開く。

「き、君、もっと考えなくていいのかい!?　そんなにあっさりと……も、もし負けたら責任は取ってくれるんだろうな!?」

「？　責任、って言われても……この程度の人には何回やっても負けないから、大丈夫」

「なっ……そ、そうか、なるほど。まあ、確かに僕ならな？　僕なら負けはしないが、他の人ではどうだろうと心配になってしまっただけだ。勘違いしないでもらいたい！」

「……？　そう……なら、いいけど」

よく分からないという顔で首を傾《かし》げたまま小さく頷《うなず》く皆実。それから彼女は一瞬だけ俺の方に視線を向けると、微かに口元を緩めてから改めて駒場《こまば》と対峙《たいじ》した。皆実たちの会話が聞こえていたのか、駒場の表情に浮かぶのはくっきりとした苛立《いらだ》ちだ。

そして――いよいよ、交戦が始まった。

「まずは、受けるダメージを抑える……【ぼうぎょ＋】コマンド使用。【サキュバス】の

DEF《防御力》を《＋1》。これで、通常攻撃のダメージは通らない」

「どうでもいい小細工だ！　俺の選択は【しめつける】！　このターンの攻撃をパスする代わり、ターン終了時に継続して1ダメージを与え続ける水の罠《わな》をプレゼントするぜ！」

『グォオオオオオオ……!!』

駒場《こまば》の宣言に合わせ、宙を舞う【リヴァイアサン】が大きく身体《からだ》をうねらせた。するとその瞬間、皆実《みなみ》の隣に佇《たたず》む【サキュバス】の周囲にズパァンッと巨大な渦が発生し、巻き付くように妖艶な四肢を絡めとる。

『ン……ァあっ』

「うわ……攻撃方法が、えっち。……あなたの性癖？　それとも、視聴者さーびす？」

「う、うるさい！　そっちが【サキュバス】なんて使っているからだ！」

無表情のまま首を傾《かし》げる皆実に対し、少しだけ焦《あせ》ったような口調で返答する駒場。

とにもかくにも、1ターン目の指令《オーダー》フェイズはこれにて終了だ。続く戦闘《バトル》フェイズ、SPD《速度》の関係で【サキュバス】が先手を取ったものの、ATK《攻撃力》のステータスが相手のDEFと同値のためダメージは与えられない。そして後手となる【リヴァイアサン】の攻撃は特殊《スキル》コマンドの効果によって放棄され、代わりに水流の締め付けが【サキュバス】に1点のダメージを与える。

そうして、続く2ターン目——駒場は順当に【こうげき＋】を、皆実は再び【ぼうぎょ

+】を選択した。これらの強化効果が適用されたことで【リヴァイアサン】のATKが6に、【サキュバス】のDEFも同じく6になったため、このターンの攻撃はお互い0ダメージに終わる。とはいえ【しめつける】の効果は継続中だ。濁流に呑《の》み込まれた【サキュバス】が苦悶《くもん》の声と共に1点のダメージを受け、残りLP《体力》が3になる。

　そんな状況を見下して、駒場は「あはは っ！」といかにも愉快そうな笑みを浮かべた。

「やっぱり圧倒的だな、俺のチームは！　どうだこの戦力差!?　だから素直に降参しておけばいいと忠告してやったんだ！」

「……？　言ってる意味が分からない。まだ、勝負はついてない……」

「おいおい何だよ、まさか気付いてなかったのか？　俺の手持ちには【こくうほう】がある。こいつは通常攻撃の代わりに〝防御無視の確定先制3ダメージ〟を与える特殊コマンドだ！　このコマンドがある時点でLP3以下に人権なんかねーんだよ！」

「ふぅん……？　でも、【サキュバス】は多分、人じゃなくて悪魔……だから、別に人権なんか要らないと思う……けど？」

「そこはニュアンスで伝わるだろうがド畜生!!」

　相変わらず淡々とした口調の皆実にペースを崩され、ついには激昂《げきこう》する駒場。傍《はた》から見れば完全に皆実の手のひらの上、という感じだが、しかし彼の言っていることは何も間違っていない。このままいけば、次のターンで皆実雫《しずく》は敗北する。……が、

「大丈夫……」

そこで、当の皆実《みなみ》が微《かす》かに声を零《こぼ》した。俺たちに対してなのか観客《ギャラリー》に対してなのか、あるいは自分に言い聞かせているのかは分からないが、それでも確かに言葉を紡ぐ。

「心配は、いらない。……わたしは、もうわざと負けたりしないから」

「――――」

抑揚のない声音ながらシンプルで潔いその発言に、事情を知らないギャラリーまでもが大きく沸き上がるのが分かった。かつて《女帝》に比肩するほどの戦績を記録し、あの柚《ゆず》姉《ねえ》に目を付けられた〝本物〟の才能の持ち主。もう偽ることをやめた聖《せい》ロザリアの氷刃が薄く静かに牙を剝《む》く。

「チッ……何をごちゃごちゃ言ってやがんだよ。期待の注目株だか何だか知らねえが、アンタの活躍はここで終わりだ――【こくうほう】!!」

そして、運命の3ターン目、駒場《こまば》は宣言通りに【こくうほう】を選択した。通常攻撃をパスする代わりに防御力無視の確定先制3ダメージを与える強力な特殊《スキル》コマンド。これが通れば【サキュバス】のLP《体力》はきっちり削り取られることになる。

「ん……じゃあ、これ」

対して、皆実が選択したのは【たいりょく＋】コマンドだ。使い魔のLPを《＋1》するだけの基本《ベース》コマンド。それを見て、駒場が可笑《おか》しそうに声を上げる。

「あははは！　何をするのかと思えばLP強化か！　確かにそうすりゃ【こくうほう】の致死圏内からは逃げられるが、【しめつける】の効果を忘れてねえか!?　3点プラス1点でぴったりお陀仏《だぶつ》だよ。やっちまえ【リヴァイアサン】――！」

『グォオオオオオオオオオオオ！』

勝利を確信したような駒場の指示に従い、水龍《すいりゅう》が大きく身体《からだ》をしならせた。盛大に水飛沫《しぶき》を上げながら遥《はる》か上空へと舞い上がり、口腔《こうくう》内に青白いエネルギー弾らしきものを生成する。確定先制攻撃だ――本来ならSPD《速度》で劣る【サキュバス】よりも早く、【リヴァイアサン】が防御力無視の無慈悲な一撃を解き放つ。

そうして、この場にいるほとんどの人間が皆実の敗北を確信した……瞬間だった。

「……《変質》アビリティ発動」

ぽつり、と鼓膜を撫《な》でる微かな囁《ささや》き。

直後、皆実の後方に表示されていた【たいりょく＋】コマンドの表面をノイズのような演出が覆い尽くした。何も反応できずに固まる駒場の前でそのノイズは瞬く間に晴れ、次の瞬間には別のコマンドが俺たちの視界に晒《さら》される――その名も【こうげき＋】だ。

「《変質》は、わたしが調整した特殊アビリティ……あるものを、性質の近い別のものに作り替える便利な効果。これを使って、【たいりょく＋】を【こうげき＋】にする」

「っ……だ、だから何だ!?　ATK《攻撃力》が上がったところで1ダメージしか通らない。だったら、まだLP《体力》を強化する方が理に適《かな》ってるんじゃ――」

「そんなことは、ない……」

言葉と同時、ちらりと自身の背後に青の瞳を向ける皆実《みなみ》。

と――そこでは、いつの間にか一つの変化が起こり始めていた。1ターン目と2ターン目、それから今の3ターン目。それぞれで皆実が選択したコマンドが白く輝き、重なり合って、一つのコマンドになろうとしているんだ。それも、全く別のコマンドに。

「基本《ベース》コマンドには、二つの優位性がある――」

初めての現象に誰もが固唾を呑《の》んで見守る中、皆実は続けてポツリと声を零《こぼ》す。

「さっき、クエスト管理者《ガイド》のお姉さんに教えてもらった。一つ目の優位性は、効果がずっと続くこと……特殊《スキル》コマンドは単発の攻撃が多いけど、基本コマンドは全部永続」

「……？　そんなの、当然だろうが。それを差し引いたって特殊コマンドの方が――」

「それだけじゃない。とっておきの二つ目は、連携効果があること――コマンド、っていうのは命令を意味する言葉だけど、格闘ゲームではその組み合わせで技が発動する。それと同じ……基本コマンドは、三つ以上の組み合わせで連携コマンドに変化する。連携の出し方とか効果はどこにも公開されてないから、まだ誰も知らないと思うけど……でも、わたしは《心眼の使い手》アビリティ《そういうの》、採用してるから」

淡々とした皆実の説明が終わるのとほぼ同時、彼女の後ろで白く光っていた三つのコマンドが新たな〝連携コマンド〟として俺たちの前に姿を現した。【防御《D》ー防御《D》ー攻撃《A》】の連携コマンド、その名も――

「【機動障壁《すぱいらるへいと》】……相手の攻撃を、跳ね返す」

「な!!!?」

悲鳴じみた駒場《こまば》の声と全く同じタイミングだっただろうか。瀕死《ひんし》の状態だった【サキュバス】の眼前に魔法陣のような形状のシールドが姿を現し、飛来してきたエネルギー弾を丸ごと呑み込んだ。そうして次の瞬間、まるで映像を逆再生するかのようにその攻撃を跳ね返す。DEF《防御力》無視の確定3点ダメージ――当然ながら【リヴァイアサン】に避《よ》ける術《すべ》などあるはずもなく、悠然と空を舞っていた身体《からだ》が大きくぐらつく。

そんな姿を見て、皆実は無表情のまままさらりと髪を揺らしてみせた。

「これで、わたしの勝ち……」

「は、はあ!? 何言ってやがる！ 俺の【リヴァイアサン】はまだ負けちゃいない！」

「でも、LPは残り1。しかも、SPD《速度》を上げる手段はもうないから、次のターンは【サキュバス】の方が確定で先制……今の【こうげき＋】の分、ダメージが1点だけ通る。それで、ぴったり終わり。……反論、ある？」

「……あ……ぁ……ああああぁああぁあぁあぁッ！」

呆然《ぼうぜん》と目を見開いたままがっくりと膝から崩れ落ちる駒場。

同時に彼は〝降参〟を宣言し、集まっていたギャラリーから大きな歓声が上がった。

＃

その後も順当に《決闘《ゲーム》》を進め、《DOT《DropOut Tamers》》の一日目は終了時刻と相成った。

初日の成果としては、交戦の勝利が二回とクエスト攻略が六つといったところだ。駒場《こまば》たちチームⅫに勝った時点でS級クエストの第二指令である〝交戦に勝利すること〟は達成済み。そして次なる指令は〝使い魔の所持数をチーム全体で二十体以上にする〟というものだったため、通常のクエストを進めていく過程でいつの間にか達成できていた。

ここで、一応補足しておこう——《DOT》は形式上〝チーム戦〟となっているが、チームメンバーは全員他学区のプレイヤーであるため、リソースである使い魔は当然〝個人の所有物〟として管理される。ただそうなると、例えば強力な使い魔を持つ敵チームを撃破した場合、誰がそれを手に入れるかという問題が毎回発生してしまう。

けれど、それに関しては、昨日の作戦会議の時点で既に姫路《ひめじ》から説明を受けていた。

『そのような事態を回避するべく導入されたのが〝貢献度システム〟です——』

『この《決闘《ゲーム》》では、交戦の際に誰がどのコマンドをセットしたのか、という情報は裏切り者の特定に直結するため伏せられます。ですがもちろん内部的には処理されていますので、それを元に〝各プレイヤーがその交戦にどれだけ貢献したか〟という値、すなわち貢献度が計算されているのです』

『そして交戦やクエストの報酬というのは、この貢献度が高かったプレイヤーから順に配分されることになります——まず貢献度一位の方に報酬の選択権が与えられ、次に二位の方が、それから三位の方が……という具合ですね。報酬選択の画面が表示されるのは自身に選択権があるタイミングだけですので、他の方の順位や選択内容は分かりません』

『当然、チームメンバーの数よりも奪った使い魔の方が少なかった場合は貢献度上位のプレイヤーしか報酬を獲得できないことになります。……だからこそ、裏切り者だからといって毎回足を引っ張ればいいとも限らないわけですが』

……とのことで。

ともかく、そんなシステムの判定により駒場戦でB級使い魔【リヴァイアサン】を手に入れたのは皆実《みなみ》だった。真っ当にやっていればメインプレイヤーが最も貢献度を稼ぎやすいわけで、これに関しては妥当な結果と言えるだろう。

その他に特筆すべきリソースがあるとすれば、二戦目でメインプレイヤーとして引き摺《ず》り出された俺が結川《ゆいかわ》と同じ【ヘルハウンド】を手に入れたことと……あとは、最後に挑戦した高難易度クエストで藤代が【〝玖の落雷〟アンズー】を手に入れたことだろうか。【リヴァイアサン】はともかく、【アンズー】はチームの勝利条件にも含まれる重要な使い魔だ。総じて、序盤の稼ぎとしては悪くない。

だが、これで一日目が完全に終わるのかと言えばそんなことはなかった——むしろ、この後のフェイズが《DOT》のメインイベントと言ってもいいくらいだ。

「——さて。ここからは、いよいよ〝夜〟の時間になる」

《SFIA《スフィア》》第4段階《セミファイナル》《DOT《DropOutTamers》》一日目、午後五時十五分。

各々がリソースの確認を終えた辺りで、結川《ゆいかわ》が気取った仕草と共に切り出した。

「今から行われるのは、脱落投票——チーム内で最も疑わしい人物に投票し、最も多くの票を集めたプレイヤーが《決闘《ゲーム》》から追い出されるという残酷なシステムだ。本来ならこれを巡ってドロドロとした罪の押し付け合いや心理戦なんかが行われるんだろうけど、僕らの場合は簡単だ。何せ、裏切り者がはっきりしている」

俯《うつむ》いたままの新田《にった》に視線を向けながら断定口調で告げる結川。

そう——脱落投票。それこそが、この第4段階《セミファイナル》における最大の特徴だ。毎日〝夜〟の時間に突入すると、端末上に〝投票〟のコマンドが現れる。これを使って、各プレイヤーは日付が変わるまでに〝チームから排除したい誰か〟を選ばなきゃいけない。もちろん相談も取引も自由だが、何度も確認している通り《DOT》ではチームの全員が敵だ。どうせ安易には信用できないため、俺たちは個別で投票先を決めることにしていた。

「ふっ……それじゃあね、新田さん。せいぜい良《い》い夜を」

最後にそんな言葉を残して、結川は優雅に去っていく。そして、そんな彼に続いて無言でどこかへ消える新田の後ろ姿を眺めながら、俺は静かに腕を組んだ。

（まあ……結川の言う通り、普通に考えたら新田が裏切り者なんだよな。結川が新田に罪を被《かぶ》せるためにあえて過剰に反応してた、って見方も出来なくはないけど、強いて言うならそれくらいってだけだ。皆実《みなみ》と藤代《ふじしろ》に怪しいところは一切なかった）

　黙ったままぐるぐると思考を巡らせる俺。……正直、かなり難しい選択だ。新田の言動はいかにも見え見えの罠《わな》という感じだが、かといって皆実や藤代が脱落することになったら痛手でしかない。リソース的にも相当なペースダウンを余儀なくされる。

「……なあ皆実。お前は、もう今日の投票先を決めてるのか？」

　そこで——俺は、何故《なぜ》か一歩も動くことなくすぐ隣で端末を弄《いじ》っていた皆実雫《しずく》にそんな質問を投げてみることにした。嘘《うそ》をつかれたり誤魔化《ごまか》されたりする可能性はもちろんあるが、だとしても一つの参考くらいにはなるだろう。同じくこの場に残っていた藤代も、眠れる獅子《しし》の回答には興味があるのか静かに視線を持ち上げている。

「ん……大体、決めてる」

　そうやって二人分の注目が集まる中、皆実は微《かす》かに髪を揺らして頷《うなず》いてみせた。

「わたしの投票先は、ぽんこつりーだー……理由は、新田ちゃんをいじめてたから。信じるか信じないかは、あなた次第……だけど」

　いつも通りの淡々とした声音で呟《つぶや》いた皆実に対し、俺は「なるほど」と頷きを返す。

彼女の投票先が結川奏《ゆいかわかなで》だという情報は、それなりに信憑性《しんぴょうせい》の高いものだと言っていいだろう。ここで新田《にった》の名前が出た場合は〝彼女を脱落させないための嘘《うそ》〟という可能性が高くなるが、結川を候補に挙げておいて他の誰かに投票するメリットはあまりない。

となると、残るは藤代《ふじしろ》の投票先だが――

「……期待されてるとこ悪ぃが、オレは喋《しゃべ》らねェぞ」

両手をポケットに突っ込んで手近な壁に背を預けながら、彼は低い声音でそう言った。

「皆実《テメエ》のやり方自体は評価する。そういう戦法もアリだろうな。が、オレは言わねェ。テメェらが信用できるとかできないとか以前に、この《決闘《ゲーム》》に純粋な味方なんかいるはずがねェからだ。オレはオレの答えだけを信じる」

「……ま、そうだよな。もちろんいいぜ？　俺だって言う気はないし」

「え。……じゃあ、わたしだけ言い損。教えてくれないなら、あなたにセクハラされたって泣き叫ぶ……不正に続いて、セクハラ騒ぎ。明日のLNN《ニュース》、楽しみにしてて……」

「ちょっと待て。……まだ投票先が決まってないんだよ。対価は別の何かで頼む」

「別の何か……じゃあ、わたしを家まで送って欲しい。さっきから、ここがどこだか分からない……このままだと、野宿。風邪をひいたら、あなたたちのせい……」

「……いや、オレはそこまで面倒見ねェぞ？　テメェが連れてってやれ、篠原《しのはら》」

「？　この期に及んで一人で先に帰るとか……もしかして、彼女？」

「ッ…………う、るせェ。まだ付き合ってるわけじゃねェよ」

「おお……まさかの、大正解。不良のくせに、生意気……」

予想外の答えにぱちぱちと小さな拍手をする皆実《みなみ》と、何とも言えない表情で視線を逸《そ》らす藤代。その反応を見るに、もしかしたら《ディアスクリプト》を通じて彼に気持ちを伝えた少女・真野優香《まのゆうか》とそれなりに上手《うま》くいっているのかもしれない。だとしたら、あの都市伝説――カフェ・ド・ショコラの魔法とやらは〝本物〟だったことになる。

と、まあそんなこんなで、俺たちはようやく帰路について……。


「ん？　……ああ、篠原。戻ったのか」

結局、皆実の住む十四番区を経由した俺が四番区まで戻ってきたのは午後七時過ぎのことだった。駅の改札で待っていてくれた姫路《ひめじ》と合流し、その足で英明《えいめい》学園を訪れる。

生徒会室に集まっていたのは水上《みなかみ》を除く《DOT《DropOut Tamers》》参加者の二人と、奥の席で複数のモニターに囲まれながら何やら分析を行っていた榎本《えのもと》だ。彼は、挨拶もそこそこに俺たちのチーム状況を聴取すると、今日の概況をまとめた分厚い資料《レポート》を突き付けてくる。

「ん……」

その資料によれば――《DOT》一日目は、どこのチームも順当に戦力を強化していたらしい。強力な特殊《スキル》コマンドとして使えるC級使い魔がどんどん明らかになっているのはもちろん、勝利条件に関《かか》わるB級使い魔についても既に大半がどこかしらのチームに渡っている。A級の所持者がバラけているため今すぐ勝ち抜けということはないが、明日の展開次第では勝利条件を満たすチームが出てくる可能性は充分にあるだろう。そして、また、皆実《みなみ》が大々的に知らしめた〝連携効果〟も重要な攻略要素として認識され始めているようだ。

「その辺りの事情も踏まえれば、明日はおそらく乱戦になるだろうな」

資料を覗《のぞ》き込んでいた俺と姫路《ひめじ》が揃《そろ》って顔を上げたのを見て取って、右手に缶コーヒーを持った榎本《えのもと》がこちらのテーブルに移動しながら静かに口を開いた。

「篠原《しのはら》のチームもS級クエストを進めているから知っているとは思うが、次の指令は〝他チームとの交戦に累計七回以上勝利すること〟だ。これをクリアすればS級使い魔【ダイテンシ】との交戦型クエストが発生する……つまり、いかに早く勝利数を積み上げられるかがS級の入手に直結するわけだ。当然どのチームも交戦主体で動くことになる」

「だな。あとは初日でどれだけリソースを稼げたかが物を言う、ってところか」

「そういうことになる。篠原たちに関しては……そうだな。先ほどの話を聞く限り、例の1ツ星さえどうにか出来れば問題はなさそうか」

「まあ、一応そんな感じだ。今夜の投票結果にもよるけど、もし新田《にった》が残ったままでも結《ゆい》川《かわ》の《封印》があるから今のところは問題ない。で、他のチームは……」

そう言って、ゆっくりと視線を左へ向けてみる俺。と——そこでは、いつもなら自信たっぷりのあざとい笑みを浮かべているはずの秋月《あきづき》が両手をテーブルの上に投げ出し、むにっと頬の形を変えながら潤んだ瞳で切なげにこちらを見上げているのが見て取れる。

「うぅ、緋呂斗《ひろと》くん……乃愛《のあ》、ちょっと疲れちゃったぁ。ね、ね、緋呂斗くんにぎゅーってしてもらえたら、それだけですっごく元気が出ると思うんだけど——」

「そうですか、かしこまりました秋月様。では、わたしが一思いにギュッと」

「わわ、ダメダメ！　もう……えへへ、白雪《しらゆき》ちゃんは独占欲が強いんだから♡」

「……何のことだか分かりません」

　俺を挟んで謎の攻防を繰り広げる姫路と秋月。もはや定番になっているそんなやり取りが一段落したのを見計らって、俺は秋月に声を掛ける。

「ともかく……秋月は裏切り者、だったよな？　それも彩園寺《さいおんじ》やら枢木《くるるぎ》やら《ヘキサグラム》の幹部やらがいる魔境みたいなチームの。やっぱり神経削るのか？」

「ん～、まあちょっとね。変な行動しなければ目を付けられることもないし、強い人ばっかりだから《決闘《ゲーム》》自体はサクサク進むんだけど……」

「けど？」

「……《女帝》さん、やっぱり凄《すご》すぎだよ。乃愛がせっかく裏切り者の立場を利用してチームをめちゃくちゃにしちゃおうと思ってたのに、いきなり《協調ＥＸ》ってアビリティを使われてほとんどの妨害が成立しなくなっちゃったし、可愛《かわい》くにこにこーって笑ってるだけなのにずっと見透かされてる感じだったし……うん、枢木《くるるぎ》ちゃんも阿久津《あくつ》ちゃんも強かったけど、怖さで言うなら《女帝》さんが断トツかも」

「ん……まあ、そうだろうな。《女帝》の二つ名は伊達《だて》じゃない」

「うんうん。だから、乃愛《のあ》に出来たことと言えばチームメイトの男の子を籠絡《ろうらく》して乃愛の言いなりにしたことと、強い特殊《スキル》コマンドを持ってるB級使い魔をその子のせいにして他のチームにわざと奪わせたことくらいだよ♪」

「……いや、お前も大概じゃねえか小悪魔」

「えへへ〜♡　緋呂斗《ひろと》くんに褒められちゃった♡」

すぐ隣からこちらを見つめて嬉《うれ》しそうな笑みを浮かべる秋月《あきづき》。しばらくご機嫌な様子でパタパタと足を揺らしていた彼女だったが、やがて思い出したように言葉を継ぐ。

「とにかく、乃愛たちの一日目はそんな感じだったよ？　投票も一緒にやったから今日は誰も脱落しないと思う。……でも、順調すぎて裏切り者の乃愛的にはちょっとだけ困るかも。《女帝》さんの初期使い魔――【スザク】の固有能力が便利だからあっという間にリソースが集まっちゃうし、しかもチームの勝利条件に噛《か》み合ってるからもう一体のA級が手に入ったらほとんどクリアだし……一応、やれるだけはやってみるけど♪」

「……ああ、頑張ってくれ」

頷《うなず》きと共に小さく返す俺。秋月の口振りからして望み薄にも聞こえるが……これに関しては、さすがに運が悪かったと思うしかないだろう。

「それじゃ、浅宮《あさみや》の方はどうだったんだ？」

「……ほえ？　あ、ウチ？」

こうして秋月の状況を一通り聞き終えた俺は、続けて榎本《えのもと》の隣で例の分厚い資料を広げていた浅宮にも声を掛けてみることにした。懸命に文字を追っていた彼女は一瞬俺の呼び掛けに気付かなかったようだが、すぐにパッと金糸を揺らして顔を上げる。

「ウチは、何かかなり順調って感じ！　不死鳥くん——八番区の久我崎《くがさき》くんが主導権握ってるんだけど、ふつーにカリスマっていうか何ていうか……顔とマントと笑い方は怖いけど、あの人意外と良《い》い人だよね。おかげで一致団結できてるかも！」

「ふん……随分と他力本願だな、七瀬《ななせ》。不死鳥にも呆れられていたんじゃないのか？」

「そ、そんなワケないしっ！　ウチ、どう見てもチームの中で一番活躍してたじゃん！」

「いいや、それは僕のサポートがあってのものだ。調子に乗るな、七瀬」

「違います～！　一人でも戦えてました～！　ってか、進司《しんじ》が毎回耳元で語りかけてくるのマジヤバいからちょっと手加減してくんない⁉　頭沸騰しそうになるんだけど！」

「沸騰……？　言っている意味が分からないが、僕にどうしろというんだ」

「それはっ……ほら、なんかボイチェンとか。……ぷぷっ、待って待って無理」

「勝手に言って勝手に想像するな」

腕を組んだまま渋面を浮かべる榎本《えのもと》。……確かに、彼と通話していて端末から甲高い声やらドスの利いた低い声なんかが聞こえてきたらなかなかシュールかもしれないが。

（でも、この調子なら大丈夫そうだな。やっぱり《決闘《ゲーム》》が動くのは二日目からか……）

一通りの状況を確認しつつ、俺はそっと右手を口元へ遣《や》って思考に耽《ふけ》る。

今日はチーム内のいざこざ——というか主に新田《にった》への対処——に終始することになってしまったが、Ｓ級クエストのことも考えれば明日はそういうわけにもいかない。ここからは、本格的に勝利を見据えて動く必要がある。

（って……あれ？　そういえば、あいつは——）

「——ふむ。それとな、篠原《しのはら》」

と……俺がここにいない一人の少女に思考を移した瞬間、待っていたとばかりに榎本が小さく口を開いた。彼はちらりと部屋の入口に目を遣ってから声を潜めて続ける。

「《決闘《ゲーム》》の分析と並行して《ヘキサグラム》についても調査を行う、という話は以前にもしたはずだ。正規ルートでは何の情報も出ないことは分かっていたため、既に何らかの理由で島を去っている〝元学園島生《アカデミー》〟に片っ端から連絡してみた。そこで多少は事情も掴めてきたのだが……連中、やはり黒いぞ。それも思っていたより格段に、だ」

「……へえ？　どういうことだよ、それ。あいつらは正義の味方じゃなかったのか？」

「違うと言っただろう。それは以前も話した英明《えいめい》の元エースの件で分かっている。……まあ、その件に関しては個人的な感傷に過ぎないが、何もそれだけというわけではない。信じられるか？　何でも《ヘキサグラム》には、組織に所属しているだけで勝手に等級《ランク》が上がっていく仕組みがあるそうだ」

「え……何それ、どーゆーこと？　等級が勝手に上がるって、そんなわけ……」

「ああ、普通なら有り得ない。が、佐伯薫《さえきかおる》は普通でない星、すなわち色付き星《ユニークスター》を二つも持っている。そして、その一つは錆色《さびいろ》の星——自身より低い等級のプレイヤーからでも《決闘》を通して星を奪える、という効果を持つ〝下狩り〟の星だそうだ。これを使えば、佐伯が誰かから星を奪ってそれを他者に与えることで〝自動的に等級を上げる〟システムが成立するだろう。無論、５ツ星以上の等級には人数制限があるため限度はあるがな」

「……いや、でもそれは」

「分かっている、この考察は不十分だ。今の例では佐伯薫が他のメンバーに敗北することが必須条件となり、そうなると色付き星が放出されてしまう。おそらく僕の知らない情報がまだ大量に眠っているのだろう。……が、状況証拠としてはそれなりのものが揃《そろ》っているぞ？　こんな話がある——《ヘキサグラム》は不定期に独自のイベント戦を開催し、そこで勝ったプレイヤーに多額の報酬を与えている。集められるのは主に1ツ星の低ランカー、それも《決闘《ゲーム》》に敗北した際の代償である島内通貨が払えずに借金生活をしている者ばかり。故に、表向きは救済という形だが……当然、勝者がいるからには敗者がいる。その敗者がどうなるか、篠原《しのはら》ならば分かるだろう」

榎本《えのもと》に視線を向けられて黙り込む俺。……〝救済〟を受けられなかったプレイヤー。彼らは救われるどころか、更なる負債を背負うことになる。当然そう簡単に返せるような額じゃないだろう。ならどうするか？　答えは既に示されている。

「《ヘキサグラム》に――佐伯に星を奪われる。……そうか、普通なら1ツ星のプレイヤーが負けても星はなくならないけど、下狩りの星はそれすら無視できるから……」

「ご名答だ、篠原。救済にありつけなかったプレイヤーはその場で星を奪われるか、あるいは《ヘキサグラム》に隷属する羽目になる。多くの場合は後者だろうな。何せ、星が0になってしまえば自動的に島外追放だ。破滅《それ》をちらつかされれば従うしかない」

「……エグいな、それ」

小さく息を呑《の》んだ俺の反応に、神妙な顔で「違いない」と同意を返す榎本。

と……その瞬間、畳み掛けるような形で右耳のイヤホンから声が聞こえてきた。

『お待たせ、ヒロきゅん！　遅くなっちゃったけど、いいタイミングっぽいからお邪魔するよん。二十番区阿澄之台学園一年・新田佐奈について……やっと色々掴めたかも！』

興奮気味、というかむしろ焦《あせ》りすら感じられる加賀谷《かがや》さんの声に、俺はそっと意識を集中させる。すると彼女は、勢い込んだ声音で衝撃的な事実を口にした。

『あの子が、まさにそうなんだよ！　今会長くんが説明してた《ヘキサグラム》の奴隷の一人！　入学して早々の《決闘《ゲーム》》に負けちゃって、そこから転げ落ちるみたいに負債を重ねて、だから《ヘキサグラム》の救済に縋《すが》ろうとして……残念ながら、そこでも上手《うま》くいかなかったみたい。見た感じ、それも出来レースっぽい感じだけど……』

『ううん、何ならこれ、去年の不正騒動だってもしかしたら《ヘキサグラム》の自作自演かもしれないくらいだよん。正義どころかまるっきり悪だね、これ……《SFIA《スフィア》》の開始前にも色んな学区の高ランカーと接触してるみたいだし、相当ヤバいと思う』

『っていうかヒロきゅん、まだ今日の投票してないよね？　ぜっっったい、新田ちゃんに投票しちゃダメ！　あの子がヒロきゅんのチームで変なことしてるの、絶対《ヘキサグラム》の指示だもん！　去年もそうやって英明《えいめい》のエースが潰されてるんだよ。あの子を脱落させたらすっごくマズいことが起こるはず……！』

　加賀谷さんからの情報に多少なりとも動揺しながら、少なくとも表面上は静かに思考を巡らせる俺。……確かに、そうだ。新田佐奈《にったさな》が《ヘキサグラム》の言いなりになっている奴隷なら、彼女が《DOT《DropOut Tamers》》に参加しているのも当然ながら《ヘキサグラム》の意図ということになる。下手に脱落させればそれこそ連中の思う壺だろう。

　そこまで状況を整理した辺りで、俺は静かに顔を持ち上げることにした。そうして、隣で不安そうにしている姫路《ひめじ》を安心させるべく、微《かす》かに口元を緩めて言葉を継ぐ。

「まあ……とにかく、だ。《ヘキサグラム》の正体が黒かったとしても、今の時点で何かできるってわけじゃない。警戒はするけど、特別――」

「――待ってください、篠原《しのはら》先輩」

と、その時、ガチャリと静かな音を立てて生徒会室のドアが開き、俺たちの前に一人の少女が姿を現した。気の強そうな表情に太ももの辺りまで届く流麗な黒髪。むっと尖《とが》らせた唇で分かりやすいくらいの不満を表現した後輩少女――水上摩理《みなかみまり》。

「どういうことですか、それ。《ヘキサグラム》の正体が黒い……？　そんなこと絶対に有り得ません。自分の不正がバレそうだからって八つ当たりするのは良くないです！」

「……聞いてたのかよ、水上。別にお前の陰口を叩《たた》いてたわけじゃないぞ？　《ヘキサグラム》全体に対する推測と警戒だ」

「だから、それが気に入らないって言ってるんです！　新米の私がどう言われようと甘んじて受け入れますが、先輩方のやってきたことまで貶《けな》されるのは我慢できません……！」

水上は俺の目の前にまで詰め寄って、ぐぐっと怒り顔を近付けてくる。そして、

「謝ってください。……私、《ヘキサグラム》の正義に救われたんですよ？　《ヘキサグラム》がなければ、私は今ここにいません。篠原先輩はそれも否定するんですかっ⁉」

「そんなことはねえよ。もしお前を傷付けたんならそこに関しては謝ってやる。けど、悪いな。それ以外の部分は今のところ謝罪も撤回もする気はない」

「なっ――」

「というか、水上。話は変わるけど……お前、新田佐奈って知ってるか？」

水上の反応を途中で遮って、全く別の質問を投げ掛ける俺。対する水上はそんな俺の態度に腹を立てているようだったが、ムッとした表情のまま律儀に返事をくれる。

「もちろんです。先輩のチームの人ですよね？　……それが、どうかしたんですか？」

ピンと来ていない様子で問い返してくる水上に対し、俺は静かに黙り込む。……もしかしたら、水上は本当に何も知らないのかもしれない。彼女も《ヘキサグラム》の一員のはずだが、それにしては榎本《えのもと》が話していた〝黒い〟部分との関《かか》わりがなさすぎる。もし水上が心から《ヘキサグラム》に憧れていて、本物の正義を志していて、だからこそ利用されているのだとしたら……それは、ちょっと残酷すぎるけれど。

「……？」

不可解な表情で首を傾《かし》げる水上の前で、俺は、しばらく思考を巡らせていた。

♯

「——さて、と」

英明《えいめい》メンバーとの情報共有を一通り終えてから姫路《ひめじ》と一緒に帰路につき、揃《そろ》って夕食を済ませたのが夜の十時頃。明日も早いことを考えればあまり夜更かししたくはないが、やらなければいけないことはまだ少し残っていた。

「あのねあのね、お兄ちゃんあのね！」

広いソファの真ん中に座る俺のすぐ隣に陣取り、キラキラした瞳ではしゃいだ声を上げているのは椎名紬《しいなつむぎ》だ。相変わらずのゴスロリドレスに漆黒と深紅のオッドアイ。さらっさらの黒髪やシャンプーの良い匂《い》いがぐいぐいと俺に押し付けられる。

そう——実は、加賀谷《かがや》さんに新田《にった》のことを調べてもらう傍《かたわ》らで、椎名には《決闘《ゲーム》》内の諸々《もろもろ》を解析してもらっていた。今からやるのはそれを踏まえた作戦調整だ。

「これ見て！　これが、お兄ちゃんのチームのみんなが持ってる使い魔と特殊《スキル》コマンドの一覧！　この子とかわたしが魔界で従えてた使い魔とそっくりなんだよ！」

「へえ……そうなのか。でも、こんなデカいやつどうやって仲間にしたんだよ？」

「えへへ～、簡単だよ！　だって、わたしの魔眼には《魅了》の効果があるんだもん！」

「……なるほど、そりゃ便利だな」

前に聞いた時は違う能力だった気もするが、そこは突っ込まないのが優しさだろう。

とにもかくにも、俺は椎名が調べてくれたデータを覗《のぞ》き込むことにする——チームメンバーの持つ使い魔と、それに対応する特殊コマンド。あまり交戦に出てこない使い魔でも技の方は優秀だったりするため、今のうちに確認しておきたかった。

一例を挙げれば——

【あくまのけいやく】……B級使い魔【サキュバス】の持つ特殊コマンド。DEF《防御力》、

SPD《速度》、LP《体力》を好きなだけ減少させ、その合計値×2の数値をATK《攻撃力》に上乗せする。

【しんえんのごうか】……B級使い魔【ヘルハウンド】の持つ特殊コマンド。交戦に参加している全ての使い魔にATK×2の全体攻撃を加える。ただし、一体でも命中判定に失敗した場合は与えるはずだったダメージが無効になり、自らの使い魔に与えられる。

【しめつける】……B級使い魔【リヴァイアサン】の特殊コマンド。このターンの通常攻撃を放棄する代わり、ターン終了時に1ダメージを与える罠《わな》を設置する。

——などなど、見覚えのある使い魔や特殊コマンドがずらりと列記されている。

「やっぱり、B級使い魔は技の方も優秀だよな……デメリット付きの効果も多いけど、その代わり派手だしめちゃくちゃ強い」

「うん！　でもでも、C級使い魔でも強い子はいっぱいいるよ？　【こくうほう】の【リッチ】はC級だし、あとわたしはお兄ちゃんの【フェアリー】もお気に入り！」

「【フェアリー】が？　何で？」

「だって、すっっっごく早いから！」

嬉《うれ》しそうな声でそんなことを言う椎名。……確かに、俺の初期使い魔だった【フェアリー】は彼女の言う通りSPD特化のステータスだ。どんな使い魔が相手でもほぼ確実に先制が取れる、というくらい圧倒的な数値。その他のステータスが全て〝1〟というピーキーな性能から避けていたが、状況さえ整えてやればもしかしたら輝くのかもしれない。

が——まあともかく、使い魔の情報に関しては現状こんなところだろう。

「あとは、アビリティを絡めた戦略についてだな……」

言いながら、俺はそっと端末の画面を切り替えることにする。

そこに表示されているのは、俺が第4段階《セミファイナル》《DOT《DropOutTamers》》に持ち込んでいるアビリティの一覧だ——まず一つ目は《劣化コピー》、任意のデータを〝複製〟することが出来る紫の星のアビリティだ。使い魔やコマンドにも適用できるため、真っ先に採用が確定した。けれど、問題は……というか、今考える必要があるのはもう一つのアビリティだ。画面には《行動予測》と《＊＊＊》というよく分からない表示が並んでいる。

この《＊＊＊》は、椎名《しいな》の発想を加賀谷《かがや》さんが形にしてくれたものだった。翠《みどり》の星の特殊アビリティ《行動予測》の大胆アレンジ——相手の行動だけではなく《決闘》の展開そのものを読み、それをもう一つのアビリティに反映させる効果。……つまり、言ってしまえば〝《決闘《ゲーム》》が始まってから内容を決定することの出来る〟アビリティだ。当然《行動予測》も登録《セット》しなきゃいけないためアビリティ二枠分の消費になってしまうのだが、柔軟性という意味ではこれ以上のものはない。

せっかくなら、交戦を一気に有利にするような効果でも設定したいところだが——

「——そうですね。理想としては、連携コマンドと絡められるアビリティでしょうか」

と、そこで静かな声を掛けてきたのは、紅茶を入れてきてくれた姫路《ひめじ》だった。丁寧な手付きで配膳を済ませた彼女は俺の左隣にべたっとくっついている椎名の姿を一瞥《いちべつ》し、それから少し考えるようにしてソファの反対側、すなわち俺の右隣に腰を下ろす。

そうして彼女は、心なしかいつもより近い距離でふわりと髪を揺らしてみせた。

「基本ルールでは触れられていなかった隠し要素――〝連携〟。今日の《決闘《ゲーム》》を見ている限り、その効果は単体の特殊コマンドより遥《はる》かに強力な印象でした。実際に登場したのは〝ダメージ反射〟の【機動障壁《すぱいらるへいと》】だけですが、他にも〝防御無視の超ダメージ〟や〝確定回避〟など、発動できれば非常に強力な効果が揃《そろ》っています。現在《カンパニー》の方で解析を進めており、明日には発動方法を含めてリストとしてお渡しできるかと」

「なるほど……いいな、それ。めちゃくちゃ使える」

姫路の言葉に小さく頷《うなず》く俺。……連携コマンドが狙って発動できるのであれば、それをフル活用するのが交戦攻略の王道だろう。そう考えれば、どんなアビリティが有効なのか徐々に見えてくる。《行動予測》を介した白紙のアビリティ《＊＊＊＊》――具体的な構成はこれから練り上げるとして、その真価が発揮されるのは明日の交戦時になりそうだ。

「ところで……」

と――俺がそこまで思考を巡らせた辺りで、姫路がそっと声を掛けてきた。

「ご主人様。そろそろ午後の十一時を回りますが、本日の投票先はお決まりですか？」

「……ああ、それか」

彼女が話を振ってきたのは、今日の別れ際にチーム内でも話題になった項目だった。脱落投票――チーム内で〝最も脱落させたい〟プレイヤーに投票し合い、最高得票となった一人が《決闘《ゲーム》》から脱落するという《DOT《DropOut Tamers》》のメイン仕様。零時までに投票を済ませなければならないことを考えれば、あまり悩んでいる時間もない。

「ふぁ……」

俺にもたれる椎名《しいな》がとろんと瞼《まぶた》を重くする中、姫路《ひめじ》が囁《ささや》くような声音で言葉を継ぐ。

「先ほど加賀谷《かがや》さんからのお話にもありましたが、新田《にった》様だけは絶対に脱落させることが出来ません。とはいえ、そうなると他に候補もいないので、基本的には〝誰も脱落させない〟という方針で動くことになるかと思います」

「だな。《DOT》の脱落投票は、最多得票のプレイヤーが二人以上いた場合はどっちも生き残る仕様になってる。〝全員一票〟か〝二票獲得が二人〟ならセーフってことだ」

「ですね。ただ、それを狙って引き起こすためには、他の皆様の投票先を完璧に読み切らなくてはなりません。今のところ結川《ゆいかわ》様が【新田佐奈《さな》】様に、皆実《みなみ》様が【結川奏《かなで》】様に投票することまでは判明していますが……」

「ん……あと、新田の投票先も絞れるんじゃないか？　あいつが《ヘキサグラム》の言いなりになって自分から脱落しようとしてるなら、他に票を集めそうなライバルには投票したくないはずだ。で、今日の《決闘《ゲーム》》展開からすれば、新田の次に疑われるのはやっぱり結川になると思う――つまり、新田の投票先は結川じゃない。自分自身への投票も出来ないから、この時点で【新田佐奈】と【結川奏】の得票数が1ってのは確実だ」

「……はい。確かに、そうなりますね」

白手袋に包まれた右手を口元に寄せ、そう言って小さく頷《うなず》く姫路。

ここで、残る藤代《ふじしろ》の立場になって考えてみることにする――おそらく、あいつも新田の怪しさには勘付いているはずだ。下手に脱落させるべきじゃない、ということくらいは悟っているはず。となれば、裏切り者が確定できない以上、藤代にとっても初日は〝誰も脱落しない〟のが理想的……つまり、俺と藤代は協調できることになる。

「新田の投票先が確定できないんだから〝全員一票〟を狙うのはかなり無理がある。だけど〝二票獲得が二人〟の方はそう難しいことでもない。俺と藤代が【新田佐奈】と【結川奏】に投票すれば、新田の票は関係なく2－2－1の引き分け《ドロー》になるんだからな」

「そうですね。問題は藤代様がどちらに投票するか、という点ですが……やはり、結川様になるでしょうか。藤代様にとって、脱落させた場合にデメリットが大きくなりそうなのは新田様の方です。戦力的にはもちろん結川様の方が重要ですが、現在はご主人様も【ヘルハウンド】を所持していますので、結川様が脱落しても致命傷にはなりません」

「ああ。だから、加賀谷さんの言いつけは破ることになるけど……」

そう言って、俺は端末の画面にそっと指を触れる。……藤代の投票先が【結川奏】になる以上、俺が選ぶべきは【新田佐奈】だ。誰も脱落させるわけにいかないからこそ、最も脱落させたくない彼女に票を投じる必要がある。

こうして、人狼《じんろう》に相応《ふさわ》しい長い長い夜が更け——

「まさか、今日も君の顔を拝むことになるとはね……」

——翌日、午前九時。

昨日と違って《決闘《ゲーム》》の開始時刻ちょうどに待ち合わせ場所へと現れた新田佐奈《につたさな》の姿を見て、結川《ゆいかわ》が溜《た》め息交じりにそんな言葉を口にした。

《SFIA《スフィア》》第4段階《DOT《DropOutTamers》》二日目——昨晩の投票結果が公表されたのは、今から数時間前のことだ。ここへ来るまでの道中でざっと目を通したところによれば、全二十チームのうち脱落者なしのフルメンバーで二日目を迎えたのが六チーム、読み違いや裏切り者の仕掛け等の理由によって正規メンバーを脱落させてしまったのが九チーム、ピンポイントで裏切り者の処刑に成功したのが四チーム……最後の一つは例外、となっている。

そして俺たちのチームⅥは、脱落者なしで二日目へと駒を進めた六チームのうちの一つだ。投票の内訳までは公開されないが、おそらくは狙い通りになったのだろう。

「……別に。どうでもいいでしょ、そんなの」

結川の嫌味《いやみ》を受けても、新田は相変わらずフードを深く被《かぶ》ったまま冷めた視線を返している——と思いきや、その顔色は昨日よりもずっと悪いようだ。生き残ってしまったのが予想外だったんだろう。微《かす》かに俯《うつむ》きながらぎゅっと自身の左腕を掴んでいる。

そんな新田の反応に気付いているのかいないのか、結川はやれやれと肩を竦《すく》めた。

「ふん……いいや？　この件に関しては君を責めているわけじゃないよ。むしろ、問題は君以外だ。裏切り者だと自白したプレイヤーがいるのに何故《なぜ》投票しないんだい？」

「……あァ？　じゃあ逆に訊《き》くが、テメェはどうやってたったそれだけの情報からそいつを裏切り者だと断定したんだ。罠《わな》の可能性は一ミリも考慮しねェのか？」

「!?　わ、罠……それは、もちろん考えたさ。だけど、他に怪しい人なんて——」

「怪しさで言えば、あなたも相当……だけど？　それに、ストーカーと不良もいる……」

「う、ぐ……わ、分かったよ、今日のところはこのくらいにしておいてあげよう。だけど明日の朝この《決闘《ゲーム》》を去ることになるのは絶対に君だからな！」

どうにも風向きが悪いと察したのか、苛立《いらだ》たしげにそう言ってそっぽを向く結川。

「じゃあ……とりあえず、今の状況だけでも軽くまとめておくか」

話が一段落したのを見て取って、俺はポケットから端末を取り出しながらそんな言葉を口にした。それに対し、結川はふふんと気取った仕草で髪を撫《な》で、藤代《ふじしろ》は無言のままこちらへ身体《からだ》を向けて……と、各々のやり方で同意を示す（ちなみに皆実《みなみ》は俺のすぐ隣で端末を眺めながら暇そうに身体を揺らしている）。

が、まあそれはともかく。

「昨日の開始段階から、A級使い魔は四つのチームにバラけてる。所持プレイヤーは彩園《さいおん》寺《じ》、霧谷《きりがや》、佐伯《さえき》、夢野《ゆめの》だ。みんな狙ってるはずだけど、今のところは動いてない」

「やっぱり固いね……というか、そこさえ動けばすぐにでも突破者が出てくるんじゃないかな？　S級使い魔にお目に掛かれる未来だってそう遠くはないわけだし」

「ああ。それを考えれば、俺たちがまず目指すべきは勝利条件に関わるA級使い魔の獲得だ。S級ももちろん必要だけど、そっちは最悪横取りでも構わない。とにかく、重要なのはA級の確保——で、そうなると一つ考えておかなきゃいけないことがある」

「考えておかなきゃいけない、こと？　……ヒーローインタビューの台詞《せりふ》、とか？」

「もう勝った気でいるのかよお前……違うよ、そういうことじゃない。もっと根本的な話として、そもそもどうやって格上のチームを攻め落とせばいいのか——だ」

皆実《みなみ》の小ボケを受け流しつつさっさと本題に入る俺。目の前の彼女は一瞬「む……」と唇を尖《とが》らせたが、すぐにどうでも良くなったらしく小首を傾《かし》げて続ける。

「どうやって攻めるか……格好よく言うと、戦略。……そういうこと？」

「格好《かっこう》いいかどうかはともかく、まあそうだな。A級使い魔を奪うためにも、その後で守りきるためにも、ただ漠然と交戦を続けてるだけじゃダメだ。だってそうだろ？　俺たちは初日の投票で裏切り者を脱落させられなかったわけだから、もし新田《にった》が裏切り者じゃなかった場合、最低でも二人はチームの意に沿わない行動をする可能性がある」

「それは、確かにそう……でも、最低でも、って？」

「言葉の通りだよ。Ｓ級クエストの内容を考えても、この《決闘》《ゲーム》――《ＤＯＴ》《DropOutTamers》は今日で大きく進展する。勝利条件を達成するチームは間違いなく出るだろうし、裏切りを実らせるやつだって出るかもしれない。そうやって最終決戦《ファイナル》に進出できる枠の数が減れば減るほど、チームじゃなくて学区の利益になる行動を取るやつが増えるんだよ。自分は落ちてもいいから仲間のアシストをしよう、ってな。だから、この場で最適なのは、たとえその手の不穏分子がいたとしても問題なく勝てるような戦略ってことになる」

そこまで言って、俺は右手の端末をそっと目の前に掲げてみせた。すると同時、俺だけでなくチームメンバー全員の端末画面にとあるアビリティが浮かび上がる。

「《脆すぎる誓約》アビリティ……？」

――そう。

これこそが、昨日の夜に《カンパニー》と相談しながら効果の設定を行ったものだ。翠《みどり》の星のアビリティ《行動予測》を応用した自由自在な白紙《〈＊＊＊〉》のアビリティ。

「いいか？　こいつはな、《ＤＯＴ》の根幹である〝チーム内に必ず裏切り者がいる〟状況を逆手に取ったアビリティだ。内容はこう――【チームⅥのメンバーは特殊コマンド《スキル》を使用することが出来ない。この誓約が守られている限り、チームⅥのメンバーが使用する基本《ベース》コマンドの効果は《＋1》ではなく《＋2》に強化される】」

「……長い、無理、覚えられない。五文字以内で、もう一回……」

「圧縮率が半端じゃねえな……五文字は無理だけど、要は〝基本コマンドしか使えなくなる代わりにその効果が強くなる〟アビリティだよ。条件を破って特殊《スキル》コマンドを選ぶことも出来るけど、その場合はそいつが《封印》状態になる。ただし、三人以上が同時に特殊コマンドを選んだ場合は《脆《もろ》すぎる誓約》の方が破棄される……って感じだな」

「ふうん、なるほどね。それなら僕の《封印》も温存しておけることになる」

「ああ。特殊コマンドにはデメリット系の効果もたくさんあるから、裏切り者が暴《あば》れたらその瞬間に詰みかねない。けど、基本コマンドだけに限定すればそんなことは起こらないだろ？　強化《バフ》は自分の、弱体化《デバフ》は相手の使い魔に適用すればいいだけだ」

「……悪くねェ。悪くはねェが、せっかく稼いだ特殊コマンドを封じるのはチームにとってマイナスじゃねえのか？　テメェが裏切り者である可能性を考えればリスクしかねェ効果だと思うが……第一、基本コマンドだけで勝てる保証は？」

「あるよ。昨日も見た通り、この《決闘《ゲーム》》には連携コマンドって仕様がある。三つ以上の基本コマンドを既定の組み合わせで繋げた時だけ発動する特殊効果――これも、基本コマンドの組み合わせなんだから《脆すぎる誓約》で強化されるわけだ。幸い皆実《みなみ》が《心眼の使い手》を持ってるらしいし、俺も調査系アビリティを採用してるから連携の発動は自由自在。通常の倍速でステータスも上がっていくわけだし、俺はそこまでのハンデだとは思わないぜ？　特殊コマンドを使わないから負けた時の被害も最小限だしな」

「なるほど、な。……分かった。そういうことなら、オレは賛成だ」

そう言って、後はテメェらが決めろとばかりに腕を組んだまま目を瞑《つむ》る藤代《ふじしろ》。6ツ星たる彼が最初に乗ってきてくれたおかげか、結川《ゆいかわ》と皆実もさほど迷わずに同意を示す。新田《にった》は黙っていたがやがて首を縦に振り、一応は満場一致で〝誓約〟が稼働し始める。

「これで準備は完了だな。あとはどの使い魔を獲《と》りに行くか、だけど……」

端末のチーム情報画面に視線を落としながら静かに呟《つぶや》く俺。

改めての確認になるが、俺たちチームⅥの勝ち抜けに必要となる使い魔はS級の【ダイテンシ】とA級の【ビャッコ】と【ゲンブ】、そしてB級からは【ヘルハウンド】【ハヌマーン】【アンズー】の計六体だ。このうちB級の二種は既に入手しているため、今日の目標は主にA級とS級の獲得ということになる。

ここで、A級使い魔二種の所持者を確認しておこう——まず、【ゲンブ】を持っているのは霧谷凍夜だ。英明《えいめい》の誰ともチームメイトにはなっておらず、詳しい動向は全く分からない彼。ただ、あの霧谷《きりがや》がA級使い魔を持っている時点で難敵なのは間違いないだろう。

そしてもう一体、A級使い魔【ビャッコ】の所持者は十七番区天音坂《あまねざか》学園の一年生・夢野美咲だ。第2段階《セカンドステージ》の最多勝利、また第3段階《サードステージ》のトップ通過で大きな話題を集めている彼女だが、実はこの《DOT》《DropOutTamers》においてもとんでもない所業を果たしている。

今日の朝、姫路《ひめじ》と一緒に各チームの脱落状況を確認していたのだが――

『そして、最後にチームＸ――夢野美咲《ゆめのみさき》様が所属しているチームですが、こちらは例外ですね。彼女一人を残して全てのチームメンバーが脱落しています』

『はい、四人ともです。……おそらく、夢野様は《拡散》系のアビリティを使用しているのだと思います。対象プレイヤーの〝状態〟を他者に伝染させるアビリティ……チーム内で最も票を集めそうな人物を的確に読み、その方に《拡散》を作用させることで〝脱落状態〟を全員に広げたのでしょう。自身は《干渉無効》で守りながら』

『まさにダークホース、ですね。とんでもない一年生が現れたものです』

――とのことで。

（実際、どっちもヤバいことには変わりない……けど、Ａ級使い魔の入手は勝ち抜けの必須条件だ。Ａ級を持ってるチームは戦力的にそうそう負けないから、後半になればなるほど手が付けられなくなる。叩《たた》くなら早い方が良《い》いはずだ――特に、夢野は）

そこまで思考を巡らせた辺りで、俺は小さく首を横に振った。……夢野のエピソードは確かに強烈だが、逆に言えば彼女は《拡散》と《干渉無効》で二つもアビリティ枠を潰しているということだ。人数差も圧倒的だし、充分に勝ちの目はあると言っていい。

こうしてまずは夢野の持つ【ビャッコ】に狙いを定め、行動を開始することにした俺たち。だが、計画というのは得てして上手《うま》くいかないもので、移動を始めた矢先に別のチームと交戦になってしまう。それをどうにか撃退し、改めてisland tube《アイ・チューブ》の中継映像から夢野の居場所を探ろうとした……そんな時のことだった。

「――あら」

端末に視線を落としていた俺の耳に、ふとどこからか短い声が聞こえた。たった二文字なのに溢《あふ》れる不敵さと余裕とを見事に表現した口ぶり。わざわざ振り返らなくても豪奢《ごうしゃ》な赤の長髪がふわりと風に舞う様が思い起こされる、偽お嬢様の決まり文句。

「どうして他のチームを狙おうとしているのかしら、篠原《しのはら》。A級使い魔なら私も持っているのだけど……ふふっ、もしかして怖がってるの？　だとしたら意外な一面ね」

彩園寺更紗――桜花《おうか》の《女帝》、常勝無敗の元7ツ星。いつも通り不敵な笑みを口元に湛《たた》えた彼女は、胸元で緩く腕を組みながら紅玉《ルビー》の瞳を俺に向ける。

「…………」

そんな挑発めいた問い掛けに答える前に彼女の後ろへ目を遣《や》ってみれば、そこには四人のチームメイトが立っているのが見て取れた。そのうち二人は、当然ながら見知った相手だ。ふわふわのツインテールを揺らして嬉《うれ》しそうに両手を振っている秋月乃愛《あきづきのあ》と、木刀を腰に差したまま《鬼神の巫女《みこ》》モードで鋭い眼光を走らせる枢木千梨《くるるぎせんり》。

彼女は、俺の視線に気付いたのかふっと口元を緩めてみせる。

「また会ったな、少年。どうやら、君とは何かと縁があるようだ」

（う、嬉《うれ》しくねえ……）

戦場では〝会ったら逃げろ〟が合言葉の彼女に好戦的な感情を向けられ、内心引《ひ》き攣《つ》った笑みを浮かべる俺。それを誤魔化《ごまか》すためにも、続けて残る二人に意識を向ける——一人は、一応映像の中では見たことのある少女だ。阿久津雅《あくつみやび》、二番区彗星《すいせい》の6ツ星にして《ヘキサグラム》幹部の一人。じっと観察するような瞳をこちらへ向けてはいるものの、特に言葉を発するようなことはない。

「ど、どうも……あはは」

そして、一番端に所在なさげに立っているのは霧谷《きりがや》と同じ森羅《しんら》高等学校の制服を着た男子生徒だ。強豪揃《ぞろ》いの女性陣に圧《お》されているのか曖昧な笑みを浮かべている。……彼に関してはあまり情報がないが、他の四人だけでも過剰なくらいの戦力だと言っていい。

「ハッ……」

それでも俺は、右手をポケットに突っ込むと、カツっと靴を鳴らして彩園寺《さいおんじ》の前に進み出ることにした。お互いに少し手を伸ばせば届く距離。全力で煽《あお》り合いながらも小声の応酬が出来るいつもの間合いで、微《かす》かに口角を上げつつこう切り出す。

「誰が誰を怖がってるって？　今まで一回も負けてないのにお前を恐れる意味が分からない。単純な話、俺たちの狙いはお前の持ってる【スザク】じゃなくて【ゲンブ】と【ビャッコ】なんだよ。しかもそっちには秋月《あきづき》――英明《えいめい》の仲間までいる。積極的に攻める理由が一つもないだろうが」

「ふふっ、【ゲンブ】ね。それなら戦う理由はあると思うのだけど……それに、貴方《あなた》のチームにだって藤代《ふじしろ》くんがいるじゃない。だけど私は躊躇《ちゅうちょ》なんかする気はないわ。だって、今ここで貴方たちから使い魔《リソース》を奪っても、藤代くんなら勝ち上がってきてくれるって信じてるから。……つまり、貴方は秋月さんを信じてないってことで良《い》いのかしら？」

「何かと思えば詭弁《きべん》じゃねえか……秋月は強いぜ？　６ツ星の中でも相当な上位に食い込むはずだ。だけど《ＤＯＴ》《DropOutTamers》はただ強いだけで勝てるような《決闘》《ゲーム》じゃないだろ」

「わ……えへへ、褒められちゃった♪　ありがと、緋呂斗《ひろと》くん♡」

「……む。何よ、あたしのことは滅多《めった》に褒めてくれないくせに……ふ、ふんだ。もういいわ、これ以上あんたが何を言おうと絶対に逃がしてあげないから――！」

何故《なぜ》かムッと唇を尖《とが》らせた彩園寺がそんな言葉を発した瞬間、彼女のチームから俺たちに向けて交戦申請が発令された。為《な》す術《すべ》もなく、あっという間に交戦が成立する。

（!?　お、おいおい、マジで仕掛けてきやがったぞあいつ……！）

最終的には交換か何かで穏便に終わらせるつもりだった俺は、冷静なフリをしつつも内心で慌てふためく羽目になる――あくまでも《決闘》《ゲーム》内の一交戦だからこの勝負の結果が俺たちの〝嘘《うそ》〟を脅かすようなことはないが、俺と彼女が争うのは基本的にご法度だ。どちらが脱落しても揃《そろ》って破滅を迎えるんだから、よく考えて動かなきゃいけない。

だというのに、目の前の彩園寺《さいおんじ》は赤髪を払いながら不敵な笑みを浮かべている。

「ふふっ……先に言っておいてあげるけれど、私が交戦に選出するのはA級使い魔【スザク】よ。固有能力がとっても優秀だし、それに貴方《あなた》たちはまだA級を持っていないはずだから、この交戦では私がそっちの使い魔の種類まで指定できることになるわ。選ぶのはB級使い魔【ヘルハウンド】――それさえ手に入れば最後のピースが埋まって、同時に〝七勝〟達成でS級クエストも最終指令に突入するの」

「……は？　じゃあお前ら、A級の二体目を確保してるのか？」

「ええ。だから言ったじゃない、交戦する理由ならちゃんとあるって。持っているのは私自身じゃないけれど、ついさっき霧谷《きりがや》との交換を通じてA級使い魔の【ゲンブ】を手に入れてるわ。まあ、その交換の影響で彼の方が先に〝裏切り条件〟を満たしちゃったみたいだけど……そういえば、彼から貴方に一つ伝言よ？　『こんな状況でてめーに勝ってもつまらねえ。綺麗《きれい》に掃除を済ませてから最終決戦《ファイナル》に上がって来い』……だって」

「ッ……」

彩園寺からもたらされた衝撃的な情報に二の句が継げなくなり、そっと右耳のイヤホンに指を遣《や》る俺。すると、一瞬の間を開けてから囁《ささや》くような声音が返ってくる。

『確認しました。……リナの言う通りですね。つい先ほど、霧谷様が一時的にA級【スザク】を入手し、見事に勝利条件を達成しています。《DOT《DropOutTamers》》初の突破者、ですね』

姫路《ひめじ》の補足によって嘘やデタラメの線も消え、余計に彩園寺の真意が読めなくなる。言動を見る限り、本気で俺から使い魔を奪おうとしているようにしか見えないが――

（いや……もしかして、そういうことなのか？）

――瞬間、それまでとは真逆の思考に至って小さく目を見開く俺。

そもそもの話、この《決闘《ゲーム》》で〝複数のチームが同時に勝つ〟のは不可能だ。例えば俺たちと彩園寺たちとではS級の【ダイテンシ】とA級の【ゲンブ】、それからB級の【ヘルハウンド】が共通の必須使い魔になってしまっている。《DOT》内に複数存在するB級はともかく、A級以上は絶対に両立不可能……だから、俺と彩園寺が二人とも最終決戦《ファイナル》へ進出するためには、どちらかが先に勝利条件を達成してそれらの使い魔をリリースする必要がある。順番はどちらが先でも構わないが、とにかく前後だ。同時じゃない。

（……分かったよ。なら、ここはどっちが勝っても恨みっこなしってことで）

優雅に腰に手を遣る彩園寺に対し、俺はそんな意図を込めて小さく頷《うなず》くことにする。

そして、ようやく交戦が準備段階へ移行した――まず申請側、チームⅢの使い魔は【スザク】だ。メインプレイヤーはもちろん彩園寺。A級を投入するからには負けた場合のリスクはかなり大きくなるが、彼女の表情に迷いの色は一切ない。

ともかく、そんな彩園寺が指定してきたのは宣言通り【ヘルハウンド】だ。ただ、該当の使い魔は俺も結川《ゆいかわ》も持っているため、ここでメインプレイヤーの選択が発生する。

最初は無駄に自信満々な結川が問答無用で参加しようとしていたのだが——

「——わたしに、やらせて」

「え？」

「交戦……《女帝》さんと、戦ってみたい。わたしの《変質》アビリティで、【リヴァイアサン】を【ヘルハウンド】に変えられるから……いい？」

予想外の一言と共に、皆実《みなみ》が第三のメインプレイヤー候補として躍り出た。結川はほんの一瞬反論しかけたものの、すぐに息を呑《の》んでそのポジションを譲ってしまう。……おそらく、皆実から放たれる一種異様な雰囲気に気付いたのだろう。以前の《決闘《ゲーム》》でもちらりと見せた本気の色。ゾクッと全身に鳥肌が立つくらい鋭利で強烈な才能の片鱗《へんりん》。

「コマンドだけじゃなくて使い魔まで《変質》させられるのか……そんなに便利なアビリティなら温存しておいて欲しかったけど、まあ一回くらいは好きにやらせてやるか」

じ、と覗《のぞ》き込んでくる彼女の視線に負け——たわけではないのだが、とにかく一つ頷《うなず》く俺。それを受けた皆実は「……ありがと」と小さく呟《つぶや》いて、俺たちの前に歩み出る。

そんな彼女の姿を見て、対面の彩園寺《さいおんじ》は不思議そうに首を傾《かし》げてみせた。

「……ふうん？　てっきり篠原《しのはら》が来ると思っていたのだけど、雫《しずく》なのね」

「そう、わたし。……あなたとは、一度戦ってみたいって思ってた。何故《なぜ》なら、凄《すご》くタイ

プ……もしわたしが勝ったら、あんなことやこんなことをさせて欲しい」

「あら、なかなか情熱的じゃない。気持ちは嬉《うれ》しいけれど、私が負けるなんてことは絶対にないからその約束は成立しないわ」

「うれしい、の？　そう……じゃあ、わたしが負けたら、代わりにあんなことやこんなことをさせてあげる。これで、対等……」

「……ふふっ。捻《ね》じ込《こ》んでくるわね、相変わらず。いいわ——かかってきなさい、雫」

くすりと上品な笑みを浮かべながら、彩園寺《さいおんじ》はすっと右手を前に差し出した。と……それに応じて端末のＡＲ機能が作動し、彼女の頭上に伝説の神獣【スザク】を召喚する。同時、Ａ級限定の演出なのか、どこか神々しい輝きが【スザク】の体躯《たいく》を取り囲んだ。色合いといい悠然とした所作といい、まさしく彩園寺にぴったりの使い魔だ。

「じゃあ、お言葉に甘えて……かかって、いく」

それからほんの一呼吸遅れて、皆実《みなみ》の方も自身の使い魔を呼び出した。Ｂ級使い魔【ヘルハウンド】。呼吸と共に炎を吐く黒犬が天空を舞う【スザク】に咆哮《ほうこう》を上げる。

一瞬の共鳴——それが、交戦開始の合図となった。

「ッ……」

序盤、優位で進行したのは皆実の方だ。その戦略は至ってシンプルで、強化《バフ》に強化《バフ》を重ねて自身の使い魔を魔改造する……と、言ってしまえばそれだけのこと。そこに《脆《もろ》すぎる誓約》の効果で全ての基本《ベース》コマンドが上方修正を受けていることがプラスに働き、さらに彼女の採用している二種のアビリティが絶妙に噛《か》み合った。

「しんぷる、いず、べすと……」

そう――《変質》こそある種の飛び道具だったものの、彼女は何も特殊なアビリティばかりを持ち込んでいるわけじゃない。使っているのは汎用の《数値管理》と、アビリティの使用可能回数を回復できる《リサイクル》という名の汎用アビリティだけだ。けれど皆実は、それらの出力を調整することで半無限機関を作り出すことに成功していた。《数値管理》で基本コマンドを強化し、次に《リサイクル》で《数値管理》を回復し、今度は《数値管理》を《リサイクル》に……というように、互いの効果をループさせることで絶大な効果を生んでいる。駒場《こまば》戦ではどちらも使っていなかったところを見るに、やはりあの時はちっとも本気じゃなかったんだろう。

（……あれ？　っていうか……）

今の皆実の行動で一つとんでもない事実に気付いてしまったような気がするが……ともかく、2ターン目終了時点での両使い魔のステータスはこんな感じだ。

【チームⅢ：彩園寺更紗《さらさ》。使用使い魔：A級〝南方守護・スザク〟】
【使い魔ステータス：ATK《攻撃力》7　DEF《防御力》6　SPD《速度》9　LP《体力》8（＋1）】

【未使用のセットコマンド：こうげき＋／こくうほう／じじょうじばく】
【チームⅥ：皆実雫《みなみしずく》。使用使い魔：B級〝壱の業火・ヘルハウンド〟】
【使い魔ステータス：ATK《攻撃力》4（＋27）　DEF《防御力》5　SPD《速度》5　LP《体力》5（＋22）】
【未使用のセットコマンド：ぼうぎょ－／たいりょく＋／そくど＋】

……何というか、いっそ笑えるくらいの超性能だ。通常の攻撃ですら【スザク】に与えられるダメージは25点。2ターン目のコマンド選択で彩園寺《さいおんじ》がダメージ無効の【てっぺき】を選んでいなければこの交戦はとっくに終わっていた。しかも、基本《ベース》コマンドの効果は単発ではなく永続だ。【てっぺき】を失った今、彩園寺の手持ちに【ヘルハウンド】の火力を受けきれるコマンドなんて存在しない。それどころか、おそらく秋月《あきづき》が仕掛けたのだとは思うが、自身のDEFを0にするデメリットコマンドまで顔を覗《のぞ》かせている。

「ふふっ……」

ただそれでも、皆実の対面に立つ彩園寺はいつも通り不敵で余裕の笑みを浮かべたままだ。間違いない。間違いなく、あいつは何か隠している。

「3ターン目……ここで、終わらせる。勝つのは、わたし……」

「あら、奇遇ね雫《しずく》？　私も全く同じ意見よ」

無表情のまま勝利宣言をかます皆実と、それを不敵な笑みで受け止める彩園寺。

そうして、迎えた3ターン目の指令《オーダー》フェイズ——皆実は、宣言通りこの交戦を終わらせに掛かったようだ。二つのアビリティで複合強化した【そくど＋】を【ヘルハウンド】に適用し、SPDに関してもA級の【スザク】を軽々と置き去りにする。加えて、基本コマンドを三連続で選んだことで対応する連携効果も発動した。【体力《L》—攻撃《A》—速度《S》】の連携コマンド【自滅特攻《すてみのいちげき》】。自身のLPを半分消費する代わり、あらゆる防御効果をすり抜けてATKに比例した大ダメージを与える強力なコマンドが姿を現す。

が——

「《すり替え》アビリティ発動。このターンに選択したコマンドと私の所持コマンドの一つを強制的に入れ替えるわ」

豪奢《ごうしゃ》な赤の髪を払いながら彩園寺は静かに呟《つぶや》く。……相手の選択を確認してから〝後出し〟でコマンドを変更できるアビリティ。なるほど、俺の《脆《もろ》すぎる誓約》とはかなりベクトルが違うが、こちらも交戦では無類の強さを発揮するものだろう。選んだコマンドを任意に入れ替えられるんだから、裏切り者の仕掛けだって簡単に打ち消せる。

「これで、私の【じじょうじばく】を別のコマンドに——そうね、せっかくだから【スザク】の特殊コマンド《スキル》【じょうかのほのお】に変更しようかしら。効果は〝対象の使い魔に掛けられた強化・弱体化効果を全て無効にする〟っていうものよ。【ヘルハウンド】の全ステータスを初期値に戻すわ」

「！　なんて、こと……せっかく強い子に育てたのに、残念」

「ふふっ、そうね。でも、それだけじゃないわ。……気付いてる、雫？　全ての強化《バフ》が切れたのだから、【ヘルハウンド】のLP《体力》は元の数値――5に戻ってるわ。そこから連携コマンド【自滅特攻《すてみのいちげき》】で体力を半分削るから、残りのLPは3。そして、私の手持ちには防御力無視で確定先制3ダメージを与える【こくうほう】が残ってる」

「ぁ……で、でも」

「いいえ、巻き返しなんて有り得ないわ。私、最初からこの展開を狙っていたんだもの」

「……っ……」

圧倒的な優位をたった一手で引っ繰り返された皆実《みなみ》は、動揺からかしばらく青の瞳を見開いていた。それからやがて悔しげに下唇を噛《か》み、無言で彩園寺《さいおんじ》に背を向ける。……敗北を認める、ということだろう。確かに、こうなってしまえば彼女に為《な》す術《すべ》はない。

「……くやし、すぎ」

こうして、元最強と常勝無敗の《女帝》との交戦は、彩園寺更紗《さらさ》の勝利に終わった。

＃

「むぅ……」

チームⅢとの交戦が終わっておよそ一時間半。

彩園寺に負かされた皆実は、未《いま》だにむすっと不満げに黙り込んでいた。……いや、表情はほとんど変わっていないのだが、纏《まと》う雰囲気が明らかに淀《よど》んでいる。この一時間半で別のチームと何度か交戦したりもしているのだが、その間もずっとこんな調子だ。自身の策を逆手に取られて負けたのが相当悔しかったと見える。

「ううん。悔しかった、だけじゃない……リソース的にも、大損害」

ポツリと呟《つぶや》く皆実。

そう――ルールにも記載されていたことだが、A級以上の使い魔は特殊コマンド《スキル》とは別に固有の能力を持っている。【スザク】のそれは〝徴収〟だ。A級使い魔【スザク】を使用して交戦に勝利した場合、負かした相手が今後得るはずのリソースや恩恵、その他諸々、を一定時間代わりに得ることが出来る……という、なかなかに鬼畜な固有能力。その影響下にあったため、先ほどの交戦でも皆実だけは使い魔を入手できていない。

「…………」

ただ、その〝徴収〟に関しては、もはや気にする必要もなくなっていた――何せ、ほんの五分ほど前、彩園寺のチームがS級使い魔の獲得に成功し第4段階の勝ち抜けを決めたという情報が入ったからだ。真っ先に裏切り条件を満たした霧谷《きりがや》に続き、通常の勝利条件で最終決戦《ファイナル》進出を決めた初のチーム。……これでチームⅢの裏切り者である秋月《あきづき》は脱落が確定してしまったわけだが、こればっかりは仕方ないだろう。むしろ、秋月《あきづき》が妨害していなければあのチームは初日で《決闘《ゲーム》》をクリアしていた可能性すらある。

ともかく、そんなわけだから彩園寺《さいおんじ》たちの所持していたA級使い魔二種、及びその他の使い魔は全てクエスト報酬として復活《リスポーン》している。当然、S級クエストの報酬である【ダイテンシ】も再び入手可能になった、という状況だ。俺たちが彩園寺との交戦で失ったのは皆実《みなみ》の【ヘルハウンド】だけであるため、まだまだチャンスはあると言える。

「むむむ……抜け駆け、禁止……」

……が、皆実からすればそもそも彩園寺が先にクリアしてしまったこと自体がお気に召さないようだ。本当はすぐにでもリベンジマッチを挑みたかったんだろう。

と——そんな時だった。

『失礼いたします、ご主人様。現在、《DOT《DropOut Tamers》》のプレイヤーが約一名、高速でそちらへ近付いているようです。このIDは……十七番区？』

（十七番区って……あ、天音坂!?）

若干の緊張を帯びた姫路《ひめじ》の声に思わず目を見開く俺。……天音坂《あまねざか》の所属で、しかも一人きりで行動しているプレイヤーとなれば彼女しか有り得ないだろう。A級使い魔【ビャッコ】を所持する一年生。初日でチームメイトを全滅させた危険人物《ダークホース》——夢野美咲《ゆめのみさき》。

（ッ……どうする？【ビャッコ】を持ってるプレイヤーと交戦できるならこっちとして

も望むところだ。だけど、向こうから来るってことは何かしら〝策〟が——）

『いえ。大丈夫ですよ、ご主人様。悩む必要などありません——もう、来ますので』

「え」

姫路の囁《ささや》きが再び鼓膜を撫《な》でたその瞬間、タタタタタッと爆速で地面を蹴る音が遠くから聞こえてきた。覚悟を決める暇もなく、そいつはザッと俺たちの目前でローファーの靴底を滑らせる。薄桃色のショートヘアに小柄な体躯《たいく》。慣性の法則に従ってふわりとスカートが宙に舞う中、彼女はまるで決めポーズのように右手で顔を半分隠して——一言、

「わたし、参上っ!!」

「…………」

「さあさあついに来てしまいましたよラスボス・篠原緋呂斗《しのはらひろと》さんとのご対面！　好戦的な視線が観察するかのようにわたしの全身を嘗《な》め回《まわ》してきます！　それをわたしは余裕の笑みで回避！　しゅばっ、と武器を取り出します！」

「……武器なのか、それ。俺には端末に見えるけど」

「いいんです、端末こそがわたしの武器なので！　研ぎ澄まされた一振りの刃《やいば》！　そんなわけで——わたしと交戦してください、篠原さん！　びしっと指を突き付けます！」

やたらと勢《い》いの良い彼女の台詞《せりふ》に気圧《けお》されて……というか、高すぎるテンションに置いて行かれて少しの間黙り込む俺。内心で息を整えてから再びゆっくりと言葉を紡ぐ。

「ったく……交戦はいいけど、自己紹介くらいしたらどうだ？　色々唐突すぎるぞお前」

「はっ！　わ、わたしとしたことが……わたしの物語はわたしが主人公なので、自己紹介なんて正直要らないと思ってました！　反省します――そして、わたしの名前は夢野美咲《ゆめのみさき》です！　天音坂《あまねざか》学園の一年生！　趣味は妄想で特技は好きな夢を見れること、です！」

威勢よくそんな言葉を口にした桃色の髪のダークホース、夢野美咲。

その言動から変わったやつだと分かる彼女だが、どうやら標的になっているのは俺だけのようだ。憎たらしいくらい可愛《かわい》い顔をふふんと歪《ゆが》ませ、夢野は改めて啖呵《たんか》を切る。

「とにかくわたしと勝負してください、篠原《しのはら》さん！　わたしの覇道を、わたしの物語を阻むのはラスボスである篠原さんしかいないんですっ！」

「主人公とかラスボスとか、何言ってるのかよく分からないけど……お前、ちゃんと状況を理解してるのか？　お前は一人で俺たちは五人。《DOT《DropOutTamers》》の交戦ではメンバーが一人一つずつコマンドを選ぶんだから、はっきり言ってこっちがめちゃくちゃ有利だぞ？」

「そう言われるのは何ページも前から予想済みでした！　でも問題ありません、わたしの三つ目のアビリティは《オーバーブースト》――状況がわたしにとって不利であればあるほど自己強化がかかるというものです！　今は〝チームメイトが全滅〟という危機的状況なので、わたし一人で五つのコマンドをセットするくらい朝飯前！　ついでに、A級使い魔による固有能力だってあります――【ビャッコ】の〝咆哮《ほうこう》〟は、特殊コマンドの効果をさらに強化する支援能力！　なので全っ然、よゆーです！」

「……へえ？　ってことは、最初から一人で進めるつもりだったのか」

「当たり前です！　篠原さん、もしかして人狼《じんろう》のルールも知らないんですか？　村人の数と人狼の数が同じになったら人狼の勝ち、人狼を全滅させたら村人の勝ち、ですよ。だったら、主人公であり村人であるわたしは細かいことなんか考えずに〝全員倒せば勝ち〟ってことなんです！　はい、ここでわたしに眩《まばゆ》い後光が差し込みます！」

好戦的な表情でそんなことを言い放つ夢野。……まあ確かに、考え方としては間違っちゃいない。チームメイトを全員葬れば裏切りの心配もなくなるんだから、ある意味で真っ当な攻略法だ。が、思い付いたとしてもそれを実行に移せるかどうかというのは全く次元の違う話だろう。頭のネジが何本か飛んでいないと挑めない。

が……《DOT》の参加者は、そもそも全員が二十五万人中の上位百人に食い込むような実力者。いわゆる〝普通〟のプレイヤーなんて最初からいないわけで。

「……分かった、いいぜ」

俺は、夢野の目の前で静かに端末を取り出すと、不敵に笑みを——

「ちょっと、待ってくれませんか？」

――と。

瞬間、俺の言葉を遮るようにしてやけに聞き覚えのある男の声が聞こえてきた。落ち着いた雰囲気の優しげな声音。だというのに脳内の警報《アラート》がめちゃくちゃに掻《か》き鳴らされているのを自覚しつつ、俺は小さく息を呑《の》みながらそっと後ろを振り返る。

そこで俺の視界に入ったのは四人の男女だった――いや、その括《くく》り方はおかしいか。正確には、一人の男とその他三人だ。どう見てもリーダー格である男が一人だけ前に進み出て、にこやかに目を細めている。十日ほど前から毎日のように《ライブラ》の中継で取り上げられている男。〝正義〟の二文字と共に知られる清廉潔白の代名詞。

「……佐伯《さえき》、薫《かおる》」

ポツリとその名を口にする俺。……対する彼の方はそれに気付いたようだったが、何も言わずに笑みを深めた。そうして、すっと目を細めたまま柔らかな口調で続ける。

「《ノーゲーム》アビリティ発動。チームXとチームⅥの交戦を強制的にシャットアウトします。以降一時間、君たちは互いに交戦申請することが出来ません」

「え……な、何ですかそれ⁉　優しそうな笑顔を向けられると思わず納得してしまいそうになりますが、わたしは毅然《きぜん》と対抗しますよ⁉　きりっ！」

「残念ですが、対抗されても何も変わりません。……困るんですよね、彼に君の【ビャッコ】が渡ってしまうと。それだけで僕らの計画が大きく狂ってしまう」

緩やかに首を振りながらそう言って、それきり夢野《ゆめの》から視線を切る男。

彼は、改めて俺たちに——否、俺に視線を向け直すと、芝居がかった仕草で大きく腕を広げながらにこやかな笑みでこう言った。

「直接会うのは初めてですね、篠原緋呂斗《しのはらひろと》くん。改めて、僕は佐伯薫。彗星《すいせい》学園所属の6ツ星です。……いえ、もしかしたらこう名乗った方が分かりやすいかもしれませんね。正、義、の、組、織、《ヘ、キ、サ、グ、ラ、ム、》——すなわち、君、の、不、正、を、断、罪、す、る、プ、レ、イ、ヤ、ー、ですよ」

＃

二番区彗星のトップにして《ヘキサグラム》リーダー・佐伯薫の登場からわずか数秒。

辺りには、既に一触即発の空気が流れ始めていた。

中でも最も分かりやすく反発心を露《あら》わにしているのは夢野美咲《みさき》だ。彼女は威嚇するような前傾姿勢で薄桃色の髪を揺らし、不機嫌そうな視線を佐伯に突き付けている。

「む……！　わたしを無視して話を進めないでください、主人公であるわたしを！　というか《ノーゲーム》ってどういうことですか!?　わたしは篠原さんを倒さなきゃいけないんです！　関係ない人が水を差すなら容赦しませんよ!?　がるるるる！」

「水を差したのは謝りますが、関係ないとまで言われると寂しいですね。僕も君たちと同じ《DOT《DropOutTamers》》の参加者ですよ？　そして、世紀の大悪人である篠原《しのはら》くんに【ビャッコ】が渡ってしまうことを危惧している。おそらく、君は彼に負けるでしょうから」

「なっ……なんてことを！　いい加減にしてくださいっ！」

「それは僕らの台詞《せりふ》ですよ、夢野《ゆめの》さん。篠原くんの勝ち抜けをアシストしようとするなんて、もはやれっきとした〝悪〟ですよ？　僕ら《ヘキサグラム》はあらゆる悪を断罪します──というわけで、それ、僕らが管理させてもらいますね？」

言って、佐伯《さえき》が小さく腕を横へ遣《や》った……瞬間、後ろの三人の中から筋骨隆々な一人の男が一歩前に進み出た。《ヘキサグラム》幹部、近江《おうみ》学園所属の5ツ星・都築《つづきこうと》航人。彼が自身の端末を掲げた途端、どこからともなく煙のようなエフェクトが立ち上り、瞬く間に夢野の端末を包み込んだ。すると直後、彼女の持つ白き聖獣──【ビャッコ】が交戦中でもないのに実体化し、煙に囚われるような形で都築の端末に吸い込まれていく。

「……《捕縛》完了、です。ご苦労様でした、航人」

そんな様を最後まで見届けて、ニコリと笑った佐伯は優雅な口調で言葉を継いだ。

「【セイリュウ】に続いて、これでA級使い魔は二体目ですか。【ゲンブ】の復活先《リスポーン》は既に調べが付いていますから、三体目までは簡単に揃《そろ》えられそうですね。出来れば全て集めてしまいたいところですが……【スザク】は、少し難しいかもしれません」

「A級を全部揃える……？　そ、そういう凄《すご》いのは主人公であるわたしの専売特許なんですけど！　っていうか《捕縛》って、そんなのズル――」

「交戦で相手を倒さなければ使い魔を奪えない、などというルールはありませんよ？　まるで僕らが不正をしているとでもいうような言い方はやめてもらいたいものです。というか……夢野さん、僕は君にチャンスを与えているつもりなんですよ。君は篠原くんにA級使い魔を差し出すという悪行を犯しそうになり、その罰として僕らに【ビャッコ】を預けた。罪を償った。なら、あとは改心して《決闘《ゲーム》》を続けてくれればそれでいいんです。逆に、これ以上文句を言ってくるつもりなら僕らにも考えが――」

「――逃げろ、夢野」

「へあ!?　で、でもですねっ！」

「いいから!!」

あえて荒っぽく叩《たた》き付《つ》けた俺の声に一瞬だけびくっと肩を竦《すく》ませた夢野だったが、やがて「《ヘキサグラム》のアホ～！　どこが正義の味方ですか!!」と捨て台詞を残して去っていった。……とりあえず、夢野《あいつ》に関してはこれでいいだろう。佐伯が何をしようとしていたのかはよく分からないが、何にせよよろくなことが起こるとは思えない。

高速で視界から消える彼女の背を見送りながら、佐伯はそっと肩を竦めてみせた。

「あれ、行ってしまいましたか……反省の言葉を聞きたかったんですが。まあ、それは今後を見て判断するとしましょう。彼女の罪は未遂に終わったことですし……さて」

そこで一旦言葉を止めると、佐伯《さえき》はすっと目を細めたまま俺たちの方へ身体《からだ》を向け直した。人好きのするような、けれどどこか底の知れない穏やかな笑顔。

「っ……!!」

そんなものを見て、少し離れた位置に立つ新田《にった》が声にならない悲鳴を上げたのが分かった。フードを深く被《かぶ》っているため表情こそ分からないが、無意識レベルでじりじりと後退《あとずさ》っている。恐怖と畏怖と拒絶と服従、様々な感情が折り重なったような反応だ。

が、それには一切触れることなく佐伯は柔らかな声で続ける。

「ようやく落ち着いて話せますね、篠原《しのはら》くん。《決闘《ゲーム》》は順調に進んでいますか?」

「どうだろうな。たった今、どこかの誰かにA級使い魔を横取りされたところだけど」

「あはは。でも、上手《うま》くいかない原因はそれだけじゃないんじゃないですか? 今回は僕らが、そして《ライブラ》の中継を見ている誰もが君の監視役になっているんです。〝いつもの不正〟が出来ないから結果も振るわない……そう思われても仕方ありませんよ。現に、今の段階で既に五名が最終決戦《ファイナル》へと駒を進めています。……良《い》いんですか? 7ツ星なのにまだこんなところにいて」

「それで煽《あお》ってるつもりかよ。第4段階《セミファイナル》は早く勝ち抜けたところで何かしらアドバンテージがあるわけでもない。トップ通過だろうが十六番手だろうが価値は同じだろ」

「ふふ……そうですね、もちろんそうです。本当に通過できるのであれば、ですが」

笑いながら新田に視線を向ける佐伯と、それを受けて再びびくっと身を縮める新田。

やはり、加賀谷《かがや》さんの言っていた通りなんだろう——新田佐奈《さな》は、俺を潰すために《ヘキサグラム》が用意した刺客だ。彼女を脱落させれば直ちに致命的な事態になり、対処に手こずって《決闘《ゲーム》》の攻略に失敗するようなことがあれば、それは〝俺が不正を封じられていたからだ〟と断定される。正義とは似ても似つかない卑劣な手段……だが、傍《はた》から見れば確かに正義の執行としか映らない。

そんな正義気取りの《ヘキサグラム》リーダーは、薄ら笑いのまま続ける。

「というわけで、君に関してはわざわざ僕らが手出しをするまでもないんです。この《決闘《ゲーム》》が終わる頃には、どちらが正しかったか証明されているでしょうから」

「そうかよ。随分と人任せな正義の味方だな」

「効率的な、と言って欲しいものですね。それに、もちろんこのまま帰るというわけではありませんよ？　実は君たちに一つ提案があるんです」

そう言って、佐伯は胸ポケットから端末を取り出すと、一瞬だけ細めた視線を画面に落としてみせた。それからすぐに諦めたような仕草で首を振り、改めて顔を持ち上げる。

「ねえ、篠原くん。君たちはB級の【ヘルハウンド】を二体持っていますよね？」

「それが質問なら俺の答えが正しい保証はないし、確認ならお前の言葉に意味がないな」

「あはは、冷たい対応ですね。ちなみに正解は後者です、少し君との会話を楽しみたかっただけですよ。とにかく、その【ヘルハウンド】――B級使い魔なので《決闘《ゲーム》》内に三体存在しているんですが、そのうち二体が君たちの元にあるんです。そしてもう一体は先ほどの少女……夢野美咲《ゆめのみさき》さんが持っていた。そちらの皆実《みなみ》さんが《変質》で生成した【ヘルハウンド】が復活《リスポーン》しているならそれを取りに行っても良かったんですが、さすがにチームⅢの皆さんがクリアしたタイミングで消滅してしまっているようでして」

そんなことを言ってひらひらと端末を掲げみせる佐伯《さえき》。……なるほど、さっき確認していたのはそれか。要するに、彼らは【ヘルハウンド】を入手したくて、現状でそれを持っているのが俺たちと夢野だけなんだ。疑似的な占有状態ということになる。

「というわけで、その使い魔を僕らに差し出して欲しいんですよ。もちろん、タダとは言いませんよ？　ダブっているB級が何体かいますから、好きなものを選んでいただいて結構です。もし頷《うなず》いてくれるなら――夢野さんと違って篠原《しのはら》くんの罪は決して消えたりしませんが――この場は見逃してあげましょう。悪い話じゃないと思います」

「…………」

柔和な笑顔のまま上から目線の取引を提示してくる佐伯に対し、小さく目を眇《すが》めて黙り込む俺。……と、不意に後ろからぐいっと肩を掴まれた。

「ど、どどど、どうするんだ篠原ッ！　《ヘキサグラム》と敵対するなんて僕は絶対に御免だぞ！　B級使い魔一体で見逃してくれるなら従った方が良《い》いんじゃないか⁉」

「絶対、ダメ……何言ってるの？　もしかして、ばか？」

「ばっ――」

「……馬鹿とまでは言わないけど、でも皆実の言う通りだ。よく考えてみろよ、結川《ゆいかわ》。あいつらはA級を二体も持ってて、さらにB級を大量にダブらせるくらい戦力を持ってるってのにわざわざ俺たちのところに出向いてきてるんだぞ？　計画ってのが具体的に何なのかはまだ分からないけど、とにかく【ヘルハウンド】はそのために絶対必要な使い魔なんだ。逆に言えば、それさえ奪われなければあいつらの策は進まない」

「だろォな。ここで【ヘルハウンド】を渡す選択は有り得ねェ――もしそれでもグダグダ抜かすつもりなら、結川。テメェがこのチームの裏切り者だ」

「なっ……ち、違う、僕じゃない。僕だって渡さずに済むならそれがいいと思っている」

「なら、決まりだ」

　ぶっきらぼうな口調で言い切る藤代《ふじしろ》。

　残る新田《にった》は、相変わらず俯《うつむ》いたままで賛成も反対もしていない……というか皆実に縋《すが》りついていないと立っていられないくらいに怯《おび》えてしまっているが、仮に彼女が異を唱えたところで多数決的には覆らないことになる。チームⅥの結論は〝抵抗する〟で確定だ。

「ってわけで――聞こえてたよな、佐伯？　不本意だけど相手してやるよ」

「……なるほど。分かりました、では交戦で勝負を付けましょう。ただし、こちら側のメインプレイヤーは僕ではありません。僕のチームの——そして《ヘキサグラム》の仲間である有望な一年生にこの場を託そうと思います」

「《ヘキサグラム》の、一年生……？」

聞き覚えのある言葉の並びに俺がようやく彼女の不在に気付いたその瞬間、佐伯《さえき》は俺の直感を肯定するかのようにすっと目を細め、気取った仕草でぱちんと指を打ち鳴らしてみせた。すると直後、コツっ……と固い足音が後ろの方から聞こえてくる。

もはや確信に近い予感を抱きながら振り返ってみれば、そこには。

「お待たせしました、篠原《しのはら》先輩——約束通り、来ましたよ？」

長い黒髪を揺らして佇《たたず》む、水上摩理の姿があった。


——《SFIA《スフィア》》第4段階《セミファイナル》《DOT《DropOutTamers》》二日目中盤。

俺は、同じ学区の後輩である水上摩理《みなかみまり》と真正面から対峙《たいじ》していた。

「それでは、後はお願いしますね摩理さん？　君の活躍には心底期待しています。《ヘキサグラム》の名に恥じぬよう、ぜひ君だけの役目を果たしてください」

「はい……っ！　分かりました、何としてでも薫《かおる》さんの期待に応えてみせます！」

優美で優雅な笑みを浮かべる佐伯に対し、水上は心から嬉《うれ》しそうな声音でそう言って思いきり頭を下げてみせる。それを満足そうに受け止めて、細い目を一瞬だけ俺に向けた佐伯はゆっくりとその場を去っていった。……おそらく、まだ手に入っていないA級使い魔とやらを確保しに向かったんだろう。チームメイトの男女二人も後に続く。

そうして、この場に残ったのは水上と、それからもう一人の男子生徒だけだ。筋骨隆々という表現がぴったりの体育会系男子。例の緊急配信でも佐伯の後ろに映っていた《ヘキサグラム》の幹部・都築航人《つづきこうと》。……ただ、彼はいわゆるお目付け役のようなものなんだろう。離れたところで腕を組んでいるだけで、こちらへ声を掛けようともしてこない。俺たちの目の前に立っているのはあくまでも英明《えいめい》の一年生、水上摩理その人だ。

つまり、

（同士討ち作戦、ね……ったく。佐伯のやつ、最初からこれが狙いだったのかよ）

今さらになってそんなことに気が付くが、さすがにどうしようもないだろう。切り替えるように小さく首を横に振ってから、俺は改めて対面の水上に声を掛ける。

「よう、水上。お前が俺を嫌ってるのは知ってたけど、まさか交戦まですることになるとは思わなかった。同じ学区のプレイヤーと戦うのは悪手だって分かってるんだよな？」

「当たり前です、そんなこと。でも、私には先輩を更生させるという重要な使命がありますから。薫さんに託された大事な大事なお仕事です——その目的を達成するためなら、多少のデメリットくらい平気で乗り越えられます！」

「それで英明が不利になっても、か？　俺だけならともかく、浅宮《あさみや》だってまだ《決闘《ゲーム》》を続けてる。俺に挑むってことはあいつも裏切ることになるんだぜ？　……俺たちは、お前を英明《えいめい》の仲間だと思ってるんだけどな」

「っ……そ、それでもです！　私は、私の正義を信じていますから！」

浅宮《あさみや》の名前を出した瞬間に一瞬だけ躊躇《ためら》いが見えたものの、ぶんぶんと流麗な黒髪を振ってそんな迷いを断ち切る水上《みなかみ》。よほど俺が〝悪〟だと信じているか、あるいは信じ込まされているんだろう。彼女の信念は揺るぎなく、譲歩する気など微塵もないようだ。

「分かった、じゃあ交戦だ。……けど、具体的にはどうするつもりだ？　後ろに一人残ってるみたいだけど、他の仲間は行っちまったぞ。さっきの夢野《ゆめの》みたいに人数的なデメリットを帳消しにするアビリティでも採用してるのか？」

「いいえ、そういった事実はありません。そもそも私は、先輩とだけ決着をつけに来たんです――ですから、今回は変則ルールの採用を提案します。交戦に参加するプレイヤーは一対一。使い魔の選出は一体ずつで、選択できるコマンドも一つずつ。この状況で1ターンだけ交戦を行い、相手の使い魔により大きなダメージを与えたプレイヤーが勝者となります。報酬は相手の手持ちから好きな使い魔を一体、でどうでしょう？」

「……なるほど」

水上の提案を受け、そっと右手を口元へ遣《や》る俺。

《DOT》《DropOut Tamers》の交戦は基本ルールこそきっちり決まっているが、お互いの同意があればそこそこ自由に改変できるようになっている。中でも、水上が申し出てきたのは〝ミニマムルール〟とでも名付けるべきものだ。プレイヤーも使い魔もコマンドも全て最小単位で、純粋に〝与えたダメージの量〟を競い合う。わずか1ターンで勝負が決まる電撃戦だ。

『――でしたら問題なさそうですね、ご主人様』

同時、右耳のイヤホンからそっと囁《ささや》くような声が聞こえる。

『1ターンでは連携も発動しない、というのが水上様の狙いなのかもしれませんが、他のプレイヤーが関与しないのであれば《カンパニー》が不正《イカサマ》をしても気付かれることはありません。水上様の選択がどんなものであってもコマンドの差し替えで対応可能かと』

（ああ、確かにそう……なんだけど）

姫路《ひめじ》の声を聞きながらちらりと水上に目を向ける俺。……あれだけ俺の不正を暴《あば》くと息巻いていた彼女のことだ。俺が嘘をつく、あるいはイカサマをすることで何かしらのデメリットが生じるようなアビリティを持ち込んでいても不思議はない。もしそれを警戒するのであれば、この交戦だけは何の小細工もなしで勝たなきゃいけないことになる。

そこまで考えてから、俺は改めて端末を確認してみることにした。所持使い魔はそれなりに増えてきているが、B級は変わらず【ヘルハウンド】だけだ。加えて、姫路も言っていたように基本《ベース》コマンド一つじゃ連携も発動しないし、特殊《スキル》コマンドを使うには《脆《もろ》すぎる誓約》を破棄しなきゃいけない。今の戦略的にはかなりミスマッチだ。

（一対一の交戦だから、《脆《もろ》すぎる交戦》がなくても裏切り者に出しゃばられるようなことはない。でも、この後のことを考えれば維持しておきたいし……って、待てよ？）

と——そこで、端末の画面上を彷徨《さまよ》っていた俺の視線がふととある使い魔のところで止まった。……そういえば、こいつがいたか。昨日の作戦会議でも軽く話題に上がっていたＣ級使い魔。あまりのピーキーさに今までは候補にも入らなかったが、今回の変則ルールにおいてはもしかしたら最適解になるかもしれない。圧倒できる、かもしれない。

「気配が変わりましたね。……イカサマの準備は整いましたか、先輩？」

「ん？　……ああ、そうだな。不正かどうかはともかく、お前を倒す準備は整った——そろそろ交戦開始と行こうぜ、水上《みなかみ》」

　挑発めいた水上の問い掛けに応じて俺が全ての選択を終了させたその刹那、俺と水上の真横にお互いの使い魔がＡＲ機能で実体化した。相変わらず迫力のある光景に誰かの感嘆が漏れ聞こえる……が、それが〝疑問〟と〝違和感〟によって上書きされるまでそう時間はかからなかった。何しろ、俺たちの選出はどちらもセオリーからは外れるものだ。

【チームⅨ：水上摩理《まり》。使用使い魔：Ａ級〝西方守護・ビャッコ〟】
【使い魔ステータス：ＡＴＫ《攻撃力》６　ＤＥＦ《防御力》８　ＳＰＤ《速度》７　ＬＰ《体力》７】

【チームⅥ：篠原緋呂斗《しのはらひろと》。使用使い魔：C級〝フェアリー〟】
【使い魔ステータス：ATK1　DEF1　SPD15　LP1】

「⁉　ま、待て待て待て待て……！」

水上の隣に現れた猛《たけ》り狂う白き虎と、俺の頭上をふわふわと飛び回る小さな妖精。それらに指を突き付けて、結川《ゆいかわ》が泡を食ったような勢いで文句を言い始める。

「【ビャッコ】⁉　【ビャッコ】だと⁉　おかしくないか、この交戦は君たち個人の戦いのはずだ！　何故《なぜ》そっちの男が《捕縛》した使い魔を君が選出できている⁉」

「何故、と言われても、それは私たちの戦略の一部です。そういったアビリティを使っているから、とはお答えできますが、それ以上は全て黙秘します！」

「ぐ、ぬっ……じゃあそれはいい！　篠原、君は君でどういうつもりだ⁉　例の連携とやらも使えない超短期決戦だというのに何故そんな雑魚使い魔を選択した！」

「雑魚、ね。……そう見えるなら黙って観戦しててくれよ、結川。きっと面白いものが見られると思うぜ」

後ろを振り向かないまま、つまりは水上と対峙《たいじ》したままそんな返答を口にする俺。

向かい合って立つ俺と水上の間には、既にお互いの選択したコマンドが伏せられた状態で並べられている。1ターン限りのミニマムルールだから心理戦も何もない。これが捲《めく》られた瞬間に、この交戦の勝敗は確定する。

　そこで、窺《うかが》うように流麗な黒髪を揺らしつつ、対面の水上《みなかみ》が静かに声を掛けてきた。

「余裕ですね、先輩。……良《い》いんですか？　早く不正をしないと勝てなくなっちゃいますよ。もし先輩が負けたら、今までの嘘《うそ》を全部白状してもらいますから」

「別にいいぜ？　嘘なんかついてないし、こんなところじゃ負けない。というか……そんな台詞《せりふ》が出るってことは、やっぱりイカサマに反応するアビリティか何かを採用してたんだな。で、そいつが反応してないのに俺が余裕そうだから焦《あせ》ってる、ってとこか？」

「っ……いいえ、焦ってなんかいません。だって、先輩は嘘つきなんです。嘘で成り上がっただけの悪い人です。そんな人に、私たちの正義が負けるはずありません!!」

　裂帛《れっぱく》の啖呵《たんか》——同時、派手なエフェクトと共に互いのコマンドが開示された。

　まず、水上が選んだのは特殊《スキル》コマンド【あくまのけいやく】だ。B級使い魔【サキュバス】の持つ固有技で、内容は〝自使い魔のLP《体力》・DEF《防御力》・SPD《速度》を好きなだけ減らし、その合計値×3をATK《攻撃力》に加算する〟という代償付きの強化《バフ》効果。【ビャッコ】の固有能力のおかげか、事前の調査よりも強力な効果に変わっている。ここで減らしたLPはダメージという扱いにならないため、今回のルールでは理想的なコマンドと言えるだろう。

　そして、対する俺が選んだのは、

「【そくど＋】コマンド……ですか？」

そう——俺が自身の使い魔に施したのは、基本《ベース》コマンドの一つである【そくど＋】だった。《脆《もろ》すぎる誓約》があるため強化値は《＋2》になっているが、それでも【あくまのけいやく】に比べれば相当に見劣りする。というか、これじゃＡＴＫは上がらない。

提示された両者のコマンドを見比べて、水上は戸惑ったように訊《き》いてくる。

「ど、どういうことですか？　この期に及んで速度の強化なんて……というか、連携が発動できないのにただの基本コマンドなんて。こんなの先輩らしくありません！」

「俺らしいって、そりゃ一体どういうイメージだよ。素直で分かりやすい選択だろ？」

「む……あの、先輩。この際だから言っておきますけど、私は《正義の鉄槌《てっつい》》——〝交戦相手がルールに則《のっと》っていない行動をした場合にそのプレイヤーを直ちに《決闘《ゲーム》》から締め出す〟という効果のアビリティを採用しています。もし私を油断させてその上で何か不正を働こうとしているのだとしたら、そんなの全部無駄ですよ？」

「不正不正って言うけど、残念ながら俺はこれまで一度もそんなことした例《ためし》はねえよ。っていうか、もしそんな不正まみれのヤツが堂々と7ツ星の座に居座り続けてるなら星獲《と》りゲームのシステムそのものが脆すぎると思わないか？」

「だ、だからこそ学園島《アカデミー》公認組織である私たち《ヘキサグラム》がしっかりと目を光らせて——って、話を逸《そ》らさないでください、先輩！」

ぶんぶんと長い黒髪を横に振って、水上は挑むような視線をこちらへ向けてきた。

「もう……じゃあ、勝っちゃいますからね？　【あくまのけいやく】コマンドで【ビャッコ】のLP《体力》とSPD《速度》を6ずつ代償に捧《ささ》げて、これを三倍した値をATK《攻撃力》に加算します。つまり、合計ATKは42——先輩の使い魔に41点のダメージ、ですよ」

「まあ、ダメージ計算としては確かにそうなるな。でも……その前に、だ」

　口元を緩めながらそう言って、俺は静かに頭上を指差した。そこに投影されているのは俺の使用使い魔【フェアリー】のステータス一覧だ。もちろん、それ自体は最初から表示されているのだが、現在そのうちの一つが緩やかに点滅しているのが見て取れる。

「使い魔ステータスの一つ、SPD……行動順が勝敗を分けるようなギリギリの交戦じゃないとなかなか取り沙汰されないけど、こいつは〝先手後手の決定〟だけじゃなく〝命中率〟にも関《かか》わる意外と重要なステータスだ。この《決闘《ゲーム》》において、攻撃の命中率は【（自身のSPD）÷（相手のSPD）】で計算される。つまり、SPDが高ければ高いほど攻撃は当たりやすくて、低ければ低いほど当たりにくい」

「そんなこと、知ってますけど…………って、あれ？」

「気付いたか。確かに知ってはいたんだろうけど、知ってるだけだったんだよ。SPDの差なんて普通は大した数字にならないから〝避けられる〟なんて経験がまずないし、そもそも【こくうほう】やら【しめつける】みたいに〝命中判定がない〟特殊《スキル》コマンドも多いから、SPDに特化させても意味がない。けど、一撃の重さを競うこのルールならその手のコマンドはまず選ばれないって言い切っていい。で……よく見ろよ？　俺の【フェアリー】は確かにC級だけど、SPDだけはめちゃくちゃ高いんだ。【そくど＋】を反映すればSPD17。A級よりも遥《はる》かに高い。しかも、【あくまのけいやく】の代償で【ビャッコ】のSPDは1まで下がってる――この場合、【ビャッコ】の攻撃が当たる確率は？」

「1／17で、約6％……6％!?」

俺の出題に即答しつつ、自分で導いたその答えに衝撃を受けて目を見開く水上《みなかみ》。……そう。SPDに大きな差がある影響で、【ビャッコ】の攻撃命中率は10％を割り込んでいるんだ。当たれば確かに大ダメージだが、当たらなければ意味はない。

「っ……で、でも！」

目の前の状況に悔しげな表情で下唇を噛《か》んでいたものの、それでも水上はぱっと顔を持ち上げた。そうして【フェアリー】のステータスに人差し指を突き付ける。

「確かに私の攻撃は避《よ》けられるかもしれません。でも、【フェアリー】のATKは【ビャッコ】のDEF《防御力》より低いままじゃないですか！　先輩の攻撃だって0ダメージです！」

「まあそうだな。で、その場合はどうなるんだ？　引き分けで交戦終了か？」

「引き分け、って……まさかそれが狙いだったんですか？　残念ながら今回のルールはサ、ド、ン、デ、ス、方式ですよ、先輩――最初に選んだコマンドを毎ターン適用して、決着がつくまで交戦を続けます。なので、私の勝ちは決まったようなものですね。私の方はあくまでも確率ですが、先輩の方は絶対にダメージが入らないんですから！」

「……いや、そいつはどうかな」

勝ち誇ったような顔でそんな宣言をしてくる水上《みなかみ》に対し、俺は余裕の笑みで応じる。

「コマンドを一つしか選べないミニマムルール。でも、サドンデスに突入すれば2ターン目、3ターン目が発生する。ってことは、必然的にコマンドの連携だって発動するだろ」

「！　じゃ、じゃあ【フェアリー】を使ってたのは……ターンを進行させるため!?」

「そういうことだ。んで、【速度《S》―速度《S》―速度《S》】の連携は【疾風迅雷《つばめがえし》】――風より早く動いて相手の攻撃を躱し、防御力無視の貫通攻撃を与えるコマンドだよ。もちろんそれまでに【ビャッコ】の攻撃が当たればお前の勝ちだけど、毎ターン【そくど＋】が積まれるんだから命中率はどんどん下がってく……ま、せいぜい運試しでもしてみてくれよ」

不敵な態度でそう零《こぼ》しつつ、2ターン目の指令《オーダー》としてもう一度【そくど＋】を選択する俺。対する水上の方も【あくまのけいやく】を再度発動し、戦闘《バトル》フェイズに突入する。圧倒的なSPD《速度》で先制を取ったのは【フェアリー】だが、しかしATK《攻撃力》1の攻撃が【ビャッコ】の体躯《たいく》に傷を付けるようなことはなく、【そくど＋】の重ね掛けでさらにSPDの差が開いているため後手に回った【ビャッコ】の攻撃は案の定スカッと空を切る。

そして、3ターン目――俺の宣言通り、【そくど＋】が三連続で選択されたことにより連携コマンド【疾風迅雷《つばめがえし》】が発動した。これまでとは明確に違うエフェクトを帯びた【フエアリー】が【ビャッコ】の懐に入り込み、刃《やいば》のような一閃《いっせん》を食らわせる。対応する【ビャッコ】の攻撃は……やはり、当たらない。

「……っ……」

それを見届けるのと同時、対面の水上はふらりと倒れ込むようにして膝を突いた。同時に長い黒髪が舞い上がり、彼女の受けた衝撃の大きさを物語る。……おそらく、だが、彼女は佐伯薫《さえきかおる》に唆されて心の底から〝俺が不正だけで勝ち上がっている悪者〟だと信じ込んでいたんだろう。だからこそ、《正義の鉄槌《てっつい》》アビリティが反応していないのに自分が負けた、という現実が受け止められずに呆然《ぼうぜん》としている。有り得ない事態に動揺している。

そんな水上の様子を見て、俺が声を掛けようとした——その時だった。

『——ご苦労様です、摩理《まり》さん』

「っ！　か、薫さん……!?」

突如俺と水上の間に端末の投影画面が展開され、画面の向こうから柔和な笑みを浮かべた佐伯薫が顔を覗《のぞ》かせた。おそらく都築《つづき》——今も向こうで腕を組みながらこちらを監視している《ヘキサグラム》幹部の彼が折を見てビデオチャットを繋いだんだろう。尊敬するリーダーの姿に水上がパッと立ち上がり、画面に向かって思いきり頭を下げる。

「すみません、でした……！　私、先輩に……篠原《しのはら》先輩に負けてしまって」

『うん、航人《こうと》から聞いていますよ。やはり彼は一筋縄ではいかないようですね』

「面目ないです……ただ、次は絶対に負けません！　今日の午後にでも再戦を――」

『再戦？　うーん……いや、そんなことしなくていいですよ？』

「……え？」

『再戦などする必要はありません。だって、君の役目は既に終了しているんですから』

言って、画面の向こうの佐伯《さえき》はそっと自身の端末を掲げてみせた。個人ではなくチームの手持ち情報を表す画面。そこには、何故《なぜ》かB級【ヘルハウンド】の姿がある。

意味が分からないというようにポカンと口を開く水上《みなかみ》を他所《よそ》に、佐伯は静かに続けた。

『《捕縛》完了、です。……実はですね、君と篠原《しのはら》くんが交戦をしている間、航人《こうと》がこっそり動いてくれていたんです。狙いは篠原くん――ではなく、結川《ゆいかわ》くん。彼が【ヘルハウンド】を持っていることは分かっていましたから、隙を見て奪わせていただきました』

「んなっ!?　い、いつの間に……!?」

佐伯の声と同時、俺の背後では結川の慌てふためく声が聞こえる。……どうやら、ブラフというわけでもなく本当に盗《と》られているようだ。彼らの〝計画〟とやらに欠けていた超重要なB級使い魔――それが、いとも容易《たやす》く奪われてしまった。

けれど、

「ま……待ってください、薫《かおる》さん」

そんな光景を目の当たりにしてふらりと足を踏み出したのは水上だ。彼女は怯《おび》えるような、あるいは縋《すが》るような曖昧な表情で画面の向こうの佐伯に問いかける。

「あの。……私は、先輩の嘘を暴《あば》こうと思って――先輩に勝とうと思って、この交戦に挑みました。《ヘキサグラム》の正義のために、勝つつもりでした。でも、私の〝役目〟はそれじゃなかったってことですか？　時間稼ぎの囮《おとり》をすること……だったんですか？」

『？　変なことを訊《き》きますね、摩理《まり》さん』

　否定してくれ、と全力で訴えかけるような水上の質問。それを受けて、佐伯はくすりと笑みを浮かべてみせた。にっこりと目を細めた優しげな笑顔。誰もがついていきたくなるくらい穏やかな表情のまま、彼はいつもと変わらない口調で言い放つ。

『当たり前じゃないですか。僕も、航人も、他のメンバーも、この交戦で君が勝つだなんて想定はしていませんよ。君の役目は英明《えいめい》学園の後輩として篠原くんを確実に釣り上げること、そして彼らを足止めすること。君はその役目を充分に果たしてくれました――だから、もういいです。君にこれ以上の利用価値はありません』

「……りよう、かち……？」

『あはは。何だ、まだ気付いていなかったんですか？　君が《ヘキサグラム》の仲間になりたいと申し出てきた時、僕らは〝君が水上真由《まゆ》の妹だから〟その申し出を承認したんです。英明の隠れた天才、水上真由――彼女を仲間に引き入れるための仲介役として、君には一定の価値があった。ただ水上真由は想定以上に動いてくれず、僕らは彼女を諦めることにしました。この時点で君には〝篠原緋呂斗《しのはらひろと》の後輩〟というわずかな価値しか残っておらず、そして君はその価値を発揮して【ヘルハウンド】を手に入れる一助となってくれました。素晴らしい働きです。……ああ、もし篠原くんに【ビャッコ】を奪われることを危惧しているのだとしたら、それは問題ありませんよ？　君の〝鍵〟は一時的に無効化していますけど少なくとも数時間は僕らのリソースにアクセスできませんので、悪《あ》しからず』

「――――…………っ」

考え得る限り最悪と言っていい佐伯《さえき》の返答に、何も言えず呆然《ぼうぜん》と崩れ落ちる水上《みなかみ》。感情の許容量《キャパシティ》はとっくに限界を迎えているらしく、反論も悲鳴も、絶望すらも出てこない。

『……最低、ですね』

そんな水上の姿を見て、恐ろしく冷たい声音がイヤホンの向こうから聞こえてきた。今まで聞いたこともないくらいはっきりとした〝怒り〟に染まった姫路《ひめじ》の声。それを聞くとはなしに聞きながら、俺も思わずぎゅっと拳を握り締める。……さすがに、いくら何でもこれはない。別に正義の味方を気取るわけじゃないし、俺と水上はどちらかと言えば敵対的な立場だが、だからと言ってこの仕打ちはあんまりだ。水上からすれば、佐伯薫《かおる》は自分を救ってくれた正義の象徴であり尊敬の対象。そんな人間にここまで残酷な言葉を突き付けられれば心が壊れてしまうことくらい、誰だって想像できるはずなのに。

（いや……こいつは、それが分かった上でやったんだ。水上を切り捨てるために、再起不

能にするために……ッの、野郎……!!)

そこまで考えた辺りであまりにも胸糞《むなくそ》が悪くなり、俺はタンッと音を立てて一歩前に踏み出ることにした。あからさまに水上《みなかみ》を庇《かば》うというような立ち位置でもないが、それでも佐伯《さえき》の視線をこちらへ向けさせることには成功する。

そうして――なるべく感情を目立たせないように――微《かす》かに声を低くして、一言。

「よう、佐伯。やっぱり、そっちの薄汚いのがお前の本性か」

『イヤですね、君という悪を滅ぼすためには多少の犠牲が必要だというだけの話です。本物の〝正義〟を持つ彼女ならきっと分かってくれると思いますが?』

「そうかよ。俺には信頼してた人間に裏切られて絶望してるようにしか見えないけどな」

『あは、意外と優しいんですね篠原《しのはら》くん。こういう間柄でもなければ一度お茶でもしてみたかったところですが――って、そんなに怖い顔しないでくださいよ。冗談です』

のらりくらりと話を本筋から逸《そ》らそうとする佐伯に俺が視線を鋭くすると、彼はすぐに破顔して首を振った。そうして、切り替えるように『さて』と呟《つぶや》く。

『とにもかくにも、これで準備は整いました。せっかくですから、皆さんにも見ていただきましょう――航人《こうと》、ビデオチャットをisland tube《アイ・チューブ》の配信に繋げてもらえますか?』

「ああ」

佐伯の指示に一つ頷《うなず》き、大柄な男が手元で端末を操作する。俺たちの視界上は特に何の変化もないが、おそらく目の前の画面がそのまま全島に配信されているんだろう。

それを手元の端末で確認しつつ、佐伯は相変わらず穏やかな笑顔で続けた。

『どうも、皆さん。《ヘキサグラム》の佐伯薫《かおる》です。《SFIA《スフィア》》の、そして《DOT《DropOutTamers》》の途中ですみませんが、僕らに少しだけ時間をください』

『僕らは、この《決闘《ゲーム》》に一つの特殊アビリティを持ち込みました——その名も《限定共有》。僕の持つ色付き星《ユニークスター》を用いて作り出したアビリティです。効果は、少し複雑なんですが……簡単に言えば、特定の人にだけアクセスできる架空倉庫《クラウドストレージ》を生み出すアビリティ、でしょうか？　僕が作成した〝鍵〟を持つ任意のプレイヤーは共有の倉庫にアクセスできるようになり、使い魔を出し入れできるようになる。誰かが強力な使い魔を手に入れれば鍵を持つ全員が使用できますし、当然勝利条件にだって適用できます』

『現在、僕らは三種のA級使い魔と十種のB級使い魔をこの《限定共有》内に確保しています。残念ながら【スザク】だけ居場所が分からなかったのですが、まあ大きな支障はありません。最後のピース——S級の【ダイテンシ】さえ埋まれば、鍵を持っていてクリアに【スザク】を必要としない全員が最終決戦へと勝ち上がれることになりますからね。ちなみに、僕らはこれを〝聖別〟と呼ぶことにしています』

『ああ、この場合のクリアは通常のチームの括《くく》りとは異なるものですよ？　あくまでも鍵を共有する架空のチームとして勝ち抜けることになります。たとえ裏切り者が抜けたとしても残される皆さんには全く影響ありませんので、その点はどうぞご安心ください』

柔和な笑顔のままとんでもない言葉を口にする佐伯《さえき》。

水上《みなかみ》に対する仕打ちのせいで冷静な思考が出来ていない、というのもあるが……彼の話は、はっきり言ってめちゃくちゃだ。任意のプレイヤーと架空のチームを作れる《限定共有》アビリティ。鍵を持つプレイヤーたちのリソースは、全て一つの〝倉庫〟のような形で共有される。なるほど、だから水上が【ビャッコ】を使えるわけだ。だから使い魔の収集効率が異常に良いわけだ。おそらく、佐伯や二人の幹部以外にも《ヘキサグラム》の仲間はいくつかのチームに散らばっていたんだろう。そしてそいつらは、聖別により軒並み最終決戦《ファイナル》へ勝ち上がる。

そんな俺の焦《あせ》りを他所《よそ》に、画面の向こうの佐伯は優雅な口調で続ける。

『ですが――もちろん、僕ら《ヘキサグラム》の目的はただイベントに勝利することではなく、篠原《しのはら》くんの不正を暴《あば》くことです。そちらにも少し言及しておきましょうか』

『僕らが勝ち抜けた後、《限定共有》の架空倉庫《クラウドストレージ》はある種の〝牢獄〟に変化し、内部に囚われている全ての使い魔は取り出すことが出来なくなります――当然、僕らのクリアによってクエスト報酬に復活《リスポーン》することもない。B級は複数体いるのでどうとでもなりますが、【スザク】を除く三体のA級使い魔とS級の【ダイテンシ】は獲得不可能となります』

『まあ、本物の7ツ星なら突破できて当然の拙い仕掛けではありますが……よければ、僕らからの挑戦として受け取ってもらえればと思います』

言って、にっこりと目を細める佐伯。

そうして彼は、静かに手を伸ばすとカメラの画角をほんの少しズラしてみせた。すると瞬間、画面には神々しさを残したまま磔にされた美しい天使の姿が映り込む。

『では最後の仕上げに参りましょう――見えるでしょうか？　こちらに映っているのがS級使い魔【ダイテンシ】です。先ほど《女帝》さんとの鮮烈な交戦がありましたのでご存じの方も多いとは思いますが、改めて』

『実は、既にS級クエストの最終指令……【ダイテンシ】の討伐は完了しています。ただ他のピースが揃《そろ》っていなかったのでこうして待っていたんですよ。最後の一押しは、やはり【ダイテンシ】でないと格好がつかないかなと思いまして』

『あは。それでは、天使による〝聖別〟の時間です。鍵を託されたプレイヤーは、無条件で最終決戦《ファイナル》へとご招待しましょう。他の方は……そうですね、篠原くんが本物の7ツ星だという微《かす》かな可能性に期待して、彼を応援してみると良《い》いかもしれません』

言って、佐伯は手に持った端末を【ダイテンシ】に掲げてみせた。途端に青白い光が広がって天使の全身を包み込み、数秒後には再び彼の端末へと吸い込まれる。……S級クエスト達成、だ。これにより、佐伯の《限定共有》に最後の1ピースが加わった。

『では――篠原くん、せいぜい足掻《あが》いてみてくださいね？』

そんな挑発めいた台詞《せりふ》と共にビデオチャットの画面が立ち消える——と、同時、右耳にセットしたイヤホンの向こうが慌ただしい音を立て始めるのが分かった。おそらく、彼らの〝聖別〟によって誰が《決闘《ゲーム》》を勝ち抜けたのか調べてくれているんだろう。さすがに最終決戦《ファイナル》への進出枠が埋まり切ったということはないはずだが……

「——お？　お、おお……？」

と——その時、同じく呆然《ぼうぜん》と端末を見つめていた結川《ゆいかわ》が不意に妙な声を上げた。彼はしばらくポカンと画面を見つめてから、徐々にその表情を歓喜の色に変えていく。

「……どうした、結川？」

「ふ、ふふっ……あはは！　そうか、篠原《しのはら》には来ていないのか！　いいや、来ているわけがないな——ああ、どうやら僕は〝選ばれた〟みたいだ！」

「選ばれた、って……もしかして」

「そうさ！　所持使い魔のページに先ほど佐伯《さえき》が言っていた鍵が入っていた！　S級、A級、B級……本当に【スザク】以外全て揃《そろ》っている！　僕の勝利条件も達成だ！」

「っ……乗るのかよ、それ。お前、《ヘキサグラム》の勧誘は断ったんじゃなかったか？」

「そうだけど、こうもお願いされたら仕方ないさ！　僕の力を貸してやろう——!!」

結川の話から途中で意識を切り、じっと思考を巡らせる俺。……やはり、そうか。聖別とはいっても、基本的には《ヘキサグラム》の仲間か、少なくとも彼らの息がかかったプレイヤーしか勝ち上がれないようになっているんだろう。結川がどれだけの意思で《ヘキサグラム》の誘いを断ったのかは知らないが、この状況なら乗るしかない。

と……直後、感情を抑えつけているのか普段よりもやや固い姫路《ひめじ》の声が耳朶《じだ》を打った。

『お待たせしました、ご主人様。今しがた行われた〝聖別〟ですが、これにより勝利条件を満たしたプレイヤーは——すなわち佐伯薫《かおる》の《限定共有》にアクセスする〝鍵〟を持っていて、かつ【スザク】を勝利条件として必要としないプレイヤーは、佐伯薫自身を含めて四名いたようです』

『佐伯薫、結川奏《かなで》、石崎亜子《いしざきあこ》、柳壮馬《やなぎそうま》……全員別のチームのメンバー、かつ《ヘキサグラム》の関係者ですね。先ほど佐伯薫と一緒にいたチームメイトの二人は徽章《きしょう》を付けていませんでしたし、おそらく〝聖別〟のことも〝鍵〟のことも聞かされていなかったのでしょう。……というか、【スザク】が捕らえられていなくて本当に良かったですね。もし全ての使い魔が揃っていたら、《DOT《DropOutTamers》》はこの場で終わっていたかもしれません』

『それと……先ほどの条件を満たすプレイヤーの中で、二名だけ《決闘》に残っている方がいらっしゃいます。間違いなく〝鍵〟を持っていて、おそらくは【スザク】が必要なわけでもない……それなのに勝ち抜けていないプレイヤーが』

『一人は、そちらにいる都築航人《つづきこうと》様——十番区近江《おうみ》学園所属の5ツ星にして《ヘキサグラム》の幹部です。もちろん彼が〝裏切り者〟なら佐伯薫と勝利条件が異なっている可能性はありますが、とにかく《DOT》に残っています』

『そして、もう一人が……水上摩理様』

「っ……！」

その辺りで姫路《ひめじ》の言いたいことを全て察し、俺は下唇を噛《か》みつつ黙り込む。……条件から言えば、水上《みなかみ》は勝ち抜けていなければいけないはずだ。けれど、そこで先ほどの佐伯《さえき》の言葉が蘇《よみがえ》る。君の鍵は無効化しています——その台詞《せりふ》の意味が、今なら分かる。

（つまり、水上は——）

「…………」

——《ヘキサグラム》から完全に捨てられたと、そういうことになるのだろう。

打ちひしがれたようにぺたりと座り込む彼女の姿を見つめながら、俺はぎゅっと強く右手の拳を握り締めていた。

【《SFIA《スフィア》》第4段階《セミファイナル》《Drop Out Tamers》——途中経過】
【最終決戦進出者一覧《ファイナル》：霧谷凍夜《きりがやとうや》／彩園寺更紗《さいおんじさらさ》／枢木千梨《くるるぎせんり》／阿久津雅《あくつみやび》／不破深弦《ふわみつる》
佐伯薫《さえきかおる》／結川奏《ゆいかわかなで》／石崎亜子《いしざきあこ》／柳壮馬《やなぎそうま》】
【残り突破可能人数：七名】

STOCタイムライン／island tubeコメント欄
ここまでの《決闘》結果への感想

11:37「お！ついに勝ち抜け出た！初クリア！」

11:37「やっぱ霧谷１位抜けか、すげーなあいつ」

11:38「霧谷＝裏切り者は解釈一致」

14:22「彩園寺さん勝った！」

14:22「わ、あんなん勝てるんだ…【ダイテンシ】めちゃ強かったのに」

14:22「でもチームⅢの面子で負けるとか想像できなくない？チートだもん、チート」

14:22「いいや、チームなど無関係だ。僕の女神がこのような場所で負けるはずがない」

14:22「余裕かよ久我崎」

14:23「枢木強かったな。あと阿久津？ってやつも凄いわ。さすが彗星」

14:23「何でもいいけど乃愛ちゃんマジ可哀想」

15:11「お、何これ？佐伯？」

15:14「って、えええええええええ！？な、なんっじゃそりゃあああ！？」

15:14「やっぱ！《ヘキサグラム》ガチじゃん！？」

15:14「《ヘキサグラム》がノーブレーキでガン攻めしてる件」

15:14「彗星マジ半端ねえ…久しぶりに出てきたと思ったらこれかよ、強すぎだなおい」

15:14「てかこれ詰んでない？第４段階終了じゃない？」

15:15「聖別の衝撃が強すぎてしばらく夜しか寝られない」

15:15「結川こっそり勝ってるのウケる。けど、これは篠原終わったな…」

第五章　覚悟の証明

＃

《SFIA《スフィア》》第4段階《セミファイナル》《DOT《DropOutTamers》》二日目終盤。

佐伯《さえき》による〝聖別〟が行われて以降、《決闘《ゲーム》》は端的に言って停滞していた。

まあ、それも当然のことだろう。最終決戦《ファイナル》の枠が減っただけならまだしも、佐伯の《限定共有》が勝利条件に関《かか》わる使い魔を閉じ込めてしまっているためそもそも〝何を目指せばいいか〟が分からない。S級クエストを進めても【ダイテンシ】は囚われているし、交戦を仕掛けたところでA級以上の使い魔はどこのチームも持っていない。

「ぴんち……」

常にマイペースな皆実《みなみ》でも唇を尖《とが》らせながら足をぱたつかせているような状況だ。

ちなみに――現在俺たちがいるのは、先ほど水上《みなかみ》と交戦を行っていた場所から程近いオープンカフェの一角だ。聖別によって一足先に《DOT》をクリアしてしまった結川《ゆいかわ》を除き、チームⅥのメンバー四人でラウンドテーブルを囲んでいる。件の水上はと言えば、あの後すぐにふらふらとどこかへ行ってしまった。さすがに心配だったが、わざわざ頼むまでもなく姫路《ひめじ》がサポートを買って出てくれている。

そしてもう一人、同じく《ヘキサグラム》の被害者である新田佐奈《にったさな》についても、さっきからずっと口を噤《つぐ》んだままだ。もはや取り繕うことも敵《かな》わず、その表情は佐伯への恐怖で青褪《あおざ》めたまま。改めて《ヘキサグラム》への怒りが沸き上がってくる。

「――とりあえず、まずは状況整理からだ」

と……そこで声を上げたのは、しばらく無言で思考に耽《ふけ》っていた藤代慶也《ふじしろけいや》だった。凶悪な眼光で俺たちの顔をぐるりと順に見渡してから、彼は低い声音で続ける。

「例の〝聖別〟――《ヘキサグラム》の大技によって、この《決闘《ゲーム》》をクリアするための道はほとんど閉ざされた。これについて、テメェらの意見を聞かせろ」

「ん……あの人、きらい。ストーカーと不良の方が、まだマシ……」

「どうもな。けどそういうことじゃねェ。現状は詰みなのかどうかって話だ」

「？　なら、簡単なこと……詰みなわけ、ない」

こてりと首を傾《かし》げて青のショートヘアを揺らしつつ、淡々とした口調でそんなことを言う皆実。彼女の発言に追随するかのように、俺も小さく頷《うなず》いてみせる。

「ああ、同感だ。佐伯のアビリティは確かに壊滅的な状況を作り出したけど、だからと言って致命的とまでは思わない。挽回《ばんかい》の可能性は絶対にあるはずだ」

「ほォ。根拠は？」

「二つある。一つは、まだ《決闘》が続行してることだ。現状がもし本当にどうしようもない〝詰み〟ならそろそろ運営側からストップが入ってるはずだろ？　既に突破が確定してる九人だけで最終決戦《ファイナル》をやればいい。んで、もう一つは――」

「――都築航人が残ってる、から」

　俺が二つ目の根拠を話そうとしたその瞬間、皆実《みなみ》が相変わらず淡々とした口調で割り込んできた。彼女はじ、と青の瞳をこちらへ向けつつ、静かに続きを口にする。

「《ヘキサグラム》の幹部……マッチョの人。あの人が残ってるのが、一番不思議……最終決戦のことを考えたら、絶対連れていきたいはず」

「ああ、そうだな。もしかしたら単にあいつが〝裏切り者〟で【スザク】がないから勝ち上がれなかった、ってことなのかもしれないけど、だとしても切り捨てられたってわけじゃないはずだ。あいつには絶対に何か〝役割〟がある」

「役割か。……ストレートに考えりゃ、やっぱり【スザク】絡みだろうな。あのA級が確保できてなかったせいで勝利条件を満たせなかったやつが何人かいるはずなんだ。じゃなきゃ、最終決戦《ファイナル》の枠が七つも余ってるなんざお粗末すぎる」

「だな。つまり、都築は【スザク】を手に入れて残りの《ヘキサグラム》メンバーを最終決戦に連れていく担当ってことだ。だとしたら――いや、そうじゃなくても、佐伯《さえき》の〝牢獄〟はいつか破られる前提のモノってことになるだろ？　だって、牢獄が解除できない仕様なら都築自身《つづき》も最終決戦《ファイナル》に進出できないことになる。それはさすがに有り得ない」

二人の推測をまとめるようにそんな言葉を口にする俺。……完璧な正解かどうかはともかく、大筋はこんなところだろう。《ヘキサグラム》の幹部である都築航人《こうと》。彼の存在こそが、《DOT》《DropOutTamers》にクリアルートが残っていることのこの上ない証明になっている。

「ただ、問題はそれが何なのか、ってことなんだよな……」

考え込むように呟《つぶや》きながらとんっと背もたれに重心を預け、俺はこっそりと右耳のイヤホンに指を遣《や》る。……現状を打破するためにも、知っておきたいのは佐伯のアビリティの詳細だ。そんなわけで、《カンパニー》には少し前にその解析を依頼していた。

そして直後——俺の合図に応じて返ってきたのは、何やら興奮に満ちた椎名《しいな》の声だ。

『お兄ちゃんお兄ちゃん！　かいせきかんりょう、だよ！　あの人のアビリティ、なんかすっごく強いかも！　なんかね、《限定共有》が条件指定で……えっと、何だっけ？』

『あーはいはい、説明はおねーさんがやるよん。……やほー、ヒロきゅん元気？　今ツムツムが言ってたことなんだけど……ほら、佐伯くんって二色持ち《ダブルカラー》だから〝下狩り〟の他にもう一つ色付き星《ユニークスター》を持ってるってことでしょ？　それが、さっきの配信でもちょっとだけ触れられてた星——〝条件指定〟の効果を持つ藤色の星』

「……？」

『簡単に言うと〝〇〇したとき〇〇する〟って効果の連鎖発動型アビリティを好き勝手に作れちゃう色付き星、だね。で、《限定共有》もそれを使って構築されてる——要は〝聖別の発動と同時に自動で牢獄化する仮想倉庫《クラウドストレージ》〟って感じで。……凄《すご》くない？　あの倉庫が全てってわけじゃなくて、それを変化させるところまでが一つのアビリティなんだよ。しかも、それだって〝条件指定〟のほんの一例に過ぎないんだから……』

普段より若干真面目な加賀谷《かがや》さんの声に、俺は衝撃を受けながらも心のどこかで納得する。……なるほど、やけに都合のいい展開だと思ったらそこまで色付き星《ユニークスター》の効力が及んでいたのか。〝条件指定〟――作り出せるアビリティに一定の制限があるとはいえ、異常に自由度の高い効果だ。現在B級以上の使い魔を大量に閉じ込めている牢獄は、そんな色付き星由来のアビリティによって構築されている。

（それを壊す……もしくは、取り出し可能な〝仮想倉庫〟の状態に戻す方法がある？）

情報が少し増えたところで、さらに深くまで思考を巡らせてみる俺。

が――とはいえ、なかなか難しい話だ。《カンパニー》の力を借りれば牢獄を強制的に解除することも可能だとは思うが、《ヘキサグラム》が目を光らせている現状で強行突破に手を出すのはあまりに危険すぎる。というか、今の思考のスタート地点は〝都築《つづき》がどうやって最終決戦《ファイナル》へ進出するつもりなのか〟だ。《ヘキサグラム》は一応正義を掲げている組織なわけで、そんな連中が不正を前提とした作戦を持ち込んでいるとは思えない。

「…………」

そこまで考えたところで、俺は斜め前に座る新田にちらりと視線を向けることにしたやはり、ここまで来ると気になるのは彼女だろう――新田佐奈《にったさな》、二十番区阿澄之台《あずみのだい》学園の一年生。彼女は、間違いなく《ヘキサグラム》の指示でここにいる。第3段階《サードステージ》までは確実に勝てるよう援護されていたはずだし、《DOT《DropOutTamers》》で俺と同じチームに配属されたのだって決して偶然ではないだろう。それこそ佐伯《さえき》は第3段階《サードステージ》の時点で〝条件指定〟をフル活用し、新田に〝次の段階《ステージ》がチーム戦形式の《決闘《ゲーム》》だった場合、必ずおれ篠原緋呂斗と同じチームに配属される〟……というようなアビリティを持たせていたのかもしれない。

(そこまでして新田を参加させたのは、本当に俺を潰すためだけか……？　いや、もう少し何かあるはずだ。佐伯の表現を借りるならこいつだけの〝役目〟が…………って)

瞬間、俺の脳裏に浮かんだのは荒唐無稽な考えだった。100%ないとまでは言えないが、それでも普通は有り得ないような可能性。けれど、それなら確かに辻褄《つじつま》は合う。

「……なあ、新田」

だから、俺は身体《からだ》ごと新田に向き直ると、真《ま》っ直《す》ぐな言葉で切り出すことにした。

「頼む。お前がずっと隠してること――あいつらに託されてる〝使命〟を教えてくれないか？　それが、もしかしたらこの状況をどうにかするための鍵になるかもしれない」

「……そんなわけないでしょ。私が役に立つなんて、そんなわけ……っていうか、もしそうだとしても、何で私があなたに手を貸さなきゃいけないの？」

「何で、か。それは、逆にこっちが訊《き》きたいくらいだよ。お前、あいつらに酷い仕打ちを受けてるんだろ？　それなのに何で俺たちに助けを求めないんだよ。何で黙ったまま諦めてるんだよ。それじゃ何にも変わらないだろ」

「っ……あなたに、何が分かるっていうの？」

「お前の境遇なら全部知ってるよ。《ヘキサグラム》のヤバさももちろん分かってる。その上で、俺たちに乗れって言ってるんだ。お前は《ヘキサグラム》の強大さに勝手に諦めてるのかもしれないけど、今目の前にいるのが誰なのか本当に理解してるのか？　俺は学園島最強だぞ——その辺の小物と一緒にしてんじゃねえよ」

「————っ」

　あえて強い言葉を選んで語る俺と、そんな俺の説得にぐっと下唇を噛《か》む新田《にった》。今にも泣き出しそうになるのを堪《こら》えながら彼女はしばらく逡巡《しゅんじゅん》して、やがて自身の端末を取り出した。そうして、俺に対する返答代わりにとある画面を投影展開してみせる——それは、彼女が登録《セット》している、あるいはさせられているアビリティの一覧だ。

《道連れ》——あなたが〝裏切り者〟として処刑された場合、対象プレイヤー（＝篠原緋呂斗）の持つ色付き星、及びその効果を一つ選んで失わせる。

《ぬか喜び》——あなたが生存している状態で対象プレイヤーが第4段階《セミファイナル》の勝利条件を達成した場合、その人物は最終決戦へ進出する代わりに《SFIA》から脱落する。

《代償》——前述のアビリティ二種がいずれも発動しないまま第4段階《セミファイナル》が終了を迎えた場

合、あなたは星を一つ失う。この効果は、あなたが1ツ星でも発動する。

「……チッ。胸糞悪《むなくそわり》ィな、おい」

「同感……不良と意見が合うなんて、相当のこと。かなり、最悪……」

新田が開示してくれたアビリティの内容を見て、藤代《ふじしろ》と皆実《みなみ》はそれぞれ苛立《いらだ》ちに近い感情を露《あら》わにした。皆実なんかはそれ以上何も言わずに席を立ち、とてとてと後ろから回り込むようにして新田の背中にぎゅーっと抱きついている。

が、まあそうなってしまうのも無理はない——佐伯《さえき》の〝条件指定〟によって作られたのであろうピンポイントかつ凶悪なアビリティ。自身が脱落させられたとしても、それを回避されて俺にクリアを許したとしても、どちらのパターンでも確実に俺の星を奪える仕様だ。加えて、役目を放棄して逃げ出せないようきっちりと退路も断たれている。

「……ね？　だから言ったでしょ」

そんな俺たちの反応を見て、皆実に抱きつかれたままの新田がポツリと続ける。

「こんなのが役に立つわけない。あなたが7ツ星でも、学園島《アカデミー》最強でも、きっと《ヘキサグラム》には敵わない。どうせ何も出来ないんだから、大人しく——」

「——いや？」

けれど、彼女の台詞《せりふ》を途中で遮るようにして俺はニヤリと笑ってみせた。……確かに新田に仕掛けられた三つのアビリティはどれもこれも凶悪だ。凶悪だが、それでも。

「想像通りで期待通り、だよ。……ああ、これなら何とかなりそうだ」

「「「――……え？」」」

《SFIA《スフィア》》第4段階《セミファイナル》《DOT《DropOutTamers》》二日目。

その終了を告げる電子音《アラーム》がうるさく鳴り響く中、俺は不敵な口調でそう言った。

♭

「――っ……はぁ」

身体《からだ》が重い。

いつの間にか、今日の《決闘《ゲーム》》は終わっていたようだ。あの〝聖別〟から時間の感覚も何もかもなくなってしまっていたからまるで気が付かなかった。

荒れた息を整えるためにも手近なショーウィンドウに背中を預け、眠るみたいにそっと目を瞑《つむ》ってみる。……多分、これも現実逃避だ。今の自分の唯一の行動指針を――数時間前に受け取ったメッセージの文面を、未《いま》だに心のどこかで拒絶している。

「英明のみんなを頼りなさい、か……」

……そう。

それは、そのメッセージは、この世で一番大好きなお姉ちゃんからのものだった。英明《えいめい》の天才・水上真由《みなかみまゆ》。私の醜態なんかほとんど中継されていなかったはずなのに、まるで私の行動を見透かしたみたいにそんなメッセージを送ってきてくれた。

大好きなお姉ちゃんの言うことだから、素直に従いたい気持ちもある。……けれど、それ以上に抵抗があるのも確かだった。もう二回も裏切られているのに、捨てられているのに、どうして性懲りもなく誰かに縋《すが》りつけるというのだろう？　いくらお姉ちゃんからの助言でも、やっぱりすぐには頷《うなず》けない。また捨てられるのが怖いから。

「っていうか、先輩たちを裏切ったのは私の方だもん……」

ポツリと、そんな言葉が口を突く。……そう、そうだ。それも間違いなく心のどこかに引っ掛かっている。篠原《しのはら》先輩は私のことを〝英明の仲間〟だと言ってくれたのに、私はそれを真っ向から否定した。薫《かおる》さんの言葉を真に受けて、根拠もないのに先輩のことを疑って、非難して、せっかく差し伸べてくれた手も払い除けた。あんな酷いことをしてしまった以上、先輩たちに合わせる顔なんてあるわけがない。……もう、泣きそうだった。自分の中の信念に縋るのも限界で、何もかも投げ捨ててしまいたくなって――

「――いいんですか？　それで」

と……その時、私の身勝手な絶望を遮るように聞き覚えのある声が耳朶《じだ》を打った。涼しげで可愛《かわい》らしい透明な声。篠原先輩の専属メイド――姫路白雪《ひめじしらゆき》、先輩。

「ここで逃げたらもう二度と戻っては来れませんよ。その選択は、一生逃げ続けることを是とするものです。わたしはあなたのメイドではありませんが、なるべく避けることをお勧めします——その上で逃げるのでしたら、どうぞお気を付けてお帰りください」

言って、深々と頭を下げてくる姫路《ひめじ》先輩。その表情は静かに凪《な》いでいて、怒っているようにはとても見えなくて……だから、私は思い切って訊《き》いてみることにした。

「姫路先輩は……何で、篠原《しのはら》先輩と一緒にいられるんですか？」

「何で、と言われましても……わたしがご主人様のメイドだから、ですが」

「そ、そういうことじゃないんです。……だって、嘘つきかもしれないんですよ？　人は嘘《うそ》がつけるんです。それって、怖くないですか？　私がどんなに楽しくても、相手が笑ってくれていても、それが心からの感情だっていう証拠はどこにもないじゃないですか。いつその笑顔が真顔になるか——裏切られるか分からないじゃないですかっ」

「……なるほど、そういった趣旨の質問でしたか」

そんな私の質問に対し、姫路先輩は白い手袋に包まれた右手を口元に当ててみせた。篠原先輩もよくやっている癖だ。この二人は、多分それがうつるくらいに一緒にいる。

そうして——姫路先輩は、透き通るみたいに綺麗《きれい》な碧《あお》い目を私に向けて続けた。

「ご主人様に限っては仲間を裏切るなど有り得ないと断言できますが、今の水上《みなかみ》様に合わせて返答するのであれば……そうですね。大事なのは、あなたがどうしたいかです」

「……え？　私、が……？」

「はい。……水上様、あなたは《ヘキサグラム》にずっと騙《だま》されていました。いいように使われ、弄ばれていました。……悔しくないですか？　反撃したくはないですか？」

「反撃って……それは、でも」

「ちなみに、わたしは怒っていますよ。あなたはもしかしたらわたしのことが嫌いなのかもしれませんが、わたしにとってあなたは可愛《かわい》い後輩ですので」

「っ……」

真《ま》っ直《す》ぐな視線と共にそんなことを言ってくれる姫路先輩。その言葉は――私の願望も混じっているかもしれないけれど――少しも嘘には聞こえなくて。

「もう一度だけ訊きます、水上様。あなたがしたいのは泣き寝入りですか？　現実逃避ですか？　それならそれでいいでしょう。ですが、私たちの《決闘《ゲーム》》はまだ終わっていませんん――あなたも、一緒に戦いませんか？」

先ほどよりも少しだけ柔らかい気がする言葉。

それに対して、私は――

＃

――俺が英明《えいめい》学園に戻ってきたのは午後六時半を少し回った頃のことだ。

生徒会室に集まる面々の表情は、何というか非常に分かりやすい類《たぐい》のものだった。榎本《えのもと》はいつもの仏頂面をさらに不機嫌そうに歪《ゆが》ませてPCのキーボードを叩《たた》いていたし、浅宮《あさみや》は目を真っ赤に腫らしたまま感情を押し殺すように下唇を噛《か》んでいた。そして、普段から笑顔を絶やさない秋月《あきづき》も珍しくムッと頬を膨らませ、

「乃愛《のあ》たちで絶対助けてあげよ、緋呂斗《ひろと》くん！」

……などと、あざとさの欠片《かけら》もない口調で言ってきたりした。

ちなみに、当の水上《みなかみ》はまだ姿を見せていない。彼女の立場や心境を考えればなかなか難しいところだとは思うが……そこに関しては、もう信じて待つしかないだろう。姫路《ひめじ》がついているから少なくとも身体的な心配はない。あとは精神的な問題だけだ。

そして――、

「――なるほどな。確かに、そう考えるのが妥当なところか」

先ほどチーム内で相談した内容を英明《えいめい》メンバーにも共有したところ、真っ先にそんな反応を返してきたのは榎本だった。浅宮の隣で腕組みをした彼は真面目な顔で一つ頷《うなず》く。

「都築航人《つづきこうと》が残っている以上、勝利条件は未《いま》だ満たせる状態にある。それ自体は間違いないだろう。……が、そこに新田佐奈《にったさな》のアビリティがどう関係しているんだ？　話を聞く限り、彼女は対篠原《しのはら》のアビリティしか持ち込んでいないようだったが……」

「うんうん。シノの色付き星《ユニークスター》とその効果を一つ選んで消滅させる……だっけ？　結構ヤバ

い効果だよね、それ。問答無用で色付き星を奪うとか今まで聞いたコトないし」

「……ま、確かにそうだな」

浅宮の神妙な声音に軽めの口調で返す俺。……実際は〝結構ヤバい〟どころか〝全ての嘘が明るみに出て社会的に死亡〟なのだが、それはそれとして。

「でも、重要なのはそこじゃない――もっとシンプルに、新田のアビリティは色付き星の効果を消滅させることが出来る、ってところなんだ。んで、佐伯《さえき》の《限定共有》やらそいつの〝牢獄化〟っていうのはどれも色付き星の効果によるものだろ？」

「うん。……って、え？　そ、それって、まさか……」

不意に何かに気付いたように小さく目を見開く秋月。そうして彼女は、栗色《くりいろ》のツインテールをふわりと揺らしてこちらに顔を近付ける。

「都築くんは、新田ちゃんのアビリティ効果を何かの方法で横取りして《限定共有》の牢獄化を解こうとしてるってこと？　〝色付き星の効果を消滅させる〟効果を使って、それで架空倉庫を復活させようとしてるの!?」

「ああ、そうだ。それに、アビリティの効果を横から奪う〝何か〟ってやつにも見当は付けられるはずだぜ？　負かした相手が今後得るはずのリソース、恩恵、その他諸々を一定時間奪い続ける固有能力――そいつは、今日の《決闘《ゲーム》》でもお披露目《ひろめ》されてる」

「……【スザク】！」

「それだ」

秋月《あきづき》の答えに、俺は微《かす》かに口角を持ち上げながら同意を返す。

そう――A級使い魔【スザク】の固有能力〝徴収〟。本来は対象プレイヤーに与えられる良い効果だけを選択して奪い取るモノだが、とはいえデメリット効果を奪えないという縛りはない。新田《にった》から俺に向かう〝色付き星《ユニークスター》の効果を消滅させる〟効果を奪い取り、それを《限定共有》の鍵に適用することで〝牢獄化〟を解除する……少し複雑な論理《ロジック》だが、流れとしては破綻なく成立する。

「要するに、《ヘキサグラム》の作戦は元々二段構えだったんだよ。新田が俺を潰せるならそれで良し、無理でも《限定共有》を使った〝聖別〟で最終決戦《ファイナル》への進出枠を《ヘキサグラム》で埋めちまう。けど、【スザク】が手に入らないせいでそれも上手《うま》くいかなそうだった。だから、佐伯《さえき》はその【スザク】と新田を〝サードプラン〟として利用することにしたんだ――まずは【スザク】の入ってない架空倉庫を〝牢獄化〟して、疑似的なロックを作り出す。その間に都築《つづき》が【スザク】を入手して、全員クリア出来る状況が整ったら改めて新田を使って牢獄化を解除するって寸法だ。……新田のアビリティが《限定共有》そのものを消しちまうのか〝牢獄化〟だけを消せるのかは正直微妙なところだけど、佐伯がそんな作戦で動いてるなら多分狙って消せるんだろうな」

「な、なるほど……え、シノ頭良すぎじゃない？　普通そんなトコまで読めるもん？」

「僕は読めるが」

「うっさい、進司《しんじ》は普通じゃないから」

拗《す》ねたように金糸を振ってそんな即答を叩《たた》き返す浅宮《あさみや》。

「ん……じゃあ、ウチら的にも【スザク】さえ手に入れられれば牢獄化を壊せる、ってことでいいんだよね。でも、そーなると……やっぱ、都築くんとはぶつかりそうだけど」

「……まあ、それは避けられないな」

胸元で腕を組む彼女の呟《つぶや》きに、俺はそう言って小さく頷《うなず》きを返すことにする。

《ヘキサグラム》幹部にして5ツ星の三年生・都築航人《こうと》――彼が《DOT《DropOutTamers》》に残っている理由を考えれば、【スザク】を獲得する過程で必ず交戦することになるだろう。それは、もう避けようがない。都築航人を倒さない限り俺たちの勝利は有り得ない。

「都築の交戦用アビリティなら既に特定できているぞ」

と……そこで唐突に口を開いたのは榎本《えのもと》だ。彼は自身の端末を操作しながら続ける。

「《虚ろな創造主》アビリティ――任意のステータスを決めることで使い魔の〝偽物〟を作ることが出来るアビリティだ。生み出された使い魔は勝利条件としてカウントすることこそ出来ないが、交戦に使用する場合は通常よりも強化される。これを踏まえれば、都築航人が繰り出してくるのは十中八九【ダイテンシ】の強化版になるだろう」

「【ダイテンシ】……最強の使い魔、か。確か、秋月はクエストで戦ったんだよな？」

「うん。……強いよ、あの使い魔。ステータスも高いけど、固有能力の〝治癒〟で毎ターンLP《体力》が全回復しちゃうの。乃愛《のあ》たちの場合はクエストだったから押し切れたけど……あれにコマンドがつく、って考えたらちょっとどうしようもないかも」

「いや、どうしようもないということはないぞ？　確かに強力ではあるが、《虚ろな創造主》の効果は長くても一時間程度しか保《も》たないはずだ。そこまで粘れば勝機はある」

「……なるほど、そういうことか」

榎本《えのもと》の補足にようやく得心する俺。それなら、どうにか出来ないこともない。

「ただ――そもそもの話だけど、さっき説明した流れを成立させるには【スザク】だけじゃ足りないんだよな。俺たちも《限定共有》の鍵を持ってなきゃいけない。何せ、その鍵に新田《にった》のアビリティをぶち当てて〝牢獄化〟を解除するわけだからな」

「？　でもでも、鍵を持ってるのって《ヘキサグラム》の人だけなんじゃないの？」

「ああ、その理解で合ってるよ。中でも、まだ《DOT《DropOutTamers》》に残ってて俺たちと面識があるプレイヤーってなると二人しかいない。都築航人《つづきこうと》と、もう一人は……水上摩理《みなかみまり》だ」

「あ……そっか、そうだよね」

俺の言いたいことを全て察してくれたらしく、こくりと小さく頷《うなず》く秋月《あきづき》。

そう――おそらく一度渡した鍵は佐伯《さえき》の意思では壊せないのだろう――水上の鍵の無効化は〝一時的〟なものであり、今はもう解けているはずだ。よって、俺たちが鍵を手に入れるには絶対に彼女の協力が必要になる。あいつを仲間に引き入れる必要がある。

（今日中に来てくれなかったらほとんどアウトだと思ってるんだけど……）

そんなことを考えながら生徒会室の入口に視線を向けてみるが、誰かが入ってくるような気配はない。……もし、水上が今も塞ぎ込んでいて何もかもを拒絶してしまっているなら、それが明日になって解消されることはないだろう。むしろ、時間が経《た》てば経つほどここに顔を出すのは難しくなる。今俺たちを頼るのだって相当に勇気がいるはずだ。

けれど、それでも、この盤面を引っ繰り返せるのは彼女だけしかいないから。

「ん……とりあえず、さっきの話を進めておくか。どっちにしろ都築は倒さなきゃいけないから、《虚ろな創造主》と【ダイテンシ】を攻略するための策を――」

そうして、俺が微《かす》かに首を振りつつそんな言葉を口にした……瞬間だった。


「――――失礼しますっ！」

ガチャっと勢いよくドアが開け放たれ、一人の少女が息を切らして駆け込んできた。流麗な黒髪に生真面目な表情。その辺りはいつも通りといった感じだが、暑かったのか制服の胸元が少し開いていたり、そこから覗《のぞ》く鎖骨にはうっすらと汗の粒が光っていたり、微かに頬が上気していたり……と、なかなかに目に毒な光景だ。

けれど、さすがにこの状況でそんなことを言い出す俺ではない。視線で榎本《えのもと》たちに了承を取りつつ、英明《えいめい》メンバーを代表して立ち上がると静かに彼女の前へ歩み出る。

そうして一言、

「俺たちの仲間になる覚悟は出来たのか、水上《みなかみ》？」

問いかけたのはそんな言葉だ——そう、ここから先は、英明と《ヘキサグラム》との一騎打ちになる。そこで俺たちの側につくということは、すなわち水上の信じていた正義に反旗を翻すということだ。たかだか同じ学区の先輩に過ぎない俺たちに命運を託すということだ。そんな覚悟が本当にあるのか、という、彼女にとっては過酷な問い。

「……はい、もちろんです。裏切られるのは怖いですけど、逃げてばかりじゃダメだって気付いたので。いいえ、そう教えてもらったので」

けれど水上は、もう迷ったりしなかった。俺の問いから逃げることなく真《ま》っ直《す》ぐに頷《うなず》いて、それから微《かす》かに顔を歪《ゆが》ませる。泣き笑いの表情にも見えたが、おそらくニヤリとでも笑おうとしたんだろう。そんな下手くそな悪者の笑みで、水上は——英明の逆転勝利に繋がる最後にして最重要の〝鍵〟を持つ俺たちの後輩は、

「お願いします、先輩。私も……私も、先輩たちと一緒に戦わせてくださいっ!!」

——はっきりと、覚悟の決まった口調でそう言った。

＃

《SFIA《スフィア》》第4段階《セミファイナル》《DOT《DropOutTamers》》三日目。

投票先を示し合わせることで今回も脱落者を出すことなく朝を迎えた俺たちチームⅥの面々は、《決闘《ゲーム》》の開始時刻に合わせて零番区の一角に集まっていた。

そもそもの話——昨夜、生徒会室で行われた作戦会議の前提として横たわっていた議題は〝そもそもどうやって【スザク】を見つけるのか〟というものだった。クエスト情報が完全に秘匿されているらしく、加賀谷《かがや》さんですらどうにもならない。

そこで、一旦部屋から抜け出した俺がとある有力な情報筋——またの名を彩園寺《さいおんじ》——に尋ねてみたところ、こんな答えが返ってきたんだ。

『——【スザク】が手に入るクエストの場所？　ええ、もちろん知ってるわ』

『あのクエストってちょっと特殊なのよね。【ダイテンシ】の現所持者か、もしくは【スザク】を一度でも持っていたプレイヤーじゃないと探せないようになってるの。だから他のクエストみたいに内容と管理者がシャッフルされることもないみたい』

『今座標を送ってあげるわ。……え？　べ、別に、そんなんじゃないわよ。あたしのクリアは確定したんだから、次はあんたが上がってくる番じゃない。篠原《しのはら》が脱落なんかしたら困るのはあたしもなんだから』

『対価？　ん……そうね』

『じゃあ作戦会議《それ》、あたしにもこっそり噛《か》ませなさいよ？』

……とまあ、何だかんだでその後も知恵を貸してもらったりしたのだが。

とにかく、彩園寺《さいおんじ》の協力によって【スザク】の居場所は判明した。が、これまで隠されていた【スザク】の入手クエストに俺たちが挑むとなれば、都築航人《つづきこうと》やその他の有力プレイヤーは間違いなく横槍《よこやり》を入れてくるだろう。すんなり手に入るとは思えない。

だから、それを踏まえて諸々《もろもろ》の作戦を構築し――

「お初にお目にかかります、チームⅥの皆様。【スザク】のクエストに挑戦ですか？」

――彩園寺から教えてもらったクエスト管理者《ガイド》の元に辿《たど》り着いたのは、《DOT《DropOutTamers》》の三日目が始まって一時間も経《た》っていない頃のことだった。

俺たち四人の前で片膝をつき、慇懃無礼《いんぎんぶれい》に首《こうべ》を垂れているのは〝デルタ〟と名乗るクエスト管理者《ガイド》だ。その質問に俺たちが頷《うなず》いてみせると、彼女はすぐに説明を開始する。

「しかと承りました。では、A級使い魔【スザク】の入手クエストについてご説明いたします。内容は単純明快――偏《ひとえ》に〝【スザク】に相応《ふさわ》しい格を示せ〟というものです」

「……あァ？　どういう意味だよそりゃ。具体的な言葉で説明しやがれ」

「御意。【スザク】は伝説上の神鳥ですから、それに相応しい格というのは圧倒的な強さです。例えばあなたが【ダイテンシ】を有するほどの傑物なら、今すぐ【スザク】を差し出してもいいでしょう。ただそうでないのであれば、少なくとも私を──調教者である私を倒していただかないことには、安心して【スザク】を任せることなど出来ません」

「ほォ……？　要はテメェを倒せばそれでいいってことか」

「簡潔に申し上げれば」

こくりと頷くデルタ。……《決闘《ゲーム》》開始時から【スザク】を持っていた彩園寺からはクエストの内容までは聞けていなかったのだが、要は交戦型クエストということで良さそうだ。クエスト管理者《ガイド》を撃破することで報酬であるA級使い魔【スザク】が手に入る。

それで済むなら話は簡単だった……のだが、

「──お客様、ですか？」

瞬間、頭を下げたままのデルタがそんな言葉を口にした。それに応じて後ろを振り返ってみれば、そこにいたのは見知った三人のプレイヤーだ。

「シュタタタタタッ……ズザァッ！　わたし、華麗に参上！　昨日はいいところで止められてしまいましたが今日こそは勝負してもらいますよ篠原《しのはら》さん！　キラッ、と八重歯を輝かせながらウインクを決めるわたしです！」

まず一人は、十七番区天音坂《あまねざか》学園の一年生・夢野美咲《ゆめのみさき》。ぎゅっと両目を瞑《つむ》っているから何をしているのかと思ったが、本人的にはどうやらウインクのつもりらしい。

そして──そんな夢野の後ろからゆっくりと近付いてくるのは、言わずと知れた《ヘキれていく、という使命を背負った筋骨隆々の5ツ星。【スザク】を入手して残りのメンバー全員を最終決戦《ファイナル》へ連れていく、という使命を背負った筋骨隆々の5ツ星。

「ご苦労だったな、篠原緋呂斗《しのはらひろと》。お前を追っていれば必ず【スザク】に辿《たど》り着く……薫《かおる》の言った通りだ。【スザク】の在処《ありか》を教えてくれたことには感謝するが、それは我々《ヘキサグラム》のもの。大人しく渡してもらおうか」

落ち着いた第一声。……まともに声を聞いたのはこれが初めてだが、見た目通りの重厚な低音ボイスだ。敵意や害意は感じられないものの、どこか見下されているような感覚は否めない。ちなみに、そんな都築の隣にはぎゅっと唇を引き結んでいる水上摩理《みなかみまり》の姿もあった。彼女は俺たちと対面しても顔を上げたりはせず、ただただ地面を見つめている。

残り二人のチームメイトは来ていないようだが……聞いたところによれば、チームⅨは昨日の聖別から完全に空中分解しているらしい。まあ、あんなことがあった以上、《ヘキサグラム》のメンバーである都築や水上と距離を置きたいと考えるのは道理だろう。

が——ともかく。

（……やっぱり、来たか）

タイミングよく現れた彼らを見て、俺は内心で小さく首を振った。……とりあえず、ここまではほとんど予想通りだ。夢野《ゆめの》はともかく、都築に関しては俺たちの動向をある程度監視していたはず。ここで割り込まなければいつ割り込むんだという話だろう。

そこまで思考を巡らせてから、俺は水上から視線を外して残る二人へと声を掛けた。

「ようお前ら、揃《そろ》いも揃ってストーカーか？　横取り狙いとは随分性根が腐ってんな」

「何を言ってるんですか、【スザク】なんてついでです、ついで！　わたしが倒さなきゃいけないラスボスは古来より篠原さんただ一人なんですから！」

「……俺にとってはついでなどではないが、そもそもこの手の《決闘《ゲーム》》で横取りが悪だとは思わない。お前の意見は違うのか、篠原？」

「いや、もちろん違わないぜ。けど……」

言いながら、俺は身体《からだ》を反転させてもう一度クエスト管理者《ガイド》・デルタに問いかける。

「この場合、クエストの処理はどうなるんだ？　一番乗りの俺たちが挑んでいいのか、もしくは同時に挑むのか。それとも……強さを示すのが目的なら、こいつらをどっちも倒したら俺の勝ち、ってルールでも構わないぜ？」

「……なるほど、いいでしょう」

そんな俺の提案に、デルタは神妙な面持ちで深々と頷《うなず》いた。

「では、チームⅥ――篠原さんたちのチームは都築さん《チームⅨ》、夢野さん《チームⅩ》と同時に交戦し、どちらにも勝利することが出来れば【スザク】に相応《ふさわ》しい主とみなしましょう。都築さん、夢野さんの方は、チームⅥを撃破できれば同じく【スザク】を託します」

「へえ、そいつは楽でいい。……ただ、同時に交戦するならメインプレイヤーが二人必要ってことになるよな。俺は都築《つづき》の相手をするとして、夢野《ゆめの》の方は――」

「!? ちょっ、ちょっと待ってくださいよ篠原《しのはら》さん！　何で主人公のわたしを放置してそんな人ばっかり構うんですか放置プレイですか泣いちゃいますよ!?」

会話の流れを敏感に察知して俺の前に詰め寄ってくる夢野。そんな彼女に対して俺が口を開こうとした瞬間、それを片手で遮るようにして藤代《ふじしろ》が小さく一歩前に出る。

「チッ……さっきからキャンキャンうるせェな、雑魚が」

「ガーンっ！　雑魚！　雑魚って言いましたね！　ゆ、許せません……金髪さん、あなたなんてラスボス手前の四天王的存在のくせに！」

「それがどォした。オレが四天王なら、テメェなんざ最初の街で薬草でも摘《つ》んでるのがお似合いだろォが。篠原《リーダー》が出張るまでもねェ――オレが片手間で葬ってやる」

「う、うにゃぁあああ！　怒りました！　わたし、怒りましたから！　勝負です!!」

流れるような挑発であっという間に夢野を乗せる藤代。これで良かったか、とばかりにこちらを見てくる彼に対し、俺は肯定と感謝を込めて頷《うなず》いておく。……藤代VS夢野、成立だ。夢野は確かに話題のダークホースかもしれないが、対する藤代は桜花《おうか》の裏エースにして最終兵器。背中を預けるには頼もしすぎるくらいのプレイヤーだ。

「ふぅ……」

そうして、コツっと靴音を鳴らして夢野の前に歩み出る藤代を見送ってから、俺は改めて都築に向き直ることにした。正真正銘、ここが《DOT》の未来を決める分水嶺だ。この交戦に勝利すれば逆転に必要なピースは全て手に入る……が、たとえそうじゃなかったとしてもあまり関係はなかった。だって、そろそろ感情を抑えつけるのも限界だ。

——だから、

「かかって来いよ、《ヘキサグラム》——お前らのやり方にはずっとムカついてたんだ。悪いけど、この辺でストレス発散させてもらうぜ？」

小さく目を眇《すが》めながら、俺は不敵に笑ってそう言った。

＃

A級使い魔【スザク】入手クエスト——夢野美咲《みさき》、及び都築航人《こうと》との同時交戦。

藤代と夢野が対峙《たいじ》するのを視界の端で捉えながら、俺は都築と向かい合っていた。同時交戦、と言っても別に特殊なことをするわけじゃない。夢野との交戦は藤代がメインプレイヤーに、そして都築との交戦は俺がメインプレイヤーになってそれぞれ使い魔やコマンドの選択を行うだけだ。対夢野に関しては藤代の要求通りにコマンドをセットするつもりだから、俺は都築の相手に集中していればいいということになる。

まずは使い魔の選択フェイズ——ここで俺が選んだのはC級使い魔【フェアリー】だった。昨日の交戦では水上《みなかみ》の【ビャッコ】を完封したSPD《速度》特化の使い魔。その他のステータスは非常に貧弱なのだが、俺たちの作戦上は最も適した使い魔だと判断した。

そして、対する都築《つづき》の方はと言えば。

「……《虚ろな創造主》アビリティ、発動」

大柄な体格から放たれる低く静かな一言。

瞬間、彼の背後に禍々しい渦のような何かが現れた。一応は使い魔なのだと思うが、重なって表示されているステータスが全て〝？？？〟となっている謎の物体。けれど、もちろんいつまでもその状態のままというわけじゃない。まずはＬＰ《体力》が、次にＡＴＫ《攻撃力》が……と徐々にステータスが定まっていき、その度に渦が形を変えていく。

そして、

「さあ——俺に力を貸せ、【ダイテンシ】」

「ッ……!!」

都築の宣言と同時、彼の背後で様々に形を変えていた黒い渦が突如として神々しい光を放ち始めた。全ステータスの確定——それと共に《虚ろな創造主》が真価を発揮し、該当のステータスを持つ使い魔の姿を再現する。美しい羽根を持つ【ダイテンシ】。微笑を湛《たた》えた聖なる天の使いが、都築の頭上で祈るように両手を組んでいる。

直後、両者のステータスが大きく開示された。

【チームⅥ：篠原緋呂斗《しのはらひろと》。使用使い魔：C級〝フェアリー〟】
【使い魔ステータス：ATK1　DEF《防御力》1　SPD《速度》15　LP1】
【チームⅨ：都築航人《こうと》。使用使い魔：S級〝使神・ダイテンシ〟】
【使い魔ステータス：ATK15　DEF18　SPD12　LP25】

（ば、化け物かよ……!?）

秋月《あきづき》から聞いてはいたものの、実際のステータス差を目の当たりにしてひくっと頰を引《ひ》き攣《つ》らせる俺。……完敗、どころの騒ぎじゃなかった。唯一の長所であるSPDすらもう少しで負けてしまいそうなほどだ。これがS級とC級の差、といったところか。

「……南無……」

後ろでは相変わらず淡々とした口調の皆実《みなみ》が縁起でもない言葉を呟《つぶや》いているが、おそらく中継越しにこの交戦を見ている誰もが似たような感想を抱いたことだろう。

が――しかしそれでも、都築が【ダイテンシ】を使ってくるというのは昨日の作戦会議の段階から分かっていたことだ。だから俺は、彼の後ろで俯《うつむ》いている水上《みなかみ》に一瞬視線を向けてから、微《かす》かに口角を上げつつこんな提案を口にする。

「なあ、都築。せっかくの大一番だし、今回はちょっと特殊なルールを採用しないか？」

「特殊なルール？　……具体的には？」

「スピードルール、みたいなもんだな。通常の交戦だと、最初にセットしたコマンドを両チームが使い切ったところで初めてコマンドの再設定が始まるだろ？　だから、人数が少ない方のチームは相手のコマンドが尽きるまで殴ることしか出来なくなる。ただ、このルールはそうじゃない――どっちかがコマンドを使い切ったらその時点で即コマンドの再設定に移るんだ。つまり、コマンドを使えないターンが絶対に発生しない。人数が少ないお前らにとっては得しかないルールだと思うぜ」

「……？　むしろ、そちらに得がないように聞こえるが」

「いや、そうでもない。この際だから教えてやるけど、俺たちの狙いは【ダイテンシ】の消耗だ――《虚ろな創造主》の時間切れを狙ってる。んで、そう考えれば一番時間的なロスが大きい〝コマンド選択〟のフェイズは多ければ多いほどありがたい。……な？　メリットとデメリットははっきりしてるだろ。交戦なんて普通は何十分もかかるものじゃないし、悪くない話だと思わないか？」

　俺の提案を最後まで聞いて、都築《つづき》は静かに黙り込んだ。おそらく、俺が言った二つの要素を頭の中で天秤《てんびん》に掛けているんだろう。そして【ダイテンシ】の強さとチーム状況を考えればその天秤はやや〝受諾〟の方向に傾くはず。……ただ、水上《みなかみ》曰《いわ》く彼は非常に慎重な性格だそうだ。だからこそ、都築航人《こうと》は《ヘキサグラム》の幹部たり得ている。

故に、

「――精査しろ、水上。ヤツらのルールを隅から隅まで」

彼はすぐには頷《うなず》かず、後ろの水上にそんな指示を出した。その声に一瞬びくっと肩を跳ねさせながらも、水上は小さく「……はい」と返事をして自身の端末に視線を落とす。

これも、ある意味当然の流れだ――いくら英明《えいめい》の所属とはいえ、水上摩理は基本的に嘘がつけない。そういう性格、というか信条《ポリシー》なんだ。《ヘキサグラム》に捨てられたとかもう仲間じゃないだとか、そんなことは全く関係ない。彼女は〝自分だけは絶対に嘘《うそ》をつかない〟と心に誓っていて、当然ながら都築もそれを知っている。

「……確認しました。問題ありません、航人先輩」

だから水上は、小さく顔を持ち上げながらそんな言葉を口にした。都築の方はその発言の真偽を図るようにしばらく彼女の目を覗《のぞ》き込んでいたが、やがて一つ頷いてみせる。

「そうか、ならば了承した――お前の提案を受けよう、篠原緋呂斗。交戦開始だ」

「ハッ……ああ、来いよ」

低い声音で放たれた都築の開戦宣言に対し、俺はニヤリと笑みを浮かべたまま最初のコマンドを選択した。選んだのは基本《ベース》コマンド【そくど＋】だ。《脆《もろ》すぎる誓約》の効果で加算値は《＋2》になっているが、しかし【ダイテンシ】のSPD《速度》だって低いわけじゃないため回避に期待するのはさすがに無理があるだろう。対する都築は慎重を期して【ぼうえいきのう】なる防御系の特殊《スキル》コマンドを使用しつつ、確殺の一撃を加えようとする。

「――《劣化コピー》アビリティ発動」

が……その寸前、これまでひたすら温存していた俺のアビリティが効果を発揮した。紫の星の特殊アビリティ《劣化コピー》。あらゆるものを複製する効果で【そくど＋】を三つに増殖させ、1ターン目から【速度《S》―速度《S》―速度《S》】の連携コマンド【疾風迅雷《つばめがえし》】を発動させる。水上《みなかみ》戦でも登場した〝相手の攻撃を躱《かわ》しつつ防御力無視の一撃を加える〟連携コマンドだ。もちろん【ダイテンシ】に与えられるダメージは1でしかないが、安全を確保しながら【フェアリー】のSPD《速度》を跳ね上げることに成功する。

「…………」

微《かす》かに苛立《いらだ》ったような気配を見せる都築《つづき》。

そこから先も、俺の戦法は〝回避特攻〟とでも言うべきものだった。《劣化コピー》を介した【疾風迅雷《つばめがえし》】で相手の攻撃を躱しつつ、必中効果の特殊コマンドが飛んできた際には【たいりょく＋】を積み上げる。《カンパニー》の協力で相手のコマンドは完全に見えているため、選択ミスはそうそう起こらない。

「ッ……」

けれど、だからと言って安心できるわけでは全くなかった――交戦が長引けば長引くほど、見えてくるのは《劣化コピー》の使用回数制限だ。ここまでの積み重ねで【フェアリー】のＳＰＤは60を超え、連携を発動させずとも回避が成功する可能性はそれなりに高くなってきたが、とはいえＬＰ《体力》の状況的には相手の通常攻撃を一発耐えられるかどうかといったところ。加えて、【ダイテンシ】には〝治癒〟の固有能力がある。【疾風迅雷《つばめがえし》】でコツコツとダメージを与えても、それが蓄積されることは永遠にない。

「……そろそろ諦めたらどうだ、篠原《しのはら》」

攻撃の応酬が続くこと数ターン。そんな戦況を睥睨《へいげい》しながら都築は静かに告げる。

「避《よ》けるばかりでは意味がない。アビリティの効果が切れるまで、という話だったが、まだ交戦開始から十五分も経《た》っていないぞ？　最後まで保《も》つとでも思っているのか」

「どうだろうな。やってみないと分からないんじゃないか？」

「いいや、俺には分かる。何故《なぜ》なら、薫が俺にこの場を託したからだ――俺は、俺自身が強いとはさほど思っていない。だが、あいつの強さは本物だ。あいつが悪だと断言したならお前は確かに悪なのだろうし、あいつがお前を断罪すると言ったならそれは必ず遂行される。故に……篠原緋呂斗《ひろと》、お前の運命はここまでだ」

「薫《かおる》が薫がって、あんなクズに肩入れしといていつまで〝正義の味方〟を名乗るつもりだよお前らは。もしかしてギャグで言ってんのか？」

「他の者がどうかは知らないが、俺にとっては佐伯《さえき》薫こそが正義だ。よって、《ヘキサグラム》が正義の組織であることに何の疑問もありはしない。……というか、時間稼ぎにしては露骨だな篠原《しのはら》。そろそろ例の複製アビリティも残数が尽きてきたんじゃないか？」

「…………」

静かな声音で的確に急所を突いてくる都築《つづき》に対し、不敵な表情のまま小さく肩を竦《すく》める俺。……彼の言う通り、《劣化コピー》の使用可能回数はあと何回もない。相手のコマンド選択が的確かつ致命的なせいで予想以上に消耗させられている。

（くそ……そろそろ、来るはずなんだけど）

微《かす》かな焦《あせ》りを抱きながら、俺はまたしても【そくど＋】を選択する。現在のステータス差的に、【ダイテンシ】の攻撃命中率は約20％……何とも微妙なラインだ。確定で回避をしたいならここでも《劣化コピー》を切らなきゃいけない。

（どうする……どうする!?）

けれど、そうやって俺が迷っている間にも【ダイテンシ】の攻撃準備は整っていた。もはやアビリティを介入させる隙はない。当たれば瀕死《ひんし》の一撃が【フェアリー】に――

「――特殊コマンド【りふれくと】!!」

……と。

聞き覚えのある声が耳朶《じだ》を打った瞬間、【フェアリー】の前に巨大な壁が出現して飛来してきた攻撃を見事に受け流した。当然ながら【フェアリー】にダメージは通らない。

そんな光景に都築が小さく眉を顰《ひそ》める――と、同時、たたたっと俺の隣まで駆け寄ってきた金髪の少女が端末を持った右手をぱっと掲げてみせた。

「お待たせ、シノ！　ちょっと遅くなっちゃったけど、代わりに便利なコマンドいっぱい稼いできたから！　ってことで、ウチらもそろそろ混ぜてよね――！」

微かに口元を緩めながら威勢のいい啖呵《たんか》を放つ〝金色の夜叉〟。

そう――都築の攻撃に割り込むような形で【りふれくと】の特殊《スキル》コマンドを使用したのは英明《えいめい》学園の６ツ星・浅宮七瀬だった。当然ながら単独行動というわけじゃなく、チームメイトなのであろうプレイヤーたちもすぐ近くで端末を構えている。

「ククッ……あーっはっはっはっは！　悪いがここは反旗を翻《ひるがえ》させてもらうぞ《ヘキサグラム》！　というか、僕の女神を差し置いて正義を名乗るなど片腹痛い‼」

……お馴染みの襟付きマントを靡《なび》かせて哄笑する久我崎晴嵐《くがさきせいらん》の姿も健在だ。

が、もちろんこんな参戦の仕方は本来なら〝有り得ない〟ものだ。既に行われている交戦に第三者が介入するなど普通は絶対に叶《かな》わない。それなのに浅宮《あさみや》が特殊コマンドを割り込ませることが出来たのには、明確な理由があった。

「……まさか」

そこで何かに気付いたようにポツリと呟《つぶや》き、手元の端末に視線を落とす都築。彼が見ているのは、おそらくこの交戦に導入された変則ルールの内容だろう。そして、その直感は正解だ――俺が〝スピードルール〟と称したそのルールには、先ほど口頭で説明したのとは別にもう一つだけ特殊な項目が設定されている。

それこそが、

「乱入ありの特殊ルール……？　各チームは参加宣言をすることでいつでもこの交戦に途中参加でき、最後まで残っていた一つのチームのみを勝者とする……だと!?」

「ああ、そうだよ。それが俺の提案したルールだ。ちゃんと確認もしてもらっただろ？」

「っ……どういうことだ、水上《みなかみ》！」

俺の言葉で全てを察したのか、都築《つづき》は声を荒げながら後ろを振り向いた。何せ、例のルールを精査したのは水上だ。そして彼女は、確かに『問題ありません』と断言した。

都築は低い声音で問い詰める。

「お前、嘘《うそ》をつかないのがポリシーなんじゃなかったのか……!?　それともまさか、自分が《ヘキサグラム》の一員でなくなったから俺のことは騙《だま》していいとでも思っているわけか。だとしたらお前は、お前が憎んだ〝悪〟そのものだ！」

「……？　おかしなことを言いますね、航人《こうと》先輩」

が、そんな都築の詰問に対し、水上は全く悪びれることなく平然とした声音でそう答えた。同時にこれまでずっと下を向いていた顔を静かに持ち上げ、ふわりと流麗な黒髪を靡《なび》かせる。秘められていた表情は、絶望でも何でもない——とびっきりの笑顔だ。

「私は『問題ありません』って言ったんです。……嘘じゃないですよ？　航人先輩にとってどうかは知りませんが、私にとっては——英明学園の一員である私にとっては何の問題もないルールですから！」

「な……ァッ⁉」

全ての前提を引っ繰り返すような発言を口にし、同時に胸元から六角形の徽章《きしょう》を取り外してそいつを都築の胸ポケットに押し込むと、水上は堂々とした足取りでこちらへ歩み寄ってきた。けれど、それはあくまでも虚勢というやつで、俺たちの前に辿《たど》り着く頃には今にも泣き出しそうなくらい弱々しい表情に戻っている。そうして、他の誰にも聞こえないくらいの微《かす》かな声で「……お願いします、先輩」と囁《ささや》いてくる。

「ああ——お疲れ、水上。後は任せろ」

そんな水上の肩にぽんっとなるべく優しく手を置いて、俺は入れ替わるように彼女の前へ歩み出ることにした。対峙《たいじ》するのは一人になった都築航人だ。

微かに口角を持ち上げながら、不敵な笑顔で口火を切る。

「ハッ……これで分かったか？　この交戦は俺とお前の一対一《タイマン》なんかじゃなくて、《DO《DropOut》T《Tamers》》に残ってるプレイヤーなら誰だって参加できる大乱戦なんだ。使い魔のLP《体力》が尽きたら次のメンバーに替われる仕様だからな、戦力が尽きることはそうそうない」

「っ……だが、わざわざこんな交戦に参入するメリットは——」

「あるだろ、それは。だって、ここで勝てば【スザク】が手に入るんだぜ？　それに、交戦内で使われたリソースはまとめて勝利チームの報酬になるんだから、参加者が増えれば増えるほど利益が膨らむことになる。むしろ、誰だって参加したいはずだけどな」

「ぐッ……ならば、有象無象が集まる前に終わらせるまでだ！」

俺の言葉に対抗するようにして大きく右手を振り上げる都築《つづき》。強化系のアビリティでも使ったのか、先ほどよりも強力な光を生み出した【ダイテンシ】が浅宮《あさみや》の使い魔に攻撃を加える。強烈な一撃を食らった使い魔は一瞬にして瀕死《ひんし》に追い込まれるが、しかし「あちゃー」と呟《つぶや》く浅宮の顔に焦《あせ》りの色は全くない——何せ、

「ふっふっふ……何やら面白いことをしているようですね！　そして聞きましたよ、誰でも参加できるって！　なら主人公であるわたしが参上しないわけにはいきません！　四天王との勝負を華麗に制したわたしが今度は【ダイテンシ】に挑みます!!」

「事実を捻《ね》じ曲げんな。テメェがうるせェから引き分け《ドロー》にしてやったんだろうが」

——そんな言葉を交わしながら、夢野と藤代がこちらの交戦に合流したからだ。藤代《ふじしろ》は視線だけで帰還を報告すると、皆実《みなみ》の隣に立って鋭い視線を都築に向ける。そして夢野美《ゆめのみ》咲《さき》の方も、即断即決でこの交戦への参加申請をしたらしい。しかもワクワクとした視線の先にいるのは、俺ではなく都築航人《こうと》の【ダイテンシ】だ。

『……聞こえるか、篠原《しのはら》？』

そして——畳み掛けるように、通話状態になった端末からは榎本の声が聞こえてきた。

『情報共有だ。現在、ほぼ全てのチームが攻略の足を止めてこの交戦の行方を見守っている。そのうち三チームは既に零番区入りしていて、さらに四チームほどが移動中。おそらく、最終的には全プレイヤーの半数近くが参加する一大交戦になるだろうな』

「そりゃいい。さすがの扇動能力だな、榎本《えのもと》」

『いいや、僕じゃない。今回の功労者はisland tube《アイ・チューブ》にSTOCにとあらゆる手を尽くして参加者たちを焚《た》き付《つ》けた秋月乃愛《あきづきのあ》だ。既に《決闘《ゲーム》》からは脱落しているというのに……あいつには人を動かす才能がある』

「……あー、なるほど」

具体的に何をやったのかはともかく、何となく経緯を察して苦笑する俺。

そんなこんなで、浅宮や夢野と並んで交戦を続行すること数ターン――さほど待つまでもなく、他チームの連中が続々と【ダイテンシ】戦に乱入してきた。もちろん〝乱入〟であるからには誰を相手取ってもいいのだが、やはり段違いに強い【ダイテンシ】を残せるわけがない、という意識が働くのか、ほとんどのプレイヤーが都築航人に端末を差し向ける。この時点で既に参加チームは七。人数にして三十名を超える一大戦闘だ。

けれど――

「無駄だ……無駄だ、無駄だ！　悪に加担するようなゴミ共、一網打尽にしてくれる！」

そんな状況こそが都築の狙いでもあったようだ。暴走せんばかりに【ダイテンシ】を強化した上で全体攻撃系の特殊コマンドを選択する。【ヘルハウンド】の特殊コマンド《スキル》【しんえんのごうか】――50オーバーのATK《攻撃力》から繰り出される超広範囲の一撃だ。防御系のコマンドを選べていない限りほぼ確殺の攻撃……なのだが、

「いいんですか、航人《こうと》先輩。……それ、私がセットしたコマンドですよ？」

「ッ……!?」

瞬間、痛烈な爆発音と共に内部から爆《は》ぜたのは【ダイテンシ】の方だった。咄嗟《とっさ》に何が起きたのか分からず目を丸くする参加者たちの中、俺の隣で一歩足を踏み出した水上《みなかみ》がそっと右手を胸元に当てつつ言葉を継ぐ。

「全体攻撃の特殊コマンド【しんえんのごうか】……この状況にぴったりのコマンドなので、きっと選んでもらえると思っていました。でも先輩、実はこのコマンドにはリスクもあるんです。命中判定で一体でも攻撃の当たらなかった使い魔がいた場合、攻撃は失敗してそのダメージが自身の使い魔に跳ね返る――！」

「なッ……そうか、篠原緋呂斗《しのはらひろと》の【フェアリー】か！」

「はい、その通りです。……もちろん【ダイテンシ】はDEF《防御力》もLP《体力》も高いので一撃では到底落とせませんし、ここを逃したら〝治癒〟の固有能力だって発動してしまいます。ですが――少なくとも今この瞬間、航人先輩には防御手段がありません!!」

ザッ、と右手を斜めに振り下ろしてそんな宣言をする水上《みなかみ》。

「「「っ……おぉおおおおおおおおおおおおおおおおおおおおっ!!」」」

それに追随するような形で交戦に参加する全てのプレイヤーが咆哮《ほうこう》を上げ……そこから先は、あっという間だった。堅牢《けんろう》だった【ダイテンシ】に集中砲火が浴びせられ、みるみるうちにLP《体力》が削り取られていく。その辺りで《虚ろな創造主》アビリティの効果が切れたのか神々しい姿は元の黒い渦に逆戻りし、やがてその渦すらも消え失せる。

そんな結末を目の当たりにして、都築航人《つづきこうと》は呆然《ぼうぜん》とその場に立ち尽くしていた。

「負けた……この俺が、負けた？　佐伯薫《さえきかおる》が、読み違えた……？」

苦悶《くもん》と後悔と、それから何よりも驚愕《きょうがく》の色が滲み出る呟《つぶや》き。……彼は、俺に負けることなど端から想定していなかったんだろう。自分たちは当然のように勝利する正義の側だと思っていて、俺に——いや、水上摩理《みなかみまり》という本物の正義に足元を掬《すく》われた。

『お疲れ様です、ご主人様。……ですが、まだ全てが終わったわけではありませんよ』

（ん？　ああ……そうだったな、姫路《ひめじ》）

と、そこで涼やかに鼓膜を撫《な》でた姫路の声に、俺は口元を緩めて頷《うなず》いた。……そう、乱戦ルールが採用されているんだから、【ダイテンシ】が倒れただけじゃこの交戦は終わらない。十チーム近くに膨らんだ参加者の誰もが虎視眈々《たんたん》と勝利を狙っている。

（けど——俺たちは、最初から準備してたからな）

それでも俺は小さく余裕の笑みを浮かべると、ちらりと自身の端末に視線を落とすことにした。そこに表示されているのは俺のC級使い魔【フェアリー】のステータスだ。ただし、その数値は交戦開始時の貧弱なそれとは訳が違う。

【ATK《攻撃力》1（＋46）　DEF《防御力》1（＋32）　SPD《速度》15（＋99）　LP1（＋80）】

——そう、そうだ。

実を言えば、俺が乱戦ありの変則ルールを提案したのは単なる時間稼ぎや戦力確保のためというわけじゃなかった。このルールでは、参加者が減ろうが増えようが交戦が続行するから基本コマンドによるステータス変動も継続される。そこに《脆《もろ》すぎる誓約》と連携コマンドをフル活用してひたすら強化《バフ》を重ねていけば、いつかは【ダイテンシ】をも凌駕する凶悪ステータスの使い魔が爆誕するというわけだ。

「……ハッ」

そうして俺は、皆実《みなみ》や藤代《ふじしろ》、新田《にった》にも指示を出して《脆すぎる誓約》を破棄すると、特《スキ》殊《ル》コマンドの使用を解禁することにする。新田にとっても、もうこの交戦を妨害する理由は一つもない。ステータス上昇は充分だ——あとは、ただただ蹂躙するだけでいい。

「さあ……そろそろ始めようぜ？　結末の決まり切った第二ラウンドってやつを」

——ニヤリ、と一言。

最後まで粘っていたチームの使い魔が倒れるまで、そう時間はかからなかった。

英明3年生選抜（4）

noa

つ～か～れ～た～！

みゃーちゃんみゃーちゃん、この《決闘》終わったら絶対甘いもの食べにいこ！

nanase

もち！

てか乃愛ち凄すぎ！めっちゃ大活躍じゃん！

どんな誘い方したらあんなにプレイヤー集められるわけ？

noa

えへへ、ひみつ♥

shinji

…知らない方が良い、七瀬。世の中にはそういうこともある

ともかく、これで篠原のサポートはほとんど終了だな

noa

うん！

ちなみに、みゃーちゃんはどう？残りの枠に入れそう…？

nanase

う～ん…どうだろ、ちょい微妙かも

何となく、だけど…ウチらのチームの裏切り者、不死鳥くんっぽいんだよね

今日の投票で落とせればセーフだけど、躱された ら明日にはクリアされちゃうかも

shinji

…なるほどな。つまり、まだまだ気は抜けないということか

noa

えへへ、乃愛もいーっぱい手伝ってあげる♥

nanase

あは、ありがと乃愛ち。よっし、気合い入れるかー！

てか──見てるか分かんないけど、まゆゆもありがと！めちゃ助けてもらっちゃった

mayu

noa

わ、スタンプのみ…真由ちゃんもう寝てるじゃん

shinji

ふん、これだから姉の方は…少しは妹を見習ってほしいものだ

…それにしても、去年とは大違いだな

これだけのサポートが出来ていれば、きっとあいつも──…

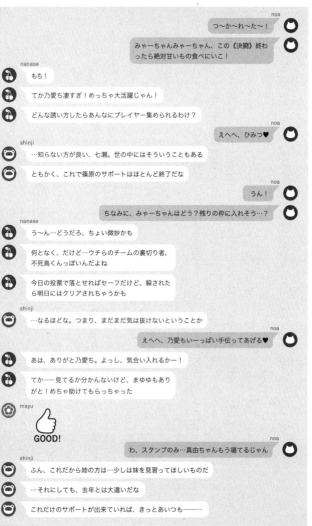

エピローグ　終戦と開戦

＃＃

《SFIA《スフィア》》第4段階《セミファイナル》《DOT《DropOutTamers》》三日目中盤――。

A級使い魔【スザク】の獲得クエストを発端とした大乱戦は無事に俺たちの勝利で終結し、参加者たちが散らばっていくのと同時にようやく報酬を受け取る段になっていた。

「……？　あの、勝者はチームⅥの篠原《しのはら》さんだったはずですが……？」

報酬の【スザク】を水上摩理《みなかみまり》に託して欲しい、という俺の頼みに若干の戸惑いを見せてはいたものの、最終的には「御意です」と頷《うなず》いてくれるクエスト管理者《ガイド》デルタ。彼女から水上へとA級使い魔【スザク】が渡る。

　端末上でそれを確認してから、水上は長い黒髪を揺らしてこちらを振り向いた。

「ありがとうございます、確かに受け取りました。……それで、私はこの使い魔の固有能力を篠原先輩に使えばいいんですよね？　先輩に交戦で勝って……」

「まあ、そうなるな。適当な使い魔を出すから遠慮なく倒してくれていい」

「は、はい。そうすれば【スザク】の〝徴収〟が発動して、先輩に与えられる効果を横取りできるようになる。それで〝色付き星《ユニークスター》の効果を消す〟効果を奪い取る……ですか」

真面目な口調でそう言って、水上《みなかみ》はちらりと視線を持ち上げる。

「流れとしては理解しています。……でもそれ、もし私が裏切ったら先輩の色付き星《ユニークスター》が消えることになっちゃいますよね？　もちろん、そんなことはしませんが……今まで先輩に酷いことを言い続けていた私を簡単に信じてしまっていいんですか？」

正面からそんな疑問を突き付けてくる水上。その声音には微《かす》かに不安の色が混じっている。……まあ、当然と言えば当然の心理だろう。最終的には俺たちに加担して《ヘキサグラム》に牙を剥《む》いたものの、それまでの彼女は完全に俺と敵対していた。真面目な性格の水上だからこそ、自分は受け入れられないのではと考えてしまうのも無理はない。

だから──というわけじゃないのだが、

「……当たり前だろ」

俺は、平然とした表情のまま断言してやることにした。

「さっき都築《つづき》を騙《だま》した手口を見てればお前が本当に嘘《うそ》をつけないやつなんだっていうのはよく分かる。お前は強いけど、謀略の類《たぐい》は向いてねえよ。……それに」

「それに？」

「言っただろ？　お前はもう英明の仲間だ。俺は、仲間を疑うほど暇じゃない」

「っ……そう、ですか」

じわ、と泣きそうになりながら、どうにかそれを堪《こら》えてそんな言葉を紡ぐ水上。そうして彼女は、ふらふらと覚束《おぼつか》ない足取りでこちらへ近付いて、ほとんど倒れ込むような形でぽすっと俺の胸に頭を押し当ててくる。

（!?　な、なな……え!?）

突然の行動に頭が真っ白になる――が、そんな動揺を表に出すわけにもいかない。丁寧に手入れされた毛先に腕やら頬やらをくすぐられつつ、俺は無理やり言葉を継ぐ。

「いや、あの……何してんの、お前？」

「あは……すみません、先輩。安心したら少し力が抜けてしまって……その。今だけ、こうしていても良《い》いですか……？」

ぎゅっと俺の腕に縋《すが》りつくようにしながら、水上はそんなことを言ってくる。体勢的にはナチュラルな上目遣いだ。緊張と不安が解消されたおかげかその表情からは普段の真面目さが幾分か取り払われていて、後輩らしく少し甘えるような色さえあって、何が言いたいかというとめちゃくちゃに可愛《かわい》い。

『……今だけ、ですからね』

右耳から聞こえてくる姫路《ひめじ》の声にも拗《す》ねたような気配と共に優しさの成分が多めに含まれていて、状況が一段落したことを明確に表していると言っていい。

そうして、この直後に行った交戦で予定通り水上が俺たちに勝利し、【スザク】の固有能力〝徴収〟が発動した。ただし《DOT《DropOutTamers》》の三日目はまだ中盤。新田《にった》を脱落させる、というのは〝夜〟の時間帯にならないと実行できないため、一旦別れることになり――

「なあ、皆実《みなみ》。お前、このチームの〝裏切り者〟だよな？」

――数時間後、俺は昨日と同じオープンカフェでそんな話を切り出していた。

一緒にいるのはチームⅥの面々だ。藤代《ふじしろ》は相変わらずの強面《こわもて》を、皆実は相変わらずの眠たげな表情を晒《さら》しているが、新田《にった》の顔色に関してはこれまでより大分マシになったような気がする。明るいとまでは言えないが、少なくとも俯《うつむ》きがちではなくなった。

ともかく、突然の〝裏切り者〟呼ばわりに皆実がさらりと青の髪を揺らしてみせた。

「？　知らない……わたしは、いいこちゃん。裏切りなんて、そんなまさか」

「いい子か悪い子かは知らないけど、お前が裏切り者だってのは確定事項だよ。連携コマンドの種類やら効果を見抜くのに使った《心眼の使い手》に、【リヴァイアサン】を【ヘルハウンド】に変えた《変質》、さらに彩園寺《さいおんじ》戦で使った《数値管理》と《リサイクル》……これで四つだ。アビリティを四つ登録《セット》できるのは裏切り者だけだろうが」

「……むむ。これは、一本取られた」

淡々とした口調のまま悔しがるフリをする皆実。……おそらくだが、彼女は自身が裏切り者だという事実を隠すつもりがなかったんだろう。新田の方針は初日で分かったはずだから、あと一人抱き込むことが出来れば確実に狙った相手を落とせるようになる。票さえ集まらなければ裏切り者だとバレても問題ない、という、なかなかに大胆な戦略だ。

が、まあそれも今となっては関係ない。本題はむしろここからだ。

「それで、皆実。一つ訊《き》きたいんだけど……お前の勝利条件に【スザク】は必要か？」

「？　なんで、そんなこと……？」

「重要な話だからだよ。いるのか？　いらないのか？」

「……いらない、けど」

よく分からない、という風に首を傾《かし》げながらも皆実はそんな否定を口にする。それを聞いて、俺はホッと胸を撫《な》で下ろした。……というのも、

「実は、水上《みなかみ》——さっき交戦した英明《えいめい》の後輩なんだけど、あいつには後々【スザク】を逃がしてもらう予定なんだ。ほら、今の状態で佐伯《さえき》の〝架空倉庫〟が復活したらそこに水上の持ってる【スザク】も加わって、それでB級以上の使い魔がコンプリート出来ちまうだろ？　そうなったら昨日の〝聖別〟で勝ち上がれなかった《ヘキサグラム》メンバーも全員第4段階《セミファイナル》をクリアしちまうことになる。だから【スザク】は入れられない」

「……それがどォした？　俺たちのチームに必要なA級は【ゲンブ】と【ビャッコ】だけだ。テメェの《劣化コピー》で鍵さえ複製すりゃ【スザク】はなくても問題ねェだろ」

「ああ、まあそうなんだけど……ちょっと問題があってな」

軽く嘆息しながら呟《つぶや》く俺。

問題というのは、端的に言えば容量不足だ——《劣化コピー》の使用回数制限というのは複製する対象によって消耗が異なるのだが、色付き星《ユニークスター》によって作られた〝鍵〟の複製は想像以上に負荷が大きかった。基本《ベース》コマンドを増殖させるのとは訳が違う。

「だから、皆実《みなみ》に相談があるんだよ。《劣化コピー》の使用回数制限を出来るだけ回復させてくれないか？　もちろんタダ働きってわけじゃない、充分に回復したらお前の分も〝鍵〟を複製してやれる。例の〝聖別〟は勝利条件さえ満たしてれば裏切り者でも何でも関係ないみたいだからな」

「……悪くない、相談。ふふん、それじゃ、可哀想《かわいそう》な不良は一人で頑張って……？」

「あァ？　るせェな、テメェに哀れまれる理由は一つもねェよ」

皆実の煽《あお》りに低い声音でそう言って、藤代《ふじしろ》は静かに自身の端末を開いてみせた。所持しているアビリティと使い魔たちの並ぶメイン画面——そこに、どういうわけか〝鍵〟がある。

「え？　……いや、どうやって手に入れたんだよ、それ」

「都築から奪った。……さっきの交戦が終わってすぐ、情けねェ顔で膝を突いてたタイミングだ。今朝、テメェから作戦を聞いた時点でこうなる予感はしてたからな。《奇術師の手腕》っつうアビリティで所持リソースを丸ごと入れ替える機会を狙ってたんだ」

「おお……さすが、ヤンキー。カツアゲが、上手……」

「……放っとけチビ」

無表情で拍手する皆実の称賛を一言で切り捨てる藤代。……なるほど、道理でここまで協力的だったわけだ。冷静で、大胆で、かつ抜け目がない。彼にしても皆実にしても、最終《ファイナル》決戦では厄介な難敵として俺の前に立ち塞がることだろう。

「あ、あの……篠原《しのはら》先輩？」

と、そんなことを考えながら俺が頬を掻《か》いていたところ、不意に後ろの方から控えめな呼び掛けが聞こえてきた。振り返ってみれば、そこにいたのは水上摩理《みなかみまり》だ。

そんなわけで、彼女も交えていくつかの必須事項をこなし……迎えた午後五時、《DOT《DropOutTamers》》三日目の〝夜〟が始まってすぐのタイミングで、俺と藤代と皆実と新田《にった》はそれぞれの端末をテーブルの上に置くことにした。どの端末を見ても、表示されているのは〝脱落投票〟の画面だ。新田の投票先は俺に、その他三人の投票先は新田に指定されている。

「ん……」

示し合わせの投票で脱落させられることになる新田の表情は、しかし落ち着いたものだった。……まあ、それもそのはずだろう。彼女にとっての脱落とはすなわち役目からの解放だ。それを誰も傷つけずに実行できるなら、これほど最高の終わり方はない。

「……ありがとう、みんな」

自身が脱落者となるのをしっかりと見届けて、新田は泣きそうな笑顔でそう言った。

こうして、翌日——投票結果の反映される《DOT《DropOutTamers》》四日目は、開幕から様々なことが発生した。まず新田佐奈《にったさな》の脱落によって佐伯《さえき》の仕掛けた《道連れ》アビリティが発動、俺の色付き星《ユニークスター》を消滅させる効果が起動する。けれど、それは【スザク】の〝徴収〟によって横から奪われ、所持者である水上《みなかみ》の〝鍵〟に直撃した。牢獄化した《限定共有》にアクセスするための鍵……これに《道連れ》の効果が適用され、多くの使い魔を閉じ込めていた牢獄が元の〝架空倉庫〟に戻る。同時に《ヘキサグラム》メンバーの勝ち抜けを阻止するため、水上が【スザク】を〝架空倉庫〟へ入れることなく放流する。

この瞬間、数名のプレイヤーが同時に勝利条件を達成した。《限定共有》にアクセスするための鍵を持ち、なおかつ【スザク】を必要としないプレイヤー。条件としては一度目の聖別と全く同じだが、勝ち抜けた面子《メンツ》はがらりと様変わりしている。俺と、皆実《みなみ》と、それから藤代《ふじしろ》。《ライブラ》の公式チャンネルで勝利が宣言されたのはこの三人だ。

「……って、え？」

そんな中継を英明《えいめい》学園の生徒会室で眺めながら、俺は小さく眉を顰《ひそ》めていた。……妙な話だ。浅宮《あさみや》のチームは勝利条件に【スザク】を必要としていたため、仮に鍵を渡していたとしてもこの段階で勝ち上がらせることは出来なかった。けれど、水上摩理の方は今度こそ条件を達成しているはずだ。なのに勝者の一覧に名前がない。

どうなってるんだ——と首を傾《かし》げながら傍《かたわ》らの姫路《ひめじ》と目を見合わせた瞬間、俺の端末に一件の着信が入った。そこに表示された名前を見て、俺はすぐさま通話に出る。

「――もしもし、水上か？」

『あ、はい、私です。すみません先輩、こんな朝早くからお電話してしまって』

「いや、それはいいけど……どうしたんだよ、お前。何で勝ち上がってないんだ？」

『えっと、はい。そのことなんですけど……』

俺の問いに、水上はそう言って少しだけ間を開けた。躊躇《ため》っているような、あるいはどこか高揚しているような吐息。そうして彼女は、きっぱりと告げる。

『捨てちゃいました、《限定共有》の鍵。……私のけじめ、みたいなものです。先輩たちにここまでしてもらっておいて最後は《ヘキサグラム》の力で勝ち上がるなんて、そんなの自分が許せません。なので、こう……一思いに！』

「いや……でも、他にも《ヘキサグラム》のメンバーは残ってるんだろ？【スザク】を回収されたら一瞬で終わっちまうんじゃないか？」

『あ、いえ。《限定共有》には使用回数制限があって、特殊クリア――いわゆる〝聖別〟を二回行うと壊れるようになっていたんです。既に薫《かおる》さんが一度目をやっているので、篠《しの》原《はら》先輩たちが勝ち抜けた時点でなくなっていますよ？　ここから先はみんな平等です』

「……そうなのか。だけど、それじゃチームが空中分解してるお前らは大分不利だろ」

『えと、それがですね、実は空中分解どころではなくて……昨日の脱落投票の時、チームメイトのお二人が私の端末にハッキングを仕掛けて航人《こうと》先輩に票を集めようとしたみたいなんです。ですが私は《正義の鉄槌《てっつい》》アビリティを採用しているので、すぐに不正が発覚してお二人とも脱落に……。だから、もう二人しかいないんですよ。しかも私はチームの正規メンバーなので、航人先輩が裏切り者で確定です』

「あー……」

『ま、まあでも、この人数なら私一人でも交戦申請が出来るみたいなので！』

空元気を出すような口調で言う水上《みなかみ》。……まあ、再スタートと考えれば悪くない、のだろうか？　チームの状況はともかく、《限定共有》が消滅したならA級やS級も含めて全ての使い魔が《ヘキサグラム》の占有状態から解き放たれたということだ。残り四つとなった最終決戦《ファイナル》への進出枠——ここに、誰でも入れる可能性があるということだ。

『だから……待っててください、先輩』

端末の向こうの水上は、どこか吹っ切れたような声音で続ける。

『鍵を捨てたとはいっても諦めたわけじゃありません。私は、私の正義に従って……先輩たちの本当の仲間になれるように、この《決闘《ゲーム》》を自力でクリアしてみせます』

「そう、か。……ったく、本当に不器用だなお前。もっと自分勝手に頼ればいいのに」

『よく言われます。でも……安心してください、先輩。心配していただかなくても、あとでいっぱい頼りますから。やり返したい人たちが——お説教しなきゃいけない人たちが最終決戦にたくさん残ってるので』

冗談めかした言い方ながら、はっきりと〝次のステージ段階〟を見据えた水上の声。

そんな心強い宣言を聞いて……俺は、ニヤリと不敵に笑ってみせた。

「ああ。上がって来いよ、水上。お前だけじゃない、俺たち英明《えいめい》全員がムカついてるんだ

――正義の皮を被った薄汚い連中に、今までの借りを何千倍にもして返してやろうぜ？」

――ダンッ、と鈍い音が室内に響く。

「まさか、航人が負けるだなんて思いませんでしたね……」

続けてそれとは似ても似つかない柔らかな声音。手近な壁を乱暴に殴りつけた拳をパッと振りながら、佐伯薫《さえきかおる》はいつも通りの柔和な笑みを傍《かたわ》らに立つ少女に向ける。

「ねえ雅《みやび》。僕の采配はどこか間違っていたと思いますか？」

「……まさか。薫が間違えるなんて、そんなことあるはずないでしょ？」

そんな問いを向けられた少女は、躊躇《ためら》いのない断定口調でそう言って静かに首を振る。

「負けたのは薫じゃなくてあくまでも航人の責任よ。所詮、彗星《すいせい》の所属でも6ツ星でもない紛い物……本来なら薫に仕えるべき存在ですらない。要らないわ、あんなの」

「ですが、優秀な戦力ではありました」

「中途半端に優秀でも目的を達成できないなら無意味でしょ？　篠原緋呂斗《しのはらひろと》に負けるなら航人《こうと》はその程度の駒だったということよ。私たちの――薫《かおる》の覇道には何の影響もない」

「……そう、ですか。うん、それなら良かった」

迷いなく言い切る少女――阿久津雅《あくつみやび》に再びにこりと笑みを向けて、それから佐伯《さえき》は自身の端末に視線を落とした。そこに表示されているのは第4段階《セミファイナル》の通過者一覧だ。

「うーん……それにしても、なかなか散らばりましたね。最終決戦《ファイナル》でここまで学区が固まっていないのも珍しいんじゃないですか？」

「珍しいどころか史上初、だそうよ。最大人数の学区でも森羅《しんら》の三人だもの」

「森羅高等学校……霧谷凍夜《きりがやとうや》くんのいる学区ですね。これまで不自然なくらい大人しかったですが、さすがにそろそろでしょうか」

「興味ないわね。それに、学区が散っているなら私たちの優位は崩れていない……そうでしょ、薫？　まあ、極論を言えば人数なんてどうでもいいけれど……」

同じく最終決戦《ファイナル》進出者のリストを眺めながらそんなことを言う阿久津雅。全てが計画通りとはいかなかったが、彼女にとっては佐伯薫がいるだけで十全だ。そして、それはおそらく彼にとっても変わらない。《ヘキサグラム》は彼のための組織なんだから。

「ああ――最終決戦《ファイナル》が楽しみですね」

そうして彼は、凄惨な笑みを浮かべてそう言った。

《SFIA》第４段階
《Drop Out Tamers》 最終通過者一覧

１位：霧谷凍夜（七番区・森羅高等学校三年）・６ツ星

２位：阿久津雅（二番区・彗星学園三年）・６ツ星　《ヘキサグラム》所属

２位：彩園寺更紗（三番区・桜花学園二年）・６ツ星

２位：不破深弦（七番区・森羅高等学校二年）・４ツ星

２位：枢木千梨（十六番区・栗花落女子学園二年）・５ツ星

６位：佐伯薫（二番区・彗星学園三年）・６ツ星　《ヘキサグラム》所属

６位：柳壮馬（八番区・音羽学園二年）・４ツ星　《ヘキサグラム》所属

６位：石崎亜子（十番区・近江学園三年）・５ツ星　《ヘキサグラム》所属

６位：結川奏（十五番区・茨学園三年）・５ツ星　《ヘキサグラム》所属

10位：藤代慶也（三番区・桜花学園二年）・６ツ星

10位：篠原緋呂斗（四番区・英明学園二年）・７ツ星

10位：皆実雫（十四番区・聖ロザリア女学院二年）・５ツ星

13位：夢野美咲（十七番区・天音坂学園一年）・４ツ星

14位：不破すみれ（七番区・森羅高等学校二年）・４ツ星

15位：久我崎晴嵐（八番区・音羽学園三年）・５ツ星

16位：水上摩理（四番区・英明学園一年）・３ツ星

あとがき

こんにちは、もしくはこんばんは。久追遥希《くおうはるき》です。

この度は『ライアー・ライアー6　嘘《うそ》つき転校生は正義の味方に疑われています。』をお手に取っていただきまして、誠にありがとうございます！

いかがでしたでしょうか……!?　ラブコメ成分マシマシ（当社比）だった5巻から一転、今回は夏の大規模イベントということで序盤から思いっきり《決闘《ゲーム》》に寄せてみました。偽りの7ツ星・篠原《しのはら》に迫る〝正義の味方〟！　一瞬たりとも気の抜けない嘘と裏切りの《決闘《ゲーム》》！　……という感じでめちゃめちゃに気合い入れて書きましたので、ぜひぜひお楽しみいただければ幸いです。

久しぶりにあとがきが長い（2ページ）ので何を書けばいいか迷っていましたが……どうやら、前作の『クロス・コネクト』シリーズと合わせて、自分の著作はこれで10冊目となるようです。そして、来月にはデビューから三年……！　いやもう、時の流れってやつは恐ろしく早いですね。前作から追ってくださっている方には少しでも成長を感じてもらえるよう、そして今作から楽しんでくれている方にはバリバリのベテラン作家（大言壮語）の風格をお見せできるよう、今後とも頑張っていこうと思います。

続きまして、謝辞です。

毎度の如《ごと》く最高のイラストで物語を彩ってくださったkonomi（きのこのみ）先生。新キャラちゃんのキャラデザ超最高でした。それに、無表情っぽい娘《こ》が大好きなので表紙も口絵もたまりません……！　あとアライブの連載イラストが毎回ヤバいです（語彙力）。

担当編集様、並びにMF文庫J編集部の皆様。今巻も大変お世話になりました。次巻も大変お世話になると思いますが、今後ともどうぞよろしくお願いいたします。

そして最後に、この本を読んでくださった読者の皆様に最大限の感謝を。

次巻もめちゃくちゃ頑張りますので、期待してお待ちいただけると嬉《うれ》しいです!!

久追遥希

ライアー・ライアー
⑦
強者たちが集う決戦の舞台——
怒りに燃える
緋呂斗が魅せる！
2021年
春発売予定！

ライアー・ライアー
「嘘フェス」開催決定！
2021年春をお楽しみに！

MF文庫J

ライアー・ライアー6 嘘つき転校生は正義の味方に疑われています。

2020年11月25日　初版発行

著者　久追遥希

発行者　青柳昌行

発行　株式会社 KADOKAWA
〒102-8177 東京都千代田区富士見2-13-3
0570-002-301（ナビダイヤル）

印刷　株式会社廣済堂

製本　株式会社廣済堂

©Haruki Kuou 2020
Printed in Japan　ISBN 978-4-04-680015-2 C0193

◎本書の無断複製（コピー、スキャン、デジタル化等）並びに無断複製物の譲渡および配信は、著作権法上での例外を除き禁じられています。また、本書を代行業者等の第三者に依頼して複製する行為は、たとえ個人や家庭内での利用であっても一切認められておりません。
◎定価はカバーに表示してあります。

●お問い合わせ（メディアファクトリー ブランド）
https://www.kadokawa.co.jp/（「お問い合わせ」へお進みください）
※内容によっては、お答えできない場合があります。
※サポートは日本国内のみとさせていただきます。
※Japanese text only

◇◇◇

【ファンレター、作品のご感想をお待ちしています】
〒102-0071 東京都千代田区富士見2-13-12
株式会社KADOKAWA　MF文庫J編集部気付「久追遥希先生」係「konomi（きのこのみ）先生」係

読者アンケートにご協力ください!

アンケートにご回答いただいた方から毎月抽選で10名様に「オリジナルQUOカード1000円分」をプレゼント!! さらにご回答者全員に、QUOカードに使用している画像の無料壁紙をプレゼントいたします!

■ 二次元コードまたはURLよりアクセスし、本書専用のパスワードを入力してご回答ください。

http://kdq.jp/mfj/　パスワード　r7w7x

●当選者の発表は商品の発送をもって代えさせていただきます。●アンケートプレゼントにご応募いただける期間は、対象商品の初版発行日より12ヶ月間です。●アンケートプレゼントは、都合により予告なく中止または内容が変更されることがあります。●サイトにアクセスする際や、登録・メール送信時にかかる通信費はお客様のご負担になります。●一部対応していない機種があります。●中学生以下の方は、保護者の方の了承を得てから回答してください。